KB265607

북파
공작원
上

북파 공작원(上)

1판 1쇄 인쇄 2002년 11월 30일
1판 1쇄 발행 2002년 12월 10일
1판 6쇄 발행 2021년 2월 20일

지은이 강평원
펴낸곳 도서출판 선영사
주소 서울시 마포구 동교로12길 21 선영사
전화 02.338.8231 **팩스** 02.338.8233
E-mail sunyoungsa@hanmail.net
등록 1983년 6월 29일 제 02-01-51호

편집 주간 장상태
펴낸이 김영길
제작 팀장 김범석
본문 일러스트 김종수
표지 디자인 이용인

© Korea Sun-Young Publishing co., 2002
잘못된 책은 바꾸어 드립니다.
이 책은 저작권법에 따라 보호를 받는 저작물이므로 무단 전제와
복제를 금지하고 있습니다. 이 책 내용의 일부 또는 전부를 사용
하려면 반드시 저작권자와 선영사의 서면 동의를 받아야 합니다.

ISBN 89-7558-097-0   03180

북파공작원 上

강평원 지음

HID (Higher Intelligence Department)
AIU (Army Intelligence Unit)
UDT (Under Demolition Team)

추천사의 글

한국소설가 협회 회장 정을병

한국 근대사의 뼈져린 리얼리티가 살아 있는 글

강평원 작가의 글은 한마디로 황량한 벌판을 달리고 있는 야생의 들소 같은 힘이 있다.

문장이, 문맥이, 주어와 술어의 매치를 분석해 따지는 것은 부질없는 짓이다. 그의 작품에서는 문학성을 보기보다는 글의 힘을 눈여겨 보아야 한다.

대테러부대원의 양성훈련과정에서 저질러진 인권유린 현장과 훈련을 끝내고 한민족간에 적이 된 북한 특수부대가 우리에게 가했던 테러를 테러로 보복한다는 내용은 노벨상을 탈수도 있는 인권유린 현장을 고발한 책이 될 수 있을 것이다.

입영하는 동네형을 환송하러 논산훈련소까지 동행한 작가
는 현지에서 18세 소년의 몸으로 자원 입대하여 훈련을 끝
내고 자대 근무 중 하사관학교에 강제 차출되어 교육 수료
후 휴전선 경계사단 소총부대 분대장으로 근무 중 또다시
테러부대 양성소에 강제 차출되어 기독교와 불교 신자 동료
들과 함께 인간병기가 되어 악의 화신이 될 수밖에 없었던
순간들을 진솔하게 써 놓았다. 테러의 현장에는 선과 악의
경계도 존재치 않았다는 저자는 이 작품을 통해 이러한 민
족간에 저질러졌던 아픔조차도 따뜻한 시선으로 보듬어 안
고 인간의 근원적인 삶에 대하여 우리 앞에 주어진 현실에
대해서 준엄한 질문을 던지고 있고 관념보다는 인간 존재에
대한 성찰을 우선하고 있다.

　한국 문단에도 앞으로 강평원 작가처럼 "글 힘이 있는 작
가"들의 또 다른 탄생을 기대한다.

글쓴이의 말

책 속에 많은 비어(卑語)들이 기록되어 있다. 그것은 번지러한 헌사(獻詞)만 난무하는 세태 가운데서도 살아나는 건곤일척이 되는 욕이 우리 가운데 꿈틀거리고 있기 때문이다. 도대체 욕이란 뭐길래 우리 일상사에 사용되는가?

인제대 민속학과 김열규 교수님은 욕 좀 하고 살자며, 우리 나라 욕을 찾아다니면서 글을 쓰시는 분이다. 우리 일상사에 욕은 잘못 쓰면 독이 되고, 잘 쓰면 친구도 생긴다. 다만 전자이든 후자이든 간에 우리는 욕 속에서 산다.

필자가 쓴 책들 속에서 비어들에 대하여 저속언어라고 탓하는 독자가 있을 것 같아 욕을 이해할 수 있는, 또한 욕을 쓸 수밖에 없는 이유를 말하겠다.

인간이 살아가는 삶의 현장에서 욕은 빼놓을 수 없다. 특히 각 지역에서 모여든 군이라 하는 특수 집단에서는 더더욱 그러하다. 그 현장을 기록하는 글을 쓰면서 시어(詩語)처럼 아름다운 문체를 쓰면 현장 실감이 없어 재미가 없을 것이다.

한국인은 군소리를 하면서도 욕을 한다. 그런가 하면 남을 혼내면서도 욕을 한다. 전자는 돌아앉아서 궁시렁거릴 것이고, 후자는 맞대면한 채 노기 충전할 것이다. 한국인은 비두발광, 입에서 거품을 물고 머리카락 곤추선 채로 아귀다툼의 욕판을 벌이는가 하면, 엄한 질타를 할 때도 욕이 한몫 거들게 한다.

이렇게만 보아도 욕이란 게 도무지 종잡을 수 없이 엎치락거림을 헤아리게 된다. 이것인가 하면 저것이고, 저것인가 하면 이것이다. 이쯤 지적한 것만으로도 욕이란, '변덕이 죽 끓듯 한다'라는 말을 들어도 쌀 것 같다.

그러나 우리 일상사에 욕이란 꼭 없어서는 안 될 일이다. 그야말로 창피를 주고 무안을 주어 남을 욕되게 하는 욕이 있는가 하면, 서로 터놓고 허물없음을 과시하는 사교성 짙은 욕도 있다. 오죽하면, '욕친구'란 말이 있을라고.

싸움판이 연상되는 대화에서만 욕이 주고받아지는 것이 아니다. 전라도 영암의 농악패는 저희끼리 패싸움으로 욕판을 벌인다. 경상도 영산의 고싸움은 먼저 욕싸움부터 해서 불을 댕긴다. 흥부놀부전이나 김해 오광대 등 마당놀이에는 질펀한 욕이 들어가야 재미있다. 심지어 혼례조차 신랑패를 욕해대는 신부패로 해서 잔치판답게 질퍽해지곤 한다. 이들 보기는 절묘하게도 놀이를 한답시고는 욕싸움을 벌이는 꼴을 보여 주는 한편, 명색이 예식을 치르는 사람들임에도 불구하고 욕지거리를 서슴지 않는 모습을 보여주고 있다.

인류학은 이것을 '의례적 모독'이라고 부른다. 이쯤되면 욕판은 사뭇 어지럽다. 핏대를 올리는 곁에 낭자한 웃음이 있고, 저주해 마지않는 악담, 지척에 불호령의 가르침도 있다.

모욕을 당해서 얼굴 붉히다가도 익살 때문에 얼굴이 환해지기도 한다. 그런가 하면 꾸중이고 타이름인 욕도 있다. 핀잔의 악담이 있는가 하면, 훈계하는 따가운 매질 같은 욕도 있다. 가르침이 욕이라니 참 희한하다.

그러니 욕이란 것이 외가닥일 수도 없고 단색일 수도 없다. 모양새가 까탈스럴 것이고, 그 울림이 번잡할지도 모른다. 그러기에 욕을 욕이라고만 하지 않는다. 욕설이나 욕지거리 따위는 욕의 별명이지만, 쌍소리나 악담 또는 험담으로 고쳐 부르는 욕도 있다.

패악질·악다구니·악장치기·악악거림, 이들은 모두 욕판에 붙은 다른 이름이다. 오죽하면 농담도 욕과 겹쳐질라고! 욕이란 참으로 까탈스럽고 까다롭다. 말귀가 쉽고 표현(언어 구조)이 단출한 데 비해서는 어지간히 난장스러운 게 그 쓰임새며 기능이다. 또 그 현장이다.

욕설을 단순히 일상적 언어 행위의 범주를 넘어선, 퍼포먼스로 간주할 기틀이 바로 이 점에 있다. 왜냐 하면 전통과 문화 유형으로 비춰볼 때 사회성·계층성, 그리고 인간 관계에 이르기까지 일정한 볼거리들이 거리가 있는 극적인 행위로써 치러지고 있기 때문이다.

'굿이나 보고 떡이나 먹자'고 할 때 그 굿만 한, 아니면 '야단굿 났다'고 할 때의 '야단'만 한 사건성을 갖춘 게 욕판이다.

우리들의 대표적인 놀이판이자 퍼포먼스인 각 지역 탈춤에서 부분적으로 왜 말싸움과 욕지거리가 들어가는 연극을 참조해도 좋을 것이다.

그러니까 욕에 색깔이 있다면 잡색이다. 욕에 모습이 있다면 구미호 백여우처럼 요상하게 둔갑할 것이다.

욕의 성질을 따질 때, '더럽다, 험하다, 상스럽다'고 하는가 하면, '모질다, 지독하다, 야멸차다'고도 한다. 그런가 하면, '걸죽하다'에서 '익살맞다'까지 각양각색임은 너무나 당연하다. 개개인을 느낌과 표현은 같을 수가 없다. 하다 못 해 '그 사람 입이 걸다'고도 한다.

'씹(성교의 비어)할 놈 자석 하면 욕이다'라고 하지만, 실제 욕은 '씹 못 할 놈'이 욕설이다. 씹(연애, 빠구리) 못 하면 고자이거나(내시) 성불능 1급 장애인이다. 남자들 장애는 따지고 보면 성교를 할 수 없는 자가 1급 장애자이다. 너무 많아 장애 연금 주기 싫어서다(×도 모르면서)……

필자의 군생활 때는 구타가 심했는데, 지금은 구타가 없어져서 이 책 속의 비어들보다 지금은 아마도 더 많은 욕을 사용할 것이다.

저자 강평원

프롤로그

필자는 이 책을 집필 전, 서울 도곡동에 위치한 대한민국 대북참전연대(북파 공작원 희생자 추모사업 운동본부)를 찾아가 회장님을 비롯해 회원들에게 집필 동기와 내용을 요약해 설명을 드렸다. 그리고 원고 탈고 후 6월 29일 다시 한 번 찾아가, HID·UDT 등을 다룬 책이 아니고 특파 대원 중 제일 악질들인 테러 부대를 다룬 최초의 책이라는 것을 말씀드린 자리에서, "회장님! MBC 문화방송에 출연하실 때 참전연대소속 회원들이 사회에서 냉대받은 자들로 묘사됨을 그대로 방송하도록 하였습니까?"라고 질문하자, "박부서(朴富緖) 공동대표 회장님도 방송국에 몇 번 지적하셨다"라고 답변을 하였다.

일반인들이 생각하기엔, '그러한 거친 임무를 하는 특수부대원들은 전과자·조직폭력배·부랑아·무기수, 사형수 등일 것이다'라는 엉뚱한 인식 때문에 그런 내용을 쓰는 모양이다. 그리고 지금까지 책을 쓴 작가들은 군복무를 하지 않은 모양이다. 군복무만 하였더라도 그러한 엉터리 내용의 책은 집필하지 않았을 것이다.

이번에 MBC TV 9시 뉴스 때 이러한 내용을 사전에 듣고 전화를 하였다. "그런 식으로 북파 공작원 신분을 매도하지 말라"고 하였지만, 뉴스가 끝나고 곧이어, '이제는 말할 수 있다' 방송이 되었다. 웃기는 이야기다. 필자는 분명히 말한다. 특수 부대원은 그런 류의 사람은 절대로 단 한 명도 모집하지 않는다. 최소한 고졸 이상의 학력에, 형제가 많은 집에서 선발한다. 또한 마지막 시험 때 〈조선일보〉〈동아일보〉의 사설을 읽게 했다. 당시만 하여도 신문 사설들이 한문자가 많이 들어 있어, 고등학교 실력이 되어야 사설을 읽고 이해할 수 있었다. 제1군 하사관 학교 시험 때 마지막 판정관 앞에서 필자는 〈조선일보〉 사설을 읽고서 합격했다. 오늘날 대학교 논설 시험의 효시가 그때 신문 사설과 같은 맥락이라고 보아야 할 것이다. 더욱이 대북 특파원의 자격은 한국 전쟁 중 부역했거나 이북에 인척이 있는 자, 결혼한 자 등은 제외된다. 2급 취급 인가자도 신원 조회를 하는데, 우리는 1급 취급자들이다. 그뿐만 아니라 작은아버지의 처가집까지 신원 조회를 하여 위의 항목에 해당하는 자는 모두 제외시킨다. 그 이유는 1960년대까지 우리는 북한보다 못살았기 때문이다. 한국 전쟁이 끝나고 피폐해진 땅에서 식량마저 자급자족을 못하여 봄이면 찾아오는 보릿고개 넘기기 위해 허리띠를 졸라매야 했다. 먹을 것이 없어 마지막 도정 쌀겨를 먹던 때도 있었으며, 쑥죽이나 심지어 시래기죽을 먹던 때였다.

2대 대통령 선거 때 구호가 '배고파 못 살겠다 갈아보자 이승만 정권'이었다. 군사 혁명으로 정권을 잡은 박정희도 혁명 공약에 민생고를 시급히 해결한다는 내용이 들어 있는 혁명 공약을 발표하였다. 전쟁 후 우리가 자급 자족하기 시작한 해는 1974년도로 기적의 볍씨라고 불리는 통일볍씨로 인해 350만 섬의 쌀을 수확하였다. '77년에서야 400만 섬을 수확하여 처음으로 자급 자족이 가능하게 되었으며, 해외 수출과 원조도 하였다. 먹고 살기 급급했던 시절에 부랑자·전과자·조직폭력배·무기수나 사형수의 죄를 감면해 준다고 하면서 그들을 교육시켜 북으로 보내면 그들이 임무를 충실히 수행하겠는가?

이북의 체제 우월성이 지금까지도 최고 선전 무기였다. 아이러니하게도 북은 기독교가 당시는 존재하지 않았는데, 지상의 천국이라고 우스꽝스럽고 이해 못 할 체제를 선전한 그들이다. 현재의 이산 가족 상봉 장소에 나온 북한 주민들의 체제 선전을 TV화면을 통하여 보았을 것이다. 그들은 기독교의 에덴 동산처럼 북한이 지상 낙원이라고 대남 선무 방송을 하였다. 그들의 선무 방송(대남 방송)이나 삐라를 보면 지상 낙원으로 월북하기를 권장하는 내용들이었다.

북한은 1967년, 자주적이라며 4대 군사 노선을 부르짖는 것이 어느 정도 먹혀 들어가자, 본격적인 게릴라 부대를 침투시켜 유격전을 시도하였다. 북침을 유도하기 위한 그 연장선에서 김신조 일당의 청와대 습격기도 사건이 일어났다. 북한은 우리가 월남에 국군을 파견한 빈틈과 미국을 시험하기 위해 우리의 심장부 한복판까지 1.24군 무장특수부대를 서울에 침투시켰다. 서울 한복판에 무장 공비가 나타나자 국민들은, "나라를 지키는 군이 정치를 한다는 것은 잘못이다. 군은 총을 들고 나라를 지켜라"는 데모가 끝이 없자, 박정희는 휴전선 철조망 작업을 지시해 버렸다. 1968년 4월부터 시작된 작업을 69년 말까지 완공시키라는 명령이 떨어진 것이다. 전방 경계 사단은 물론, 교육 사단·공병 사단·예비 사단 병력까지 동원된 작업이었다.

철책을 세우고 철책 앞 전방 50미터에 사막화 작업이 시작되었다. 철조망 작업이 시작되자 북은 테러 부대를 철조망 작업 현장에 보내 우리 측 병사들을 공격하였다. 그것도 부족하여 힘든 공사에 동원되었다가 돌아와서 깊이 잠든 막사를 기습 공격하여 많은 인명 피해를 주었고, 후방으로 무장 공비를 침투시켜 사회를 불안케 하였다. 그리하여 박정희는 그냥 당하지만 말고 똑같은 부대를 만들어 당한 것만큼 복수해 주라는 특별 지시로 창설된 부대가 바로 필자가 속해 있던 테러 부대다. 보복 전을 하기 위해서다.

필자가 속하였던 부대는 사단 자체에서 필요에 의해 만들어졌다가 임무가 끝난 뒤에는 흔적도 없이 해체해 버리는 실체 없는 부대다. 사단 안에서도 일부 장교만 알 뿐이다. 극비리 임무를 수행하였기 때문이다. 미8군에 작전권이 있기 때문에 우리 측 침투 사실을 알면 곤란하였기 때문이다.

철조망 공사가 완공되자 북은 육상 침투를 못 하게 되었다. 토끼 한 마리 넘어가지 못하게 철의 장막이 쳐진 것이다. 이때부터 짐승까지 이산 가족이 생겨난 것이다. 우리도 침투할 이유가 없어진 것이다.

OHC 북파 공작원
— 상 —

선과 악의 경계선

인간 병기로 거듭나다

작전은 시작되었다

테러에 사용된 무기들

OHC 북파 공작원
— 하 —

OHC 부대의 해산

악발이 양성소

나의 시국관

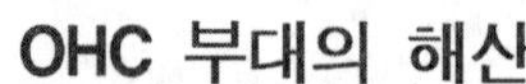

대북 테러 부대 출신 작가가 쓴 실화 소설

OHC 북파·공작원

선과 악의 경계선

특수 부대로 차출되다

전 소대원을 이끌고 시계(視界) 청소를 나갈 참에, 전 중대의 하사들은 대기하라는 명령이 떨어졌다. 이에 앞서 부대 내의 중사들이 사병들을 인솔하여 사역에 대신 나갔고, 하사들은 대기했다.

"또 무슨 일이 난 건가?"

하사들이 모여 수군거리고 있는데, 사단에서 나를 비롯하여 하사관 학교 지원자를 인솔했던 공수 부대 출신인 교육관 허대위가 사단 작전참모인 중령을 모시고 왔다. 나는 속으로, '저 양반이 나타났으니 또 무슨 차출이 있을 거'라고 짐작했다.

"다 모였나?"

허대위가 우리를 모아놓고 쭉 돌아보다가 나를 지적하며,

"너 1군 하사관 학교 출신이지?"

"예, 그렇습니다."

차려 자세로 대답하니, 싱긋하고 웃고는 다른 하사들을 둘러보며,

"여러분들, 요즘 철책선 공사로 수고가 많은 줄 안다. 지금 특수 부대를 창설하기 때문에 여러분들의 지원을 바란다. 이 부대는 모든 것이 특별 대우다. 식사는 매끼마다 특식이며, 생명 수당도 준다. 어떠냐? 지원자가 있으면 손을 들어라."

웬 뜬금없는 특수 부대냐? 어떤 임무를 수행하기 위한 특수 부대인지, 아무런 설명도 없이 다짜고짜로 손부터 들라니, 무슨 영문인지를 몰라서라도 손을 들지 못하겠다. 허대위는 손에 들고 있는 봉투에서 서류를 끄집어낸다. 멀리서 봐도 개인 기록 카드임이 분명했다.

"너희들이 지원하지 않는다면 내가 지명 차출한다. 야, 강하사! 넌 1군 하사관 학교 출신이니 차출 1순위다. 형제는 몇 명인가?"

"다섯 명입니다."

"그럼 알맞군."

허대위와 나와는 참으로 질긴 인연이다. 1군 하사관 학교 강제 차출 때도 허대위 때문에 사병으로 복무 시절의 첫휴가도 못 가고 입교해야만 했었다. 그는 차출이 전문인 저승사자인가? 허대위는 다시 기록 카드를 뒤적거리면서 한 명을 더 지적한다. 그도 1군 하사관 학교 출신인 1소대 분대장이다. 허대위는 그와 나의 기록 카드를 다른 봉투에 넣고,

나머지 카드는 중대 사병계에게 넘기고는 곧바로 떠났다.

해산할 때 1소대 하사와 눈이 마주치자, 그는 양팔을 벌리면서 어깨를 위로 올린다. 뭐가 뭔지 모르겠다는 몸짓이고, 될 대로 되라는 체념이다.

나 역시 궁금하지만 그냥 기다려보는 수밖에 없다. 생명 수당을 준다는 것을 보면 위험한 임무가 주어질 게 분명하나, 이제 철책선 공사가 완료되면 휴전선을 통한 적의 침투가 없어 조금은 위험이 덜한 분위기에서 근무할 수 있을 터인데, 생명 수당이 지급되는 부대의 차출 1순위라니, 그저 가슴이 답답할 뿐이었다.

사흘 후에 서무계 김병장이 불러 중대에 가 보니 전출 명령서가 내려와 있었다.

'사단 수색 중대 근무를 명함!'

그는 월남 파병 신청은 묵살했지만, 이번 일은 사단의 명령이니 중대 사병계 끗발로는 어떻게 해 볼 수가 없단다.

"그럼 김병장 하나만 물어보자. 수색대에서는 대체 뭘 한다는 거야?"

그건 자세히 모르고, 사단 수색대에 배속된 부대로 특수 훈련을 받는다는 것만 안단다. 이건 또 무슨 소리야? 도대체 어떻게 된 군대 생활인지 훈련받다가 3년이 다 가겠다.

김병장은 나를 다른 부대로 보내기가 정말 싫었다고 했다. 월남 파병도 그래서 추천하지 못했다고 했다. 중대에서 제일 유능한 하사를 빼앗기는 게 무척 아쉽지만, 아마 임무가 끝나면 원대 복귀시킬 것이라며, 그때 다시 보잔다. 사단 수색 중대는 차량 정찰이 주임무고, 연대 수색 중대는 도보 정찰이 기본 임무다.

소대원들은 나의 전출에 대단히 실망했다. 특히 소대장이 난감해했다. 아직 소대 통솔에 자신이 없는데다, 1분대장은 월남으로, 3분대장은 수색 중대로 빠져나간 터라, 그 빈자리를 무엇으로 메울 것인가?

그러나 내가 보기에는 사람이 너무 순진한 반면에, 똑똑하니까 자기가 맡은 소대장 역할을 잘 하리라 믿었다. 연세대학교 ROTC 5기생 김태수 소대장은 얼굴도 여성 같았으며, 마음씨도 여자 같았다. 바보TC(대학교 학군단에서 교육을 받고 임관한 초보 장교는 일등병보다 군사 지식이 없다고 하여 붙여진 ROTC 장교의 별명) 소대장에서 유능한 국군 장교로 변신할 수 있을 것이다. 국방부 시계가 도는 이상은 말이다.

같은 소대원 최상병이 제일 섭섭해했다. 오늘 떠나면 다시는 그를 못 본다.

그는 곧 제대할 것이다. 그리고 같은 소대원 김상병도 제대할 것이니, 설령 내가 원대 복귀한다 해도 만날 수 없다. 그래서 인사말은 어디서라도 다시 만났을 때 막걸리 한잔 하자고 하고는, 나는 네 번째 더블백을 쌌다.

사단에 집결한 병력의 수는 이등병부터 하사까지 모두 80명, 그 중 하사만 16명이었다. 모두 전투복으로 갈아입고 연병장에 집합하란다. 그래서 연병장에 집합하였더니 사단장이 직접 훈시를 했다. 사단장이 직접 나올 정도면 부대 내의 우리의 존재가 대단히 중요하다는 의미이긴 한데, 사단장의 훈시에도 도대체 아무런 감을 못 잡겠다.

여전히 특식이니 생명 수당이니 특수 훈련을 받는다는 내

용에 덧붙여, 훈련을 무사히 마치면 휴가와 함께 특별 대우를 해 준단다. 그러니 아무리 고된 훈련이더라도 참고 견뎌야 된다면서, 훈련이 끝나면 훈련 성과가 좋은 40명만 추려서 네 개조로 편성하여 특수 임무를 준단다. 모두가 궁금해하지만, 임무 내용을 밝히지 않는 것을 보니 비밀리에 수행할 임무임에는 틀림없다.

80명의 병력을 이리저리 편성하고 난 후 OHC 특수부대라는 부대 명칭은 가르쳐 주었지만, 여전히 부대의 편성 목적을 알려주지는 않았다. 우리를 통솔하는 부대장의 계급도 알려주지 않았다. 그냥 대장이라 호칭하라고 했다. 훗날 그 대장은 소령임을 알게 되었다.

첫날이라고 일찍 잠을 재워주었다. 보초도 불침번도 세우지 않는 걸 보면 특별 대우를 해 주는 것은 맞는 모양이다. 갓 입대한 이등병은 어리둥절한 모양이다. 세상에 불침번 없이 자는 부대도 있느냐?

다음 날, 기상하자 마자 특수복을 지급해 주었다. 유격 훈련시 입었던 팔꿈치·무릎·어깨 등에 천을 덧댄 훈련복이었다. 그걸 입고 일조 점호를 간단히 마친 후 구보를 시켰다. 아침 구보는 어느 부대나 있는 체력 단련용이다. 통상 30여 분 가볍게 달리는 구보가 아침 운동에 알맞다. 여기서는 왕복 4킬로미터이니 처음부터 강도가 높았다.

"지기미 씨벌, 어찌 이리 '훈련복'은 타고났냐?"

시계 청소가 끝나고 나면 경계 근무만 하면 되는, 구보도 없는 군생활을 편히 마칠 수 있을 텐데, 또다시 강도 높은 훈련과 극기 훈련이 기다리고 있는 것이었다.

특수 훈련 중의 극기 훈련은 말 그대로 자기 자신을 이겨 내야 하는 훈련이다. 극심한 추위와 더위, 그리고 인위적인 단식을 통하여, 아무리 열악하고 불리한 환경에서도 살아남 아야 할 생존 훈련이다.

오랜만에 하는 구보가 몹시 힘들었다. 하사관 학교 졸업하 고 나는 그 동안 구보해 본 기억이 없다. 그러니 졸병들보 다 더 힘들었다. 겨우 뒤쳐지지 않고 내무반까지 돌아온 것 은 그래도 시계 청소한다며 산을 오르내린 덕택일 것이다. 내무반에 돌아오니 새로운 관물이 정돈되어 있었지만, 자세 히 살필 틈도 없이 식당으로 갔다. 특식을 준다더니 과연 장교들의 식단보다 나았다.

후식으로 먹을 과일도 있었다. 식단은 우리들의 체력 유지 를 위해 식물성 단백질이 가장 풍부한 콩을 위주로 짠 모양 이었다.

식사 후 숨 돌릴 사이도 없이 훈련이 시작되었다. 첫날부 터 사격과 산악 훈련이 시작되었다. 일주일이 지나자 각자 에게 모래주머니가 지급되었다. 이 모래주머니는 두터운 천 을 두 겹으로 맞대어 높이 15~20센티미터, 폭 18센티미터 쯤의 크기에 3~4센티미터 간격으로 세로로 틀질을 하여, 그 사이에 모래를 넣은 것이다. 무게는 양쪽 합해 3킬로그 램 정도이다. 마치 아이스하키 선수들의 정강이뼈 보호대처 럼 발목 위에 차고 구보를 시켰다.

모래주머니는 124군부대 훈련 내용을 김신조의 정보 제공 으로 우리 군에도 도입되었는데, 나는 모래주머니를 떼고 구보를 하여 보니 오히려 더 불편했다. 무거운 것이 발에서 없어지니 아래쪽이 가벼워 상체가 앞으로 넘어지려는 이상한 현상이 나타난 것이다. 다들 그런 느낌을 받았을 것이다. 물론 모래주머니의 무게가 3킬로그램은 되었지만 말이다.

이 모래주머니는 그 당시 전 육군에 보급되어 기상과 동시에 종아리에 매었고, 하루 일과가 끝날 때까지 차고 있어야 했다. 이것도 124군부대의 청와대 습격 사건 이후에 생긴 것이다. 당시 남파되었던 공비들의 이동 거리가 시간당 12킬로미터로 그 속도의 빠름에 관계자들이 경악했다. 그래서 우리 군의 하체 근력 강화 차원에서 모래주머니를 전후방 불문하고 차고 다니게 했다. 이 모래주머니가 본래의 목적보다 더 부수적인 이익으로 사병들의 정강이를 보호해 주었다.

또한 이 모래주머니는 휴전선 일대에서 경계 근무하는 병사들에게는 지급하지 않았기 때문에 나는 그 존재를 이때 처음 알았는데, 이것은 구보를 엄청 힘들게 하여 원성이 자자한 물건이었다.

덕택에 다리 근육은 강화되었겠지만, 근육이 터질 듯이 아파 밤에는 다리를 펴고 잘 수가 없었다. 다리를 펴면 근육이 찢어지는 것 같았고, 이상하게 허벅지와 골반 사이가 더 아팠지만 훈련은 더욱 혹독해져 갔다.

어느 병사는 허벅지에 가래톳이 생겨 절뚝거리며 다녔고, 또 다른 병사는 근육에 염증이 생겨 고름이 차서 혼이 났다. 그래도 병원에 후송시키지 않고 의무대에서 대충 치료한 후 계속 훈련받게 했다.

구보의 구간을 점점 더 늘려갔다. 늘어난 구간만큼 모래주머니의 무게가 더 무거워지는 것 같았다. 교관이나 조교들은 계급장도 명찰도 없었다. 유격 훈련소의 조교들처럼 하나같이 검게 그을린 얼굴에 인상이 험악하다. 그들은 생긴 모습대로 우리를 봐 주는 게 없었다. 비가와도 구보였다. 비로 인해 흙탕물이 튕겨 사람인지 짐승인지 멀리서 보면 구분이 안 갈 정도였다.

이 구보가 훈련 중 제일 괴롭다. 다른 훈련은 하사관 학교에서 숙달되게 받았으니 별 어려움이 없었지만, 모래주머니를 차고 달려야 하는 구보에는 모두 지쳤다. 아니 진저리가 쳐졌다.

사격은 하도 많이 해서 어깨와 팔이 항상 저렸고, 귀에서는 하루 종일 이명 현상이 사라지지 않았다. 또 작은 소리는 잘 들리지 않았다. 그나마 훈련이 고된 만큼 식사의 질은 나날이 좋아지는 것이 유일한 낙이었다.

기관단총(개머리판을 굴절시키는 프랑스제 MAT - 49다. 구경은 9밀리 파라블럼탄이다. 45구경 권총 실탄과 공용이다. 총의 무게는 30발들이 탄창 포함 4.17킬로그램이며, 길이는 460밀리이다. 개머리판을 펴면 720 밀리로, 총신 길이가 228밀리, 초속 390미터, 발사 속도는 분당 600발이다. 20발 또는 30발을 장전하는 탄창은 박스형이며, 스프링 송탄식이라 탄창을 가득 채우면 스프링에 무리가 온다.) 이 지급되었다.

이 총은 제2차 세계 대전 때 만들어진 총기류 중 가장 건실한 화기 중 하나로 꼽힌다. 강철판을 프레스로 찍어 만들었고, 총신 아래쪽으로 수축이 가능한 탄창을 끼워 휴대와 취급이 쉽다. 가까운 접근전에서는 9밀리탄의 위력을 볼 수 있는 나름대로의 장점이 있다. 영화에 자주 나오는 무기이지만, 영화처럼 그렇게 월등하게 위력을 발휘하는 총은 아니다. 기관총이란 명중률이 낮다. 총열이 짧은 총보다는 총열이 긴 게 명중률이 높다고 몇 차례 얘기했지만, 개인적으로는 M14가 더 좋다. M14는 M1총을 개량한 자동 소총이다. M1소총은 2열 4발, 크립 8발들이 단발용. M14는 20발 탄창 스프링 송탄 방식이어서 자동으로 발사된다. 레버 조작으로 단발 사격이 가능하기 때문에 저격용으로 채택된 것이다. 강력한 7.62밀리탄을 쓴다. M14 라이플은 인명 살상용 NAT탄을 사용하지 않고 철갑탄을 사용하였다. 방탄복을 입은 적을 사살하기 위해서다. 그것은 막사 밖의 동초가 방탄복을 입고 근무하기 때문에 철갑탄을 사용해야 한 발에 제거할 수 있기 때문이다. 철갑탄은 철모도 정면 맞으면 관통할 수 있다.

"내게 이 총이 있다면 미인 열 명하고도 바꾸지 않을 게다. 전쟁터에서는 미인 백 명보다 명중률이 높은 총 한 자루가 훨씬 나으니까!"

그런 말을 영화(풀메탈 자켓)에서 선배 병사가 신병에게 이 총의 우수성을 설명하는 대목이 있을 만큼 성능 하나는 끝내준다. 그런만큼 갖고 싶은 총이다. M14는 저격수용으로 사용한다. 저격수의 무기는 최고 성능의 저격 총이며, 관측수 무기는 유사시에 저격이 가능한 자동 소총 내지는 돌격 소총이어야 한다. 왜냐 하면 저격수의 주무장이 사용할 수 없게 되었을 때 관측수의 무기를 대신 사용하여야만 하기 때문이다. 저격수는 통산 2명이 조를 이룬다. 그것은 관측수

 북파 공작원

가 관측을 하여 목표물을 찾아주어야 하기 때문이다. 또한 관측수는 쌍안경이나 망원경을 사용하므로 목표물을 쉽게 찾을 수 있으며, 조준경으로는 넓은 곳을 찾기 어렵기 때문이다.

저격수의 무기는 볼트 액션(Bolt Action : 노리쇠 수동 장전식) 소총일 경우가 대부분이다. 가스압으로 장전을 해야 하는 자동 소총들은 복잡한 구조로 인해 총이 흔들릴 확률이 높다. 이런 떨림은 정확한 저격에 방해 요소가 될 수도 있다(물론 아닐 수도 있지만, 여러 명을 사살할 때는 자동이 유리하다. 대개의 경우 저격은 한 방에 한 명의 적을 제압해야 할 경우가 많다). 사실 볼트 액션이건 자동 소총이건 간에 총이란 대개 표적에 제대로 맞도록 설계되어 있다. 총으로 표적을 맞추고 못 맞추고는 대개 사수의 사격 실력에 달린 것이다.

정밀한 저격을 생명으로 한다면 단연 볼트 액션 방식의 소총이 최적의 선택이다. 왜냐 하면 플로링 배럴을 채용할 수 있는 볼트 액션이어야 한 치의 흔들림없는 사격을 기대할 수 있기 때문이다. 물론 수동 장전이란 것이 가져다주는 단점도 없는 것이 아니지만, 저격은 결국 원 쇼트 원 킬(One Shot One Kill : 한 방에 한 사람을 죽임)을 위한 것이지, 총알을 흩뿌리는 일이 아니다.

그런 이유로 당시는 M14를 선택했다. 모든 대원들은 저격수로 활용될 수 있는 사격술을 연마하여 누구라고 꼭 꼬집어 저격수 임무를 맡기지는 않는다.

하지만 기관단총은 순식간에 퍼부을 때의 요란한 총성이 적의 사기를 죽이는 효과는 있지만, 적을 섬멸시키기에는 신통하지 않다. 이 경우에는 정조준하여 단발 사격하는 것이 더 효과적이다. 이 기관단총은 가벼워서 소대원이 서로 갖기를 원했다.

일반병들의 사격 훈련에 비중을 많이 두었다. 하나같이 특등 사수가 되도록 호되게 다루었다. 우리를 훈련시키고 단련시키는 조교들은 알고 보니 HID 특수 요원이었다. 이들은 한 번 이상 적진으로 침투한 경험이 있는 까닭으로 군에서 특별 대우를 받는 특수 부대다. 그들은 군복만 입지, 계급과 명찰은 달지 않는다. 모두 사병으로 구성되어 있지만, 위관들을 얼차려시킬 만큼 위관급과 맞먹는다.

HID는 간첩 활동과 침투가 주 임무이다. 우리는 이 부대보다 격이 한 급 낮은 게릴라 부대, 즉 적의 무장 공비격이다. 그래서 훈련이 혹독하고, 또 이 혹독한 훈련은 HID 요원들이라야 시킬 수 있다. 이 훈련을 견디지 못해 탈락하는 병사들이 많아졌다. 그들은 모두 자대로 돌아간다. 결원을 보충하지 않으니 나중에 40명만 남는 모양이다.

남아 있는 일반병들은 체격 조건이 좋아서 이 훈련을 견디어 내고 있다. 나야 1군 하사관 학교에서도 독종으로 살아남았고, 독도법과 사격술이 우수하여 허대위에게 찍힌 몸이다.

게다가 형제가 다섯이나 되니 유사시에 우리 집안의 대가 끊길 일은 없다고 해서 차출당했지만, 어쨌든 이 훈련을 견디어 내고 있었다. 인내와 끈기의 근성으로 똘똘 뭉쳐진 나이기에 대한민국 육군이 나를 선택한 모양이었다.

군생활을 끝낸 사람이나 이제 입대를 앞둔 신세대들도 체

 북파 공작원

구가 건장해야만 강도 높은 훈련을 견디어 낸다고 믿지는
않을 것이다. 악착 같아야 견디어 낸다.

오작교 사랑 찾기

훈련 20일, 산악 훈련에 접어들었다. 소양강 주변 산악에
서 훈련을 시작하였는데, 모래주머니에 완전 군장을 하고
고지를 점령하는 훈련이었다. 고지 점령이 끝나고 내려올
때에는 계곡으로 빠져나오며, 구보를 하여야 했다. 계곡은
깊고 작은 바위가 널려 있기 마련이다. 심산의 계곡에 비가
한바탕 쏟아지면 잔돌과 흙은 다 휩쓸려가고 돌만 남는다.
그 돌을 징검다리 밟듯이 밟고 지나가야 되는데, 속력이 빨
라 미끄러지거나, 발을 헛디디어 아차 실수하는 날에는 바
위 틈새에 발이 빠져 넘어지면 뼈가 부러지는 큰 사고가 난
다. 조금이라도 한눈을 팔면 발을 헛디디게 되어 돌밭에 나
뒹구는 신세가 되니 뛰면서도 정신을 집중해야 된다.
　"오늘은 오작교 사랑 찾기 훈련이다. 전원 단독 군장으로
집합한다."
　"사랑 찾기 좋아하네. 절마 새끼, 훈련 끝나거든 숨쉬는
것 잊어주게 하자."
　"저 문디 자석, 오늘 쎄도가지를 대검으로 짤라서 사시매
할 끼다."
　훈련 과목을 전달하고 내무반으로 들어가는 조교를 향하
여 한 마디씩 한다. 3일 전부터 시작된 오작교 사랑 찾기
훈련에 진저리친 대원들은 조교만 보면 이를 갈았다. 특히

어제 훈련 중 오작교 징검다리 역할 중 경상도 창녕에 고향을 둔 최일병은 생존 투쟁 훈련 때 조교 한 놈을 죽여 버리겠다고 몇 번이고 나한테 말하였다.

오작교 사랑 찾기는 성춘향과 이몽룡이의 데이트 장소로 착각하면 크나큰 착각이다. 춘향전 러브 스토리가 아니란 뜻이다.

적지에서 작전 중 도피할 때 변소(재래식 변소)에 들어가 숨을 때를 대비하여 받는 훈련이다. 훈련이 시작된 지 벌써 20여 일이 지났다. 생존 훈련보다 더 힘든 훈련이 오작교 훈련이란 것을 어제 훈련으로 짐작을 하였다. 조교 말로는, 이러한 훈련은 너희가 처음 받을 것이라고 하였다. 교육 프로그램이 있는 것이 아니라, 기존 특수 훈련에 교관과 조교들이 토론을 거쳐 만든 교육이라고 하였다.

단독 군장에, 양 발목에 모래주머니를 차고 산악 훈련을 하고, 4킬로미터를 구보를 하고 난 뒤 16ROG(검문소)를 지나 늪지대를 들어섰다. 늪지대를 들어서면서부터 낮은 포복, 높은 포복을 반복하면서 도착한 곳은, 급조하여 만든 물웅덩이였다. 사방 10미터 거리였는데, 깊이는 목까지 잠길 정도였다.

"전원 들어간다, 실시!"

조교들의 말이 끝나자마자 첫봄나들이 나온 오리 새끼들처럼 웅덩이가로 몰려가 "실시!"라는 복창과 함께 전원 웅덩이로 뛰어들었다. 그때까지만 하여도 오다가 늪지대에서 낮은 포복, 높은 포복, 철조망 통과 등으로 우리들은 갯벌 속에서 빠져나온 꼴이었기 때문에, 몸을 씻기기 위하여 웅덩이로 들어가라고 하는 줄 알고 물가에 나온 오리 새끼들처럼 헤엄치며 즐거워했다.

총을 씻고 얼굴을 씻고 물장난을 치고 있을 때 교관이 나타났다. 교육 시간에 까만 선그라스를 끼고 다녀, 표정을 알 수 없는 고약한 교관이다.

"전원 동작 그만!"

"지금부터 오작교 훈련을 실시한다."

"2열 종대로 서서 앞사람 어깨를 두 손으로 잡는다."

"전원 실시!"

"전원 실시!"

반복 구호와 함께 물방울을 튕기며 웅덩이 안에서 얽히고 설키면서 2열 종대로 열을 맞추어 정렬을 하였다. 이 훈련은 요인을 탈출시키는 길목 가운데 시냇물을 건너기 위해 징검다리처럼 머리통을 밟고 건너갈 수 있도록 하기 위한 훈련도 되고, 물에 젖지 않게 특수한 기밀 서류나 장비 등을 옮기는 데 필요한 훈련도 되며, 도피 중 아무리 더러운 오물천이 나타나서 급박하게 숨어야 할 때나, 마을 인가에서 엄폐나 은폐물이 없을 때 잡히지 않기 위해서는 변소 구덩이 속에 들어가 20초 이상 잠수해야 하는, 그야말로 특수 훈련 중 제일로 힘든 훈련이었다.

어제 훈련 때는 마을 앞 우물터 미나리밭에서 높은 포복, 낮은 포복, 엎드려 쏴, 뒤로 취침 등을 하였으므로 오작교 훈련이란 것이 얼마나 힘든 훈련인가를 짐작했다.

그 당시 마을 앞 공동 우물터 앞에는 미나리밭이 있었고, 그 곳에는 아기들 똥기저귀를 빨면서 쏟아는 똥을 비롯하

여, 가축을 잡으면서 가축 내장을 버려서 똥칸의 동생뻘쯤
되는 더러운 곳이었다. 시골 공동 우물터 앞은 거의 100퍼
센트 이러한 미나리밭이 있었다.

  그것은 거름이 되어 미나리가 잘 컸기 때문이다. 일어서
엎드려 쏴, 취침, 기상을 100여 번 더 하였다. 그래서 미나
리밭은 모자리판이 되어 버렸다. 미나리는 흙 속으로 들어
가 버렸고, 갯벌구덩이처럼 된 것이었다.

  그 정도 되면 누구나 동작이 느려지고 불평이 나오기 마
련이다. 똥과 가축 내장이 어우러져 썩은 흙과 오물이 온몸
에 묻었으니, 아무리 특수 훈련이라고 하여도 대원들은 불
만을 가질 수밖에 없었다. 온몸에서 썩은 냄새가 진동했다.
썩은 흙 속에서 지렁이를 비롯하여 수많은 종류의 벌레가
얼굴에 붙고 몸 속으로 들어가 스멀거리면 미치고 팔짝 뛸
일이다. 거머리가 많아 사타구니에 붙어 피를 먹었는지 풍
선처럼 몸이 부풀어 있기도 하였다.

  그럴 즈음, 활달한 성격에 장난끼로 유명한 임일병이 조교
를 끌어안고 진흙탕 똥구덩이가 된 미나리밭으로 뛰어든 것
이었다. 갑작스럽게 벌인 돌출 행동이었지만, 우리들은 임일
병 덕분에 4킬로미터 구보를 보너스로 받았던 것이다. 장난
으로 한 것인데, 조교란 저승사자 버금가는 악질이다.

  그래서 늦게 몸을 씻었고, 보너스로 받은 4킬로미터 구보
때문에 조교들과 관계는 언제 폭발될지 모르는, 초를 다투
는 시한 폭탄처럼 되어갔다. 대원들과 교관을 비롯하여 조
교 및 기관병까지 악감정의 골은 점점 깊어가고 있었다. 일
부 대원들은 철수하겠다고 하였다.

　나 역시 너무 힘들어 포기하고 싶은 마음이 한두 번 유혹한 것이 아니었다. 대원들 모두는 임무가 무엇인지도 몰랐다. 혹독한 훈련과 듣지도 보지도 못하였던 훈련 과목에 더 불안한 상태였다. 내무반 분위기가 어수선하여 나를 비롯하여 15명의 하사들이 추슬러 다독거려 주면서 훈련을 견디어 내, 우리는 하루가 지날 때마다 인간 병기로 만들어져 가고 있었다.

　교관의 명령에 따라 우리들은 앞사람 어깨를 두 손으로 잡고 다음 명령을 기다렸다. 그러자 조교들은 우리들의 머리를 밟고 건너가기 시작하였다. 처음에는 철모를 쓰고 하였으나, 시간이 지나면서 교육 프로그램에 따라 빵모자(일명 개떡모자, 모자의 둥그런 상단에 강철 테가 없어, 벗으면 상단이 내려앉아 그 당시 빵모자라 하였으며, 또 개떡같이 생겼다고 하여 개떡모자라고도 불렀다)를 쓰고 징검다리용 돌대가리가 되었다.

　오전 훈련이 끝나고 한 시간 취침을 하고 있는데, 주위가 산만하여 일어나 보니 코리언 향수 똥차가 와서 웅덩이에다 똥을 쏟아붓는 것이 아닌가. 최일병은 그 특유한 경상도 억양의 억센 사투리 욕이 나오기 시작했다.

　"절마 새끼들, 어제도 수채구녕 같은 미나리깡에서 목감했는데, 오늘은 똥으로 치깐(목간통)을 만들어 목감시킬라 카나!"

　"완마 겁나불게 징한 놈들이네. 강하사님, 하사관 학교 훈련도 징하다고 글든디, 학교 훈련하고 이 곳 훈련하고 어디가 더 힘드요?"

"솔직히 말하면 논산 훈련소는 하사관 학교 훈련에 비하면 잔디밭에서 노는 것이고, 이 곳 훈련은 아직은 속단하기 이르지만 학교보다 더 힘들 것 같다."

"그요이! 글면, 이 훈련받으면 하사로 진급시켜 달라고 해야겠네!"

"일마가 지랄 용천을 뜨나, 학교하고 이 곳 교육하고 같나! 일마야! 정신 차리래이. 학교는 아무나 가나 일마야!"

"강하사님 말로는 이 곳 훈련이 더 힘들다고 한께 한번 해 본 소리재! 근디 참말로 똥 구댕이를 만들어서 매깜케 할랑갑다 참말로이. 니기미 씨벌놈들, 어찌꼬롬 저렇게 징하냐?"

"강하사님 절마들이 HID 요원들이라 카던데 맞는교?"

"아니다. 교관들만 HID 요원들이고, 조교는 유격장 조교들이다."

"어찌꼬롬 아요?"

"HID 요원은 특수 요원인데, 많은 숫자가 우리를 교육시키려 이 곳까지 올 리가 없다. 우리 사단 지역에 무선 전파 감청 요원이 OP에 파견되었는데, 그네들과는 다르다는 것을 눈빛을 보면 알 수 있다."

"상부에서는 우리 임무가 무엇인지 말하지 않는데 무슨 이유라도 있는 것입니까?"

"나도 잘 모르겠다만, 특수 임무가 있겠지?"

"아이고야, 꾸룽내가 진동을 한대이."

서로가 앞날 걱정하고 있는데, 귀가 따갑도록 들은 호루라기 소리가 두 번 울린다. 집합 소리다.

"4열 횡대로 헤쳐 모여!"

"헤쳐 모여!"

복창과 함께 우리는 똥덩어리가 헤엄쳐 다니는 웅덩이 앞에 모여 섰다. 똥차는 계속 똥을 쏟아부었다. 군용 탱크로리 분뇨차 이외 민간 똥차도 도착하였다. 민간인 똥차는 화물차 적재함에 나무로 만든 분뇨통이다. 판자로 만든 분뇨함에서 걸쭉한 똥이 쏟아진다. 재미있는 구경이나 하듯 우리는 코를 막고 기다렸다.

그러나 곁에 있는 조교놈들 얼굴을 보니 코를 막는 우리들이 가소롭다는 듯이 히죽거리고 있다. 논산 훈련소에서 국을 담는 식깡통에 떠다니는 유부(기름으로 튀긴 두부) 덩어리같이 똥덩어리가 웅덩이 안에서 떠다녔다. 교관이 일장 연설을 한다.

"여러분들의 뒤에 있는 웅덩이는 똥물이다. 여러분이 작전에 임하였을 때 적에게 발각되어 쫓기든지 여의치 않아 숨게 되었을 시 뛰어들어 숨어야 되는 곳이다. 급박한 상황에선 똥물 속이라도 20초 이상 잠수해야 될 경우도 발생하게 된다."

"오늘 훈련은 여러분이 극한 상황에서도 임무 완수를 위하여서는 똥물 속에도 잠수할 수 있다는 것을 가장하여 처음 도입된 훈련이다."

"전원 뒤로 돌앗! 앞으로 갓!"

옷이 오전 내내 젖어서 온몸이 가려운데도 우리는 교관의 말에 똥이 둥둥 떠다니는 웅덩이 속으로 거침없이 들어갔다. 그런데 똥을 피해서 가자 조교들의 욕설이 화살처럼 날아와 귀에 박혔다.

"어쩌구리, 똥을 피한다 이 말이지!"

"잠수! 적 출현 잠수!"

조교들이 고래고래 소리를 지르지만 대원들은 뉘네 집 똥개 짖는 소리냐는 듯이 목을 내밀고 똥덩어리가 가까이 오면 손바닥으로 밀쳐내었다.

그 광경을 보고 조교들이 일제히 돌을 던졌다. 똥물이 튀겨 얼굴에 묻었다. 교장은 조교들의 욕소리와 물튀기는 소리뿐이었다. 이 광경을 지켜보던 교관이 소리를 질렀다.

"전원 손을 머리에 올려 깍지를 한다, 실시!"

"실시!"라는 복창을 하고 머리에다 손을 올려 깍지를 하자, 똥이 얼굴 근처로 오니 대원들은 황급히 입으로 불어 똥덩어리를 멀리 보냈다. 다시 명령이 떨어졌다. "전원 어깨동무 실시!"라는 말에 80여 명의 대원들의 입술은 순간 접착제에 붙인 것처럼 붙어버렸다. 잠수하라는 명령이 떨어졌기 때문이었다. 입을 벌리다간 조교들이 던지는 돌에 똥물이 튀겨 입에 들어갈까 봐 입을 꼭 다물어 버린 것이었다. 다행히 똥보다 물이 많았기 때문에 채독(피부병의 일종)은 걸리지 않을 것 같았다. 어려서 똥통에 빠져 죽는 경우를 보았다.

고향에서 똥통에 빠져 살아나면 아무리 끼니를 거른 집이라도 팥시루떡을 해서 동네 잔치를 하는 것을 본 적이 있었다. 우리들이 똥덩어리를 피하여 헤쳐 모여서 어깨동무를 하자, 취침·기상을 몇 번이고 반복시켰다. 이윽고 기진맥진하여 웅덩이에서 나왔다. 몇몇 대원들은 웅덩이밖에 나오자

 북파공작원

마자 토악질을 하였다. 땅바닥을 기면서 토악질을 한 대원들은 눈에 핏발이 서 있었다.

아무리 훈련이라고 하여도 너무한 것 같다고 대원들의 볼멘소리가 여기저기에서 터져나오기 시작하였다. 온몸에 똥물이었고, 눈썹에 똥이 묻은 장하사를 보고 배꼽을 잡고 웃기도 하면서 우리는 하루 훈련을 무사히 끝낼 수가 있었다.

훈련을 받을 때는 너무 힘들어서 어떤 때는 교관이고 조교이고 간에 죽여 버리고 싶은 생각을 품게 되었지만, 훈련을 끝낸 뒤 씻고 휴식을 취하면 악감정은 사라지고 말았다. 그래서 참을 인자 세 번이면 살인을 면할 수 있다고 하지 않는가!

인간은 선과 악의 양면성을 가지고 있다. 마음 속의 악을 다스리지 못한 때에는 인간은 이성이 없는, 즉 깨달음이 없는 짐승이 된다.

젊은 혈기가 넘치는 남자들만의 세계, 즉 군이라는 특수 집단은 각기 출신 지역·성격 등이 틀린 것 때문에 크고 작은 사건들이 터지기도 한다.

밤사이 대원들 중에 누군가 부대 변소에서 똥을 퍼다가 기간병들 내무반에 숨어 들어가 신발에다 부어 버린 사고를 친 것이다. 당시만 하여도 군화는 귀해서 A급은 별도로 보관하여 휴가병만 신고 가게 하였으며, 중대 안에 미제 스몰 잠바는 전 중대원 휴가복이 되던 시절이었다.

워카 안의 인분은 씻어도 가죽이어서 냄새가 배여 있다. 그 장난 때문에 우리들의 훈련은 더 힘들어졌다. 군에서 말썽이 나면 본인이나 동료가 괴롭힘을 당하는 줄 환하게 알면서도 젊은 혈기는 자제하지 못하였다. 결국 우리는 진또 백이(진국)가 된 웅덩이에서 잠수를 50여 차례를 하였다. 지금도 그때 일을 생각하면 온몸에서 인분 냄새가 나는 것 같은 느낌이 든다. 인분탕에서 1주일을 목욕을 하였으니, 온몸에 땀띠 같은 피부병이 생기기도 했다.

하사관 학교와 논산 훈련소에서 힘든 훈련을 받아보았지만, 그때 받았던 훈련에 비교하면 신식 용어로 쩝도 안되었으므로 나 역시 주눅이 들어 버렸다. 신발 오물 사건으로 오작교 훈련은 하루 더 연장되었고, 분뇨를 더 많이 채우는 바람에 우려했던 채독이 몇몇 대원한테서 발견된 것이다. 온몸이 가려움에 시달리고 땀띠처럼 부풀어올랐다. 마이신과 주사로 치료는 되었지만, 훈련복에 스쳐 고생을 너무 많이 하였다.

사고가 있었던 날, 조교들은 우리 대원의 짓이라고 생각하고 웅덩이 물을 절반쯤 빼어 낸 다음 분뇨를 가득 채웠기 때문에 실제 시골 변소가 된 셈이었다.

그런데 어느 날 잠수를 외쳐대는 조교들의 말을 듣지 않자, 악질 조교 한 명이 지프차에서 비상용 5갤런통 휘발유를 가져와 웅덩이에 쏟아서, 분뇨 위로 휘발유가 쫙 깔리게 한 다음 불을 붙였다. 순식간에 일어난 일이었다. 웅덩이 가로 빙 둘러서서 몽둥이를 들고 조교들이 밖을 못 나오게 막고 불을 지른 것이었다. 웅덩이는 순식간에 불구덩이가 되었다. 밖에서 보면 지옥불 속에서 벌을 받고 있는 죄인들처럼 보였을 것이다.

모두 20초 이상 잠수를 하여서 화상을 입은 대원이 없었

다. 만약 그때 잠수하지 않았으면 얼굴에 화상을 입었을 것이다. 그 지독한 변소간 잠수 훈련을 보너스로 하루 더 한 셈이다.

이렇듯 인간으로서 견디기 힘든 교육 훈련 프로그램이 계속 이어져 모두들 최고의 악질들로 만들어져 갔다.

오작교 인분 구덩이에 잠수하는 훈련은 지금도 생각하면 온몸이 스물거린다. 하루 6시간 정도 그 짓을 하였는데, 아침저녁 식사는 목욕을 하고 먹었지만, 점심 식사 때는 주변 소류지에서 대강 몸을 씻었지만 냄새 때문에 밥을 먹을 수가 없었다.

당시 논산 훈련소 출신이라면 훈련이 끝나고 휴식 시간에 이동 슈퍼(먹을 것, 훈련병들에게 필요한 잡화 등을 파는 아주머니)들이 소변 보는 데까지 와서 간식을 팔았다. 용케도 돈을 숨겨온 훈련병은 떡이고 빵을 사서 변소 안에서 먹었다. 군대 생활을 경험한 사람들이라면 누구나 한 번쯤 교관이나 조교 몰래 변소 안에서 허겁지겁 먹었던 기억이 날 것이다.

그때를 생각하면 별것이 아니나 온몸이 똥물에 젖어 있고, 얼굴 등을 씻었지만 비누도 없이 씻었으니, 냄새는 식욕을 잃게 만들었다. 식당차가 와서 배식을 했는데, 첫날은 식판을 들고 배식을 받아 먹었지만, 이튿날부터는 식당차가 미리 와서 배식을 해놓았다.

우리는 인분 구덩이에서 물놀이까지 하였는데, 배식하는 그들은 몇 분 동안도 우리들 몸에서 나는 냄새가 싫었던 것이다. 아무리 지독한 냄새가 나도 굶을 수는 없었다. 귀대할 때 4킬로미터 구보를 생각하여 밥알 한 톨 남기지 않고 다

먹어야 했다.

인분 훈련은 각개 전투 종합 훈련 때 한 번 더 하게 된다. 이것은 철조망 통과 코스인데, 이 코스는 실제 LMG 기관총을 설치하고 실탄 사격을 한다. 조금이라도 자세 불량이면 목숨은 부지할 수가 없는 곳이다.

훈련소에도 실탄 사격이지만, 점사식으로 하는데, 이 곳에는 두 정의 LMG 기관총으로 연속하여 발사한다. 철조망 통과 코스이며, 통상적으로 조교들이 흰 몽둥이를 들고 서 있다. 신속하게 통과시키기 위해서일 뿐만 아니라, 공포심을 불어넣기 위해서이기도 하다.

드러누워 한 손으로 총을 배 위에 얹어 잡고, 한 손으로 철조망을 들어 두 다리를 개구리 헤엄치듯 밀고 신속하게 통과하는 곳이지만, 이상하게도 악질 조교들이 없다. 우리가 처음 받는 훈련장이어서 야산에 지형 그대로 철조망으로 그물을 쳐놓은 상태이므로, 다른 훈련소 같으면 길이 나서 통과하기 쉽지만 이 곳은 험악한 강원도 야산이라 땅바닥은 돌들이 깔려 등으로 밀고 가긴 무척 어려웠다. 그래서 몇몇 대원들이 조교들이 없다고 일어나서 철조망을 우회하여 갔는데, 그것이 함정이었다.

"쾅!!" 하는 폭음과 함께 소낙비가 쏟아졌다. 아니, 그것은 소낙비가 아니라 진또배기 인분이 하늘에서 쏟아져, 그만 하늘을 보고 드러누운 상태에서 인분 세례를 받은 것이다. 제대로 훈련하지 않은 대원들을 하느님이 보고 하늘의 변소를 붕괴시켜 인분 벼락을 한 것이 아니라, 요령 피우는 대원들을 혼내기 위하여 조교들이 인분을 가득 채운 깡통 6개에다 TNT를 설치하여 우회쪽에다 인계 철선을 사용하여 부비트랩을 만들어 수류탄 내관에 연결, 쪽발케 상지한 섯이다.

그 곳에서 맞은 인분은 정말 고약하였다. 우리에게 돌격선에서 고지 점령까지 시간을 주고는 조교들은 낮잠 자고 있었던 것이다. 양심 불량으로 쪼그려 뛰고, 9명씩 어깨동무한 채 오리걸음을 한 후 다시 한 번 돌격선에 섰다. 선발조 때문에 나머지 조도 등에 똥칠갑을 해야 했다.

훈련의 강도가 더욱 높아지자 탈락자들이 몇 명 생겨났다. 훈련을 이겨내지 못한 대원들이 늘어난 것이다. 한편으로는 윗선에다 부탁하여 원대 복귀하는 대원도 생겨났다.

90퍼센트 이상 강제 차출되다시피 한 대원들이다. 나머지 10퍼센트는 호기심 때문에 왔지만, 대다수는 어쩔 수 없이 온 것이다.

너무나 가혹한 훈련 때문에 초반 이탈자가 많이 나왔으나 중반으로 들어서자 적응하는 쪽이 많아졌고, 특별 대우를 하여 주는 상관들과 국가를 위해서 막중한 임무가 주어진다는 교관들의 정신 교육에 힘입어 대원들은 긍지를 갖기 시작하였다.

구보와 산악 훈련에 적응을 못 하고 탈락한 김일병 이야기는 쓴웃음을 자아내게 한다. 김일병은 특수 훈련을 견디다 못 해 서울에 있는 삼촌한테 편지를 썼는데, 삼촌이 부대장에게 부탁한 것이 받아들여졌다고 한다. 못 견디겠다는 조카의 말을 전해들은 삼촌은 회사 자가용 운전사에게 차 안테나를 달아 오게 하였다. 그때만 하여도 차량 뒤에 무선 안테나를 달 수 있는 차는 기관원 차뿐이었다.

사장 지시에 운전 기사는 폐차장에 가서 중고 차량 안테나를 구입해 달았는데, 군용 지프용 무선 안테나였다. 그것은 길이가 아주 긴 미군 기갑 부대의 차에서 해체된 무선 안테나였다. 그래서 속도를 내면 안테나가 길어서 유달리 휘청거렸다. 삼촌은 부대장 집으로 찾아갔는데, 마침 상급 부대 출장을 떠나, 부대장이 없었다.

그래서 사모님이 김일병 삼촌을 상면하게 되었는데, 삼촌은 차를 후진하여 부대장 집 대문에 바짝 후진시키니, 그 당시는 대문이 아주 낮아서 차량 안테나가 대문 지붕에 걸려 휘어진 상태로 차가 주차가 된다.

일부러 차량 안테나가 휘어지게 대문 바짝 차를 후진시킨 것이다. 삼촌은 봉투를 꺼내 부대장님께,

"이것을 전해 주이소."

"이것이 무엇입니까?"

"그냥 전해 주이소 보면 알 낍니더."

라는 말을 하고는 안테나가 휘청거리도록 과속을 하여 떠나 버린 것이다. 강원도 양구까지 경상도 말하는 사람이 얼굴을 알아볼 수 없게 시커먼 선글라스를 쓰고 와서 봉투를 주고 가는 것을 뒤에서 본 부대장 부인은, 부대장에게 낮에 있었던 일을 이야기하고 봉투를 건네준 것이다. 봉투 속에는 5만 원이 들어 있었고, 쪽지에는, '귀한 집 자손입니다. 부탁합니다'는 글이 씌어 있었는데, 자기 부인 이야기를 듣고는 정부 고위층으로 생각했다. 그 날부로 김일병은 전출카드를 받고 우리 대원에서 탈락되었다. 당시 쌀 한 가마

값은 7천 원 정도였다. 일부러 기관원처럼 복장을 하고, 차량 안테나로 특수 차량처럼 만든 것이다.

돈 있고 빽이면 통하던 시절이었기 때문에 가능한 때이다. 군은 선택된 직업이기 때문에 시키면 시키는 대로 할 수밖에 없었던 아득한 옛 이야기이기도 하다. 대한민국 남자들이 군에 가면 꼭 듣는 말이, '거시기로 밤송이를 까라면 까고 여자 거시기로 침상 못을 빼라면 빼는 곳이 군대'라는 말이 유행하던 시절이었고, 또 전설처럼 전해 내려온 구비전승 군대 문화가 제대로 통하던 시절이 바로 그때 그 시절이다. 견디지 못한 탈락자가 있었지만, 보충 인원은 채워지지 않았다.

왜냐 하면 특수 부대 요원은 아무나 받아주지 않는다. 우리가 학위나 기능 같은 어떤 자격을 갖춘 사람은 존경하는 것은 아무나 쉽게 할 수 있는 것이 아니기 때문이다. 특수 부대원도 마찬가지다. 대원들은 투철한 군인의 국가관과 복종과 군기를 바탕으로 하여 뛰어난 체력과 사격 능력, 그리고 임무 수행 능력을 기준으로 하여 어떠한 훈련을 하여도 감내할 수 있는 정신 무장이 되어 있는가를 정하여 선발한다.

그러므로 훈련 중 탈락자를 생각하여 실제 팀원보다 배가 넘는 인원을 선발한다. 또한 대북 침투 요원은 사상 검증을 철저히 한 후에 선발된다. 그것은 임무 수행 중 배신(월북)을 할 수 있기 때문이다. 작은아버지 처갓집에서 사돈에 8촌까지 신원 검증을 한다. 인척 중 월북자나, 한국전쟁 때 빨치산이었거나 부역자 가족도 제외된다. 전과자 · 흉악범 ·

고아·부랑자 생활을 하였던 자도 모두 제외된다. 신원이 확실하고 형제가 많은 자 등에서 선발한다.

TV 화면에 자주 볼 수 있는 MP 완장을 팔에 찬 채 순찰하고 다니는 GP 근무자도 이에 속한다. 국군의 날 의장대 요원의 분열하는 모든 병력도 신원이 확실한 병력을 선발하여 1개월 훈련을 받은 뒤 행사를 한다. 대통령을 암살할까 봐서 소총을 사용 못 하게 노리쇠 공이를 탈거시키는 실정이었다. 하물며 최전방 휴전선을 넘나드는 특수 요원들의 신분은 더 열거해서 무엇하겠는가! 입대 후 훈련소 등을 거쳐 자대에 배치되면 각기의 병과에 따라서 비밀 취급 인가를 받는 중에도 사상 검증이 이루어지며, DMZ 안쪽 GP 근무자는 모두 사상 검증에 통과해야만 GP 근무를 할 수 있다.

특수 부대원은 사상 검증을 거쳤고, 훈련을 통하여 유사시 국가를 위하여 목숨을 바칠 수 있는, 그야말로 국가와 국민을 위하여 봉사할 수 있도록 '인간 한계', 즉 인간이 견디어 낼 수 있는 인내가 어디까지인가를 실험하는 표본이 되어 훈련을 받는다. 또한 투철한 국가관을 정훈 교육으로 다듬어서 그 가운데서 다시 선발한다.

우리는 훈련을 통하여 인간 병기화가 되어 가고 있다. 그 교육 훈련장에는 인권이란 용어 자체가 사치스런 말이 된다. 집에서 기르는 개보다 못 한 대접을 받는다. 일단 교육에 들어가면 맹수로 길들여졌다.

반딧불 사격술

오늘은 건물 안(실내 전투) 공격에 대하여 훈련을 받는 날이다. 건물 막사 안 공격의 정의는, 건물 및 기타 인적 지형 조건이 발달함에 따라 이를 최대한 활용할 수 있도록 하는 것이 바로 CQB 전술의 목적 중 하나다. 특히 CQB에서 가장 강조되는 것은 역시 방실(傍室 : Room)에서의 교전(이를 실내 전투, 곧 Room Combat이라고 부른다)이다.

실내 전투는 다음과 같은 특징을 가진다. 심한 방해 환경 속에서 빠른 속도로 사격한다. 실내에서는 1미터에서 1.5미터 정도로 비교적 단거리에서 사격한다. 조명이 없거나 빈약하여 어두운 경우가 많으며, 기동할 수 있는 공간이 적거나 아예 없는 경우가 있다. 많은 적이 있어 표적에 혼동이 오기 때문에 우왕좌왕할 시 본인이 당한다.

실내 교전이 일어나면 연기·소음 등으로 혼란이 심하다. 따라서 실내 전투를 하기 위해서 대원들은 최고 수준의 사격술 및 전술적 대처 능력을 익혀야 한다.

적의 막사 기습시 신속·기습·총격을 하여야 하며, 사격 시 전술·정확성·화력을 집중하여 신속하게 끝내야 한다. 이러한 것을 숙지하기 위하여 반딧불 사격 연습에 들어갔다. 그 동안 주간에 하는 전술·전투·사격술을 연마하였다. 그런데 반딧불 사격술은 야간 침투·전술·사격·응용술이다. 다시 말해 반딧불 사격 교육 훈련은 야간에만 이루어진다. 군생활 중 야간 훈련·야간 경계·불침번·초소 근무 등이 없으면 군생활은 할 만하다. 저녁 식사를 하고 난 뒤의 야간 훈련은 그야말로 죽을 맛이다.

그러나 실제 전투에서는 야간 전투가 무척이나 중요하다. 왜냐 하면 시계가 불량하여 근무자가 사물을 확인하는 데 많은 어려움을 겪기 때문에, 또한 적의 초소에 테러 부대가 작전을 하기 위해 침투하는 데는 야간을 이용하는 게 더 안전하기 때문이다.

반딧불 사격술은 나지막한 야산에서 실시되었다. 개인 화기는 M16 돌격용 소총과 MAT - 49 기관단총과 AR 경기관총 사격술이다. 전방 야산 쪽으로 조교들이 반딧불 표적물을 차에 싣고서 떠났다. 그들의 신호에 따라 반딧불이 움직이면 사격을 하는 것이다.

반딧불 표적은 밧데리에 플래시 전구를 연결한 뒤 납땜을 하여 불이 켜진 채로 만든 표적을 집토끼 목에다 부착시켜 산에다 풀어놓으면 토끼가 이동하기 때문에 먼 곳에서 보면 반딧불이 움직이는 것처럼 보인다.

당시에는 소형 밧데리가 생산되지 않았다. 따라서 무전기 P - 10 밧데리를 분해하면 건빵 같은 밧데리가 많이 나오는데, 이 밧데리에 선을 연결하여 플래시 전구에 연결하면 불이 켜지기 때문에, 이동 표적으로 사용하였다.

조교들이 철수해야 사격을 할 수 있기 때문에 통제관 신호를 기다렸다. 기관단총은 일반 보병 부대에는 희귀한 존재였지만, 특수 부대에는 기관단총은 표준 장비화되었다. 중공제 AK47과 북한의 따발총과 같은 등급이다. 권총 탄환을 사용하여 낮은 관통에도 불구하고 높은 저지력을 보유하는 기관단총은 특수 부대에서는 매우 소중한 총이다.

총을 다루는 사격수는 총을 신뢰하여야 한다. 모든 총에 있어서 가장 중요한 제원은 무엇일까? 그것은 총의 장탄수나 화력이나 총열 길이 및 작동 방식도 아니며, 또한 그 총에 쓰는 탄환의 저지력(Stopping Power)도 아니다. 그것은 총의 제원표에는 올라와 있지도 않다. 그것은 다름이 아닌 신뢰성으로, 무슨 일이 있어도 자신의 총은 확실히 발사된다는 사용자의 믿음이다.

기관단총은 충분한 화력을 갖추어 공격팀 대원에게 무장에 대한 확신을 주어 사격시 무리한 반동이 없고, 어느 자세에서도 대량 화력을 지원한다. 그러나 무엇보다도 비교적 약한 권총탄과 같은 탄을 사용하므로 반동을 다루기 쉬울 뿐만 아니라, 단거리 사격에서는 되레 소총보다 정확한 사격이 가능하다는 점이 커다란 장점이다.

대개의 기관단총은 비교적 다루기 쉬운 9밀리 파라블럼탄(권총탄)을 사용하여, 9밀리 탄환은 저지력이 부족하다는 견해가 있는 것은 사실이지만, 목표물에 수발의 탄환을 연속 사격하는 기관단총의 경우에는 꼭 그런 것만은 아니다. 따라서 이 총은 특수 부대원들이 갖고 싶어하는 화기 중의 하나다.

두 번째로 선호하는 총이 산탄총(엽총)이다. 산탄총은 근접거리 또는 다수의 적이 있는 곳에 효과적으로, 화력 지원에 필수다. 이것은 사커 37은 5발까지 장탄되며, 펌프 액션(손으로 장전) 모델이다. 지금은 자동 급탄 방식이 나온 상태다.

펌프 액션(Pump Action)의 산탄총은 공격팀에게는 필수 무기이며, 튼튼한 무기이다. 특수 부대서 사용하는 산탄총 탄환은 민간인이 사용하는 사냥용 탄환 덩어리인 슬러그

(Slug)보다 대개 조그만 쇠구슬들이 흩어지는 벅샷(Buck Shot)으로 많은 수량의 구슬 철환들이 흩어지면서 다수의 적을 무력화시키는, 정말로 잔인한 무기이다. 그리고 전방 초소 야간 경계 근무처에 많이 보급된 총이기도 하다. 야간 근무자 막사 외곽 동초에게 지급된다.

특수 부대 공격팀에서는 산탄총 용도를 두 가지에 요긴하게 사용된다. 이를테면 우선 실내 진입을 위해 문의 접지를 파괴하는 경우이고, 적이 갑작스런 기습에 대비하는 테일건(Tail Gun : 후미 경계병)의 경우인데, 이때 산탄총을 쓰면 된다. 그것은 뒤에서 기습하는 적이 반격할 확률이 적기 때문이다. 단 산탄총을 사용할 경우 그 유효 사거리가 50미터에도 못 미침을 유의해야 한다. 즉, 접근전이나 실내전이 아닌 때는 그리 유효한 무기가 아니란 것이다.

한때 유럽에서는 산탄총을, '야만적인 무기(표적에 수많은 홈집, 탄흔 구멍을 내기 때문)'라고 멸시하여 경찰을 포함한 대테러 부대에서 채용조차 검토하지 않았던 시점이 있었으나, 살육의 현장에 있는 전투 부대에서는 산탄총의 채용은 꼭 필요하다. 필요가 발명의 어머니라 했던가?

인간은 살아가면서 방어를 위하여, 또는 살상을 위하여 더 잔인한 무기 개발에 힘을 쏟고 있다. 그 무기가 부메랑처럼 자신들을 죽일지도 모르는 데도 말이다.

이윽고 예광탄이 하늘 높이 치솟아 오른다. 휴대용 조명탄을 쏘아올려 작전을 하여도 좋다는 신호이다. 칠흑 같은 하늘에서 파란빛을 발휘하면서 낙하산을 타고 내린 조명탄이 연소되자 야산에는 표적들이 이동하기 시작하였다.

표적과 거리는 50미터 거리이다. 1개 분대가 일제히 사격을 하였다. 총소리에 놀란 토끼들이 이리 뛰고 저리 뛰는데, 반딧불이 날아다니는 것처럼 보인다. 전구 불빛만 보일 뿐 토끼는 잘 보이지 않는다. 2조 사격, 각 조별로 집중 사격을 퍼부었으나, 이동 표적은 움직인다. 토끼가 멀리 도망칠 수 없도록 그물로 울타리를 쳤기 때문에 백여 평의 탄착 지점에 집중 사격을 하였으나, 10마리 토끼 중 1마리만 잡혔을 뿐 나머지는 모두 살아 있었다. 야간에 전투가 벌어졌을 때 목표물을 명중시킨다는 것이 얼마나 어려운가 실감이 나는 교육 훈련이었다. 토끼탕을 해 먹겠다는 임일병의 희망은 도루묵이 된 셈이다.

무려 1,000여 발을 발사하여, 토끼는 한 마리밖에 잡을 수 없었으니 교육계에 비상이 걸렸다. 월남전 때 전쟁이 끝난 뒤 베트공 1명을 사살하는 데 100만 발의 M16 소총탄을 사용했다는 기록이 보고됐다고 한다. 미군 전투 보고서에 의하면 5미터 내지 15미터 이내를 이동하는 적에게 사격을 한 경우, 6발 중 5발이 빗나갔다고 했으니, 우리들의 야간 사격 50미터 거리 반딧불 사격은 그래도 양호한 편이라고 위안을 삼는 것은 무리였다.

영화 속 람보처럼 기관총을 쏴대면 총탄에 전부 맞아 죽는 줄 알지만, 실전에서는 그렇지 않다. 총은 사격할 때 가스 반동에 의하여 심하게 흔들리기 때문에 탄착 지점은 엉망이 된다. 토끼 한 마리 사살도 토끼가 총알에 와서 맞아 주었다는 표현이 더 나을 것이다. 결과적으로 야간 반딧불 사격의 처음 훈련 결과는, 특수 부대원이 1,000여 발을 사격

하여 불빛을 목에 걸고 다니는 이동 표적인 집에서 기르는 토끼 1마리를 잡았다는 데 문제가 제기되었다.

돈보다 사람이 귀한 미국으로서는 1백만 발의 실탄보다 사람의 생명이 더 귀하겠지만, 우리들의 야간 사격술은 교육 평가단에서 연구 대상이 되었다. 반딧불 사격술을 3일 하고 문제점을 보완하여 이번에는 사람 모형 타깃에 진공관을 부착하여 수동 구동 발전기를 돌려서 10초 동안 발광시켜 사격하는 것으로 교육이 바뀌었다. 지금처럼 반짝이 전구가 없는 시절이어서 993교환기 진공관을 사용하였다(당시 전화기는 수동식 전화기를 돌리면 소형 발전기에서 발전이 되어 전류가 흘러 진공관을 발광하게 되어 이쪽 포트에서 상대방 포트에 잭을 꼽아 연결해 주었다). 석고 보드 인체 모형 타깃에 발광이 10초 동안 이루어지면 타깃이 보인다. 이때 사격하는 것이다. 반딧불 사격술은 표적이 이동하였지만, 이번에는 사격하는 사수가 이동하면서 사격하는 것으로 바뀐 것이다.

이동간의 사격(Shooting on the move)은 모든 사격에서 마찬가지이지만, 사수는 자신의 자세를 잘 유지할 수 있을 때 가장 맞힐 확률이 높다. 대개 사격 자세를 유지하기 위해서는 한자리에 멈춰 서서 의탁 사격할 때 가장 정확한 사격이 가능하다.

그러나 특수 부대원들이 적 진지에 침투하여 벌이는 교전 상태에서는 이러한 호사스런 사격 방식을 허락하지 않다.

야간 사격 때는 주간 사격보다 몇 배 더 어렵다. 실내 같은 좁은 공간에서 접전시 피탄되지 않기 위해, 그리고 꾸준히 움직이는 상대를 맞히기 위해서는 본인의 부단한 노력이 필요하다. 그리고 움직이면서 사격할 수 있는 노력이 있을 때만 내가 당하지 않는다는 것을 숙지해야 한다. 따라서 이동간의 사격을 특수 부대 요원으로서 가장 기본적인 기술인 동시에 세상의 어떤 명사수도 몸에 익히기 어려운 고난도의 기술이다. 그 고난도 기술을 익히기 위하여 우리는 박쥐가 되었다.

대개의 이동은 빨라야 한다. 그렇다면 이동간의 사격에서는 어느 정도 빨라야 하는가? 일반적인 기준이란 것이 없으며, 이동간의 사격에서는 총을 눈높이로 유지하고, 야간에는 옆구리에 의탁하면서 경계하듯이 이동할 때 자신이 낼 수 있는 가장 빠른 속도가 동작의 속도가 될 것이다. 그리하여 보통은 표적을 세워 놓고 30센티미터 지점부터 쉬지 않고 점사를 하면서 적을 제압해야 한다.

LMG기관총은 벨트 급탄 방식이어서 연속 사격시 5발당 예광탄이 있어 야간에 자기가 쏜 탄착 지점을 확인하면서 사격할 수 있으나, 여타 총은 그런 것이 없다.

야간 접전 전투에서는 근거리 사격이기 때문에 빠른 이동이어야 살 수 있다. 사격시 총구 화염이 적에게 자신의 위치를 노출시키기 때문에 표적이 될 수밖에 없다. 흔히들 영화에 보면 레이저 불빛, 또는 소형 플래시를 부착하여 어두운 곳이나 야간 전투에 사용하는데, 영화의 재미를 더 하기 위한 것이지, 거짓처럼 위험한 것은 없다.

야간 불빛은 상대방에게 나 자신을 노출시킨 것이다. 무기가 없는 적을 제압할 때는 레이저 불빛이나 플래시가 부착된 화기가 필요하겠지만, 무장을 한 적을 제압할 때는 '나

여기 있으니 사격하시오' 표적이 되어주는 것이나 같다. 불빛 방향을 보고 기관단총으로 드르륵 하고 집중 사격을 하면 저승행이다. 스타라이트 스코프를 장착한 저격수에게 걸리면 염라대왕이 아버지고, 저승사자가 형이고, 성모 마리아가 할머니고, 하나님이 할아버지라도 못 살린다. 그래서 소염 소음기를 단 총이 끊임없이 개발되고 있다. 고정 표적에 야간 이동 사격은 그야말로 시각 장애자의 문고리 잡기다. 실제 전투 경험이 있는 교관 말에 따르면 사수는 움직이면서 사격할 때보다, 멈추고 사격할 때 더욱 정확히 맞힌다고 했다.

이것은 너무 당연한 얘기이지만, 실제 교전에서는 앞서 언급하였듯이 편안히 멈춰서 사격할 기회가 잘 주어지지 않는 것이 문제이다. 표적이 움직이므로 사수도 당연히 따라 움직일 수밖에 없다. 결국 모든 사수는 이동시 사격에 능숙해야만 한다. 연습에 연습을 거듭하는 것만이 특등 사수 경지에 다다를 수 있다.

그러니까 사수가 어떤 식으로 몸이 이동하더라도 사격할 수 있을 만큼 총을 몸에 익히는 것이 중요하다. 게다가 총격전에서는 나도 상대방의 표적이 된다. 따라서 엄폐가 확보되지 않았다면 다른 엄폐를 확보할 때까지는 꾸준히 움직여 주어야 적의 총알받이가 되지 않는다.

원천적이면서도 중요한 것은 서로가 엄호를 해 주는 상황에서 이동해야 한다. 5일간 야간 사격을 통하여 야간 작전이 얼마나 어려운가를 배웠다. 오후 5시부터 시작한 야간 사격(Night Fighting)은 새벽 3시까지 하여 초죽음이 되어

 북파 공작원

돌아와 취침을 하였다.

야간 이동 사격은 사수 개개인이 동물적인 본능이 되어야 한다. 어두운 실내나 밤에 '자, 여기 총 쏘는 장소이니 다들 알아서 쏘시오'라는 경고를 하지 않는다. 총격전의 장소는 넓은 곳일 수도 있고 좁은 곳일 수도 있다. 또한 은폐물이 없을 수도 있기 때문에 교전 상태에서 적을 죽이거나, 혹은 나 자신이 살아 남기 위해서라면 어떤 곳에서든 총기를 잘 다루어야 한다는 것을 알게 교관들은 혹독하게 다루었다.

야간 사격이 끝나자 주간 훈련 중 산악 훈련에 들어갔다. 30킬로그램 이상 군장에다 모래주머니, 개인 식량을 별도로 지급받아 대암산을 오르내리는 훈련에 돌입하였다. 사단 주변 높은 산을 모두 정찰 형식으로 오르내리며, 훈련이 끝날 무렵부터 산악 이동 간에 사격을 하였다.

적과 격전이 벌어지면 가장 중요한 것은 엄폐와 은폐를 제대로 활용해야 살아남을 수 있다. 어떤 사람도 총알을 피할 만큼 빠르지 못하기 때문에 총알을 막을 만한 든든한 장소를 확보하던가(엄폐 : Cover), 총을 쏘는 나 자신을 상대가 알아보지 못하도록 숨어 있든가, 아니면 은폐(Concealment)하든지 2가지 가운데 하나를 선택을 하여야 한다.

엄폐란 총알로부터 보호해 줄 뿐만 아니라, 보이는 것을 막아 주는 것을 가리키는 말이다. 은폐는 엄폐의 하위 개념이란 것을 숙지해야 한다. 적과 교전 중 적의 어디를 쏠 것인가를 사수 개인의 판단에서 하겠지만, 단 한 방에 적을 제압해야 하기 때문에 실제 교전 상태일 때 야간 교전이야 구분하여 사격은 어렵지만, 주간에 피아간 교전일 때는 틀린다.

사실 총알이라는 것은 어디를 맞아도 치명적이다. 특히 총에 맞고 치료를 안 한다면 계속되는 출혈 속에서 고통스럽게 죽음을 맞는다. 야간이라면 이런 죽음은 호사스런 죽음일 것이다. 왜냐 하면 주간이면 수십 발을 맞고 걸레가 되어 죽기 때문이다. 사수는 '반드시' 한 발에 적을 사살하여야 한다.

좀더 구체적으로 설명하면, 적을 단 한 발에 끝내려면 머리에 대한 사격이 월등히 효과적이다. 특히 총알이 골수(Medulla)를 명중시키면 적은 총 한 번 못 쏘고 국수가락처럼 늘어지게 된다. 그러나 머리에 대고 쏜다고 해서 모두 이런 효과가 나타나는 것이 아니다. 머리라는 것은 단단하고 두꺼운 뼈가 뇌를 감싸고 있는 구조인 데다가 앞부분에는 상당한 부비강(Sinus)이 존재한다.

그리하여 실제 총격전에서는 머리를 명중시켰으나, 적이 죽기는커녕 쓰러뜨리기조차 못 하는 '드문' 경우도 있다. 적이 기관총을 사격한다면 나 자신이 당하는 것이다. 그러므로 모든 일에서는 머피의 법칙이 일어날 수도 있다는 것을 유념해야 한다. 머피의 법칙은 인간의 삶에서 가장 많이 적용되는 법칙들 중의 하나이다. 그것은 아무리 뛰어난 특수부대원이라도 머피의 장난에서 나만 자유로울 수 없기 때문이다.

어떤 교관은 월남전에서 겪은 것이라면서 몸 상반신에 대한 사격을 강조했다. 상반신에 대한 사격 이후에도 별 다른 효과가 없는 경우에만 머리통을 쏘라는 것이었다. 그러나 이런 방식은 특등 사수가 아닐 때 자신의 사격술의 불신 때문이다.

위 2가지 방법을 잘 배합할 수도 있다. 몸통에 점사를 하고, 머리에 점사하는 방법이다. 방탄 조끼를 입었더라도 몸에 충격을 입을 것이고, 충격 속에 헤매는 사이 정확히 머리를 사격할 수도 있다.

"어디를 쏠 것인가를 알기 위해서는 인체를 이해하여야 한다. 우선 가슴 부위를 쏘아 심장과 폐부를 명중시키면 소기의 저지력을 얻을 수 있다. 그래도 듣지 않으면 머리를 겨누어야 한다, 알았습니까?"

"지기미 떡을 할, 알기는 뭘 알아, 한 번도 해 보지도 못했는디."

대답을 요구하는 조교에게 최일병의 불평이다.

"최일병 절마 새끼 눈깔에 고약 붙였나? 저 문디가 피맛을 볼끼다, 내사 절마 자석을……."

"왔다메, 내가 지금 금세 흡혈귀가 대부렀냐? 내비도 부러라, 어찌꼬롬 둘이 찐디기처럼 붙으면 싸울라그냐? 저 아그가 말이쟤, 니 말처럼 눈깔이 앞에 나이방(선글라스)을 끼고 솔찬이 시건방을 떠는디. 싸나운 개새끼 주둥박 성할 날 없다고, 글든디 저 지랄 떨다가 도리깨 타작 한 번 당할 것잉게, 니가 참아 부러라 아그야!"

"일마 새끼 말하는 것 보소, 야 일마야! 절마가 교관한테 얼나 자석이 에엘냥 떠는 것처럼 하고 우리한테는 말할 때 보면 미친게이같이 하루 종일 지랄하는 기라. 절마 새끼 쌍달가지 보면 뒷정 없는 기라."

"나도 사격 자세 불량이라고 대그박 꼬라박고 원산 폭격 시킨 다음, 더 힘든 곡사포에다가 그것도 씬잖은가 허멀나게 뺑뺑이 돌리고, 오리걸음으로 사격장 열바꾸를 돌래 뿔드랑께. 목구멍에서 점심을 먹은 라면이 우동가락처럼 팅팅 불어터진 개밥이 목구멍으로 다시 나와불라고 글더라. 저 새끼 독한 것 울덜이 아는디, 저 아그하고 짜잔하게 다투냐. 내비도 부면 된디 국방부 시계 밧데리만 바꾸면 잘도 돈다 글드라! 조교들 하고 정붙일 일 없고, 훈련 끝나면 빠이빠이인디 참그라이 알것재! 부처님 맴으로……."

어느 훈련장에나 악질적인 성격의 조교가 한두 명은 있다. 그런 조교는 하루에 몇 번 죽임을 당한다. 휴가 때나 제대 후 만나면 손봐주겠다는 것이다. 과연 그런 날이 올는지.

선배들 이야기나 예비역이 된 사람들 말에 의하면, 길에서 만나면 제일 반갑다고 하였다. 기억에 남는 사람이기 때문이라고 했다. 제대 후 설혹 손봐주려고 하여도 이름을 모른다. 훈련받는 피교육자인 우리나 가르치는 교관이나 조교 모두가 명찰이 없기 때문이다. 대원들끼리는 이름을 알 수 있지만 그다지 신경을 쓰지 않는다. 번호로 이름을 대신한다. 모든 것이 비밀로 이루어지기 때문에, 처음 훈련받을 때 불안에 떨었지만 너무 혹독한 훈련이라 그런 것에 신경을 쓸 여유가 없었다.

기상하면 구보, 씻고, 밥 먹은 뒤 교육장에 나가 미친개처럼 거친 산악을 오르내리고, 물구덩이를 기면서 교육을 끝내고 영내에 들어오면, 또다시 씻고, 밥 먹고, 정훈 교육받고 나면 쓰러져 잠자는 것이 일과이다. 모든 훈련은 실제

지형에서 하였다. 그 동안 받아왔던 교육 훈련장은 유치원 놀이터에 불과하기 때문에, 또한 적은 단위 특수 부대 교육장을 새로 만들 수도 없기 때문에 90퍼센트 이상 실제 산악에서 훈련을 받은 것이다. 그리고 부대 주변에 민가와 소단위 부대가 많아서 피해를 줄까 봐 모든 교육장이 원거리에 있다. 그래서 뛰고, 뺑뺑이를 돌고 돌아 다리 근육 강화에 도움이 되었다.

"강하사님, 후모레부터 종합 훈련이라 카는데 어지럼증이 나서 견디기 무척 힘든 것 같은데 어쩌까예?"

"갑자기 왜 그러나, 어지럼증이 무슨 말이냐?"

"그 자석을 내가 포를 뜰 낍니다……."

"누구를……?"

"얼나한테 정말 챙피시러버서 글마가 내를 몬 잡아무서……."

최일병 단짝 임일병이 끼여든다.

"어머 짠헌 거, 강하사님, 이 아그가 쩌번에는 쌔빠닥을 빼갖고 구두칼을 만들어 쓰고, 또 머라 그랬더라!

갑자기 할말을 잊어먹었는가 머리를 긁적이다 생각이 났는지 벌어진 이빨 틈새로 "찍" 하고 침대포를 쏘고 나서,

"으이 횟집에서 사시미를 하듯이 쪼사뿐다 글드만, 인자 몸땡이를 포를 떠서 술안주로 맹그라 묵는다, 근디 쬐끔 더 있으면 곰탕을 만든다 글것소! 앙그요?"

"너 조교한테 당했냐?"

"악질 조교하고 일 대 일로 한 게임 붙었는디요, 준비도 안 된 상태에서 조교가 돌려차기를 해부러 갖고서라, 땅바

닥에 뻗어 부렀다요. 이 아그가 백수의 왕, 사자한테 깨댕이 (옷 벗고) 벗고 달겨든 것이지라, 뒷발차기 한 방 맞고 쌍코피가 나오고, 저기 머시기냐, 아구창이 죽사발이 되야 갖고 강냉이(옥수수) 공장이 절단이 났서라. 아이구 짠해라!"

"여물(밥)을 못 먹는다는디."

"임일병, 최일병이 소냐? 여물을 못 먹었는다니? 너무 약 올리지 말거라."

"강하사님, 저 아그가 불쌍해서 그래라, 조교들이 깩수가 많아서 얻어터진 게 아니라 일 대 일로 붙어서 맞었다 급디다."

임일병의 설명에 의하면 최일병이 조교한테 정식 도전장을 냈는데, 공정하게 게임이 치러지지 않았다는 것이다. 이빨이 한 개가 부러졌고, 입 안이 찢어져서 밥을 제대로 먹지 못한 것이다. 종합 훈련을 대비하여 연 5일째 솜바지에 완전 군장을 하고 산을 타고 오르내리면서 사격 훈련을 하고 있다. 그 동안 훈련으로 강인한 체력을 만들었지만, 솜바지 때문에 땀을 많이 흘렸고, 제대로 먹지 못하여 탈수 증상이 온 것이다. 같이 따라다니는 위생병(의무병)이 치료를 해 주고 있으나 아래턱까지 무리가 있다는 것이다.

"며칠째야? 제대로 식사를 못 해서 허기가 진 모양인데……."

"3일째입니다."

"제대로 싸워 보지도 못했단 말인가?"

"글마 자석이 태까이(토끼)처럼 펄쩍펄쩍 뛰는 기라요. 애꼽아서 시부지이 글마한테 다가갔는데 갑자기 발로 볼테이를 찬 기라. 우짤 낍니까, 대갈빼이에서 별이 왔다갔다 카데요. 깨고리(개구리)처럼 뻗었지요!”

“단 한방에 케이오(KO)됐단 말이냐?”

“!!!……”

“너 제사 파젯날 막둥이 까불대듯이 까불다가 된똥 맞었냐? 묽은 똥 맞지 그랬냐? 돌래차기 한 방에 깨구락지처럼 네발 쭉 뻗어 뿔어야?”

“절마가 미얄시럽데이 가악중에 당했다 안 카드나?”

“원메, 시방 무순 소리랑가 왕년에 한가닥했다고 구라만 뺑뺑 치더니 조교 뒷발짓한 것을 못 피했다고라.”

“절마가 머라케도 미얄시럽게 계속 이바구할 끼가.”

“나를 데불고 가야지 혼자서 가 갔고 당했으니 쌤통이다. 나가 쫄다구 노릇해 주었을 꺼인디! 워메 짠해서 어찌까이!”

“임일병! 가악중에 맞았다 안 카나 일마야! 내가 허세비가? 세갈머리 없기는.”

약을 올리는 임일병을 도끼눈으로 바라보면서 큰소리치자,

“완마 깜짝 놀래라, 째진 입 더 째지면 어쩔라고 소리를 치냐!”

“나가 시방 틀린 말해 부렀냐? 깨구락지처럼 네 발 뻗고 지구를 안고 있는 것 보았으면…… 참말로 잼지 있었것는디. 애두러워라 그 꼴 보지 못해서 참말로이.”

“최일병! 너 임마 유도가 3단인데 낙법도 있는데 그렇게 당하고만 말았느냐 말이다?”

“아니라예! 순간적인 가격에 당한 기라요. 퍼뜩 일어나 보니 벅신벅신한 기라. 글마 손목데이를 잡고 디꼬마리를 차

니 기우뚱하데요. 업어치기를 했는데 사총(총을 정렬해 놓은 곳)해 논 곳에 패대기친 기라요. 갓신했시몬 글마 갈삔(사망)한 기라요.”

“복수는 했구나! 이제 그런 짓은 하지 말거라. 둘 다 손해 아니냐? 조교들도 같은 동료가 아니냐? 그들도 그러고 싶어서 그런 것이 아니지.”

“글케도 너무한 기라요. 만날 욕지거리나 하고, 구보에다 꼬라박기나 시켜서 손 좀 바줄라 켔는데 글마를 물로 본 기라요.”

“나도 힘들 때 린치를 가하고 싶었다. 우리들 중 너 같은 심정이 다수일 것이다. 취사반에서 항고(반합)에 죽을 끓여 달라고 할 테니까 많이 먹고 힘내라! 종합 훈련 끝내면 조금은 편할 것이다. 의무병에게 영양제를 부탁해서 줄 테니까 걱정 말거라, 알겠나?”

“알겠십니다. 고맙십니다. 글마 자석 개똥벌거지(반딧불) 사격 때 쏴 죽이는 긴데…….”

“멀라고 헹가라 보냐? 한강에서 오지게 얻어터지고 남산에 가서 눈 흘긴다는 말이 너를 두고 한 말이다. 알긋냐? 글고 개똥불 사냥할 때 전부 헛방만 쏴대서 집토끼 한 마리 겨우 잡았냐?”

“일마 새끼 가스나처럼 강하사님 앞에서 까디비기는, 까꾸막에서 해골 식힐 테니 밥 무을 때 되면 데불러 온나, 가스나 자석아!”

“알았씅께 대그빡 시키고 있거라, 아 그 새끼 뒷바라지 할려니 힘드네 참말로이.”

두 사람이 개와 고양이처럼 아옹다옹하지만 누구보다 전우애는 각별하다. 서로가 사투리를 쓰는 말 때문에 다투고 웃고 하면서 취침할 때면 같이 붙어 자는 것 보면 부부 싸움하고 언제 그랬느냐는 듯이 같이 붙어 자는 부부처럼 다정하다. 동료들이 똥구멍(엉덩이) 밀착시켰다는(동성 연애) 소리로 놀려대면,

"엥 여러자슥들, 후 - 재 얼나 나서 아부이 될 끼다."

능청스럽게 받아넘기는 것이다. 내무반이든 훈련장이든 간에 휴식시간이면 그들 두 사람 때문에 시끌벅적하였다.

누구의 말처럼 국방부 시계는 거꾸로 매달아 놓아도 잘도 돈다 하더니, 시간은 거침없이 흘러 종합 훈련이 시작되었다. 이 세상에서 싸우는 방법은 참으로 여러 가지가 있다. 서로 주먹질도 하고 돌도 던지면서 일 대 일로 싸우던 것이 이제는 첨단을 달리는 포·탱크·비행기며…… 열거하려면 어지럽다. 게다가 스마트 병기라는 것까지 등장하여 얼마 전 유고에서처럼 어디선가 날아온 순항 미사일에 쑥대밭이 되기도 한다. 이런 첨단의 기술들이 지배하는 세상이지만, 여전히 간과할 수 없는 것은 사람과 사람의 싸움이다.

사람에 의하여 이러한 무기도 통제한다. 첨단의 무기가 날아가 쑥대밭을 만들고, 진지를 초토화시키지만, 걸어다니는 보병이 진지를 탈취하고 승리의 깃발을 꽂는다고 보병이 진정한 군인이라고 자랑하듯이 첨단 기계를 통제하는 사람과 사람의 대결이라는 것이다.

CQB, 즉 Close Quarter Battle 근접 전투란 것도 결국은 이런 싸움의 카테고리에 속한다. 하지만 근접 전투의 개념

 북파 공작원

이 현대에 들어 생겨났다고 생각하는 것은 커다란 착각이다. 근접 전투, 혹은 근접 교전이라면 인류가 세상에 내던져진 이후 줄곧 존재하였을 뿐만 아니라, 인류에게 권력이란 것을 탄생시킨 수단 중에 하나였다. 인간들의 최초의 무기 가운데 하나였을 돌을 던지고 싸우기까지 분명 인간은 서로서로 가까운 거리에서 주먹질과 발길질을 주고받았을 터이고, 이런 싸움은 분명 근접 전투의 개념에 속한다고 정의를 내릴 수 있다. 하지만 가까이서 싸우는 것을 무조건 근접 전투라고 한다면 이는 현대 특수 부대나 경찰 SWT팀에서 강조하는 근접 전투 개념과는 상당히 멀어지게 된다. 그러므로 일반적으로 통용되는 근접 전투라는 개념은 권총·기관단총·소총 등의 소화기를 사용한 접근 전투를 뜻한다.

우리가 꼭 알아야 할 것은, 근접 전투는 일종의 무도라는 사실이다. 그리고 모든 무도가 그러하듯 이런 기술은 인명의 방어에 목적이 있는 것이지 결코 사람을 해할 목적만으로 사용되어서는 안 되는 것이지만…….

우리들이 배우고 있는 것은 파괴 살상만 배우고 있는 것이다. 그래서 마음이 황폐화되어 가고 있어, 대원들의 얼굴을 보면 살기가 느껴진다. 전쟁은 선(善)과 악(惡)의 대결이다. 선을 위하여 벌였던 전쟁은 결국은 악의 편으로 돌아선다. 죽이고 죽이는 광기어린 현장에서 악을 방어하기 위하여 싸울 수밖에 없는 것이다. 결국 방어하기 위하여 공격자를 죽여야 하기 때문에 선이었던 방어전이 악을 낳게 하는 것이다. 그것은 내가 살기 위하여 상대를 죽였다는 것을 선이라고는 할 수 없기 때문이다. 따라서 자기 변명에 불과하기 때문에 합리화될 수는 없다.

육회가 된 시체

종합 훈련은 실내 전투에서부터 시작되었다. 교관이나 조교들의 간섭이 없어진 것이다. 그들은 우리들이 실제 상황에서 이동·전술·침투·준비·공격·철수 등을 체크, 감독만 하였다.

실제 작전에서는 야간 침투 작전이지만 주간부터 시작하였다. 완전 군장에 개인 실탄을 지급받고 가짜 진지에서 공격을 한 후 철수 과정부터 시작하였다. 가짜 막사를 공격하기 위하여 카운트 다운에 들어갔다. 정찰병 2명이 가짜 막사 주변 가까이 가서 브비 트렙이 있나 없나 확인 후 공격하여도 좋다는 신호가 왔다.

"저격병은 막사 문을 향하여 스프링필드 M14/MIA(M14는 50년대 말부터 60년대까지 미 육군의 제식 소총으로 채택된 바 있는 명중률이 뛰어난 소총이다. 미국 브로닝 병기 공창에서 만든 총인데, M1의 전신이다. M1 총은 자동이 아니고 클립 2열 4발×8발이지만, M14는 20발들이 스프링 송탄 방식 탄창이며 자동이다. M1 개런드를 7.62밀리 NATO탄에 맞추고 자동화한 모델로서 스코프를 달 수 있으며, 양각 지지대를 달았기 때문에 정확성에 있어 당시 최고의 저격용 총이었다. 대원이면 누구나 저격병이 될 수 있으며, 1,000미터 이상 목표물도 맞출 수 있는 총이다. 인마 살상용으로 사용 못 하게 되어 있는 철갑탄을 사용하면 그 위력은 비행기도 떨어뜨릴 수 있는 총이다. 월남전 때 미해병들의 개인 화기로 가져갔으나, 월남 땅의 정글전에는 총신이 길어 부적합하였다. AK47 기관단총을 사용하는 적들에게 불리하여 M14의 화력보다 나은 화기에 짧고 가벼운 총을 개발하기 시작하여 M16이 탄생된 것이다. M14는 야간용 스트라트 스코프를 장착하여 저격용으로 사용하였으나 중량 때문에 문제가 있었다) 저격총을 겨눈다."

공격팀은 소총 소대 말단 지휘자가 단독 작전을 펼 수 있는 9명으로 이루어진다. 공격에 앞서 장비 점검을 철저히 해야 작전할 때 필요한 화력을 지원할 수 있다.

왜냐 하면 무작정 화력을 지원하다간 작전 실패나 철수할 때 추격하는 적에게 당할 수 있기 때문이다. 또한 대원 개개인이 비상 탄약을 남겨야 하지만, 작전을 하다보면 자신도 모르게 모두 소모시킬 수 있기 때문이다. 그리고 감정을 주체하지 못하고 흥분하다 보면 살육의 현장에서 이성을 잃기 때문이다.

서로가 신뢰감이나 믿음이 없으면 작전을 망칠 수도 있다. 생명을 담보로 한 게임(작전)이다. 팀워크가 이루어지지 않으면 나의 생명을 비롯하여 동료의 생명까지도 보장할 수 없다.

"공격 개시 전 정찰조는 전선을 제거하고 전화선을 절단하여야 한다. 동초 제거까지 정찰조가 맡는다(실내 진입 때 유리 창문이면 강력 테이프를 유리면에 접착시켜 유리를 깨고 시건을 제거하고 진입하겠지만, 그러한 과정은 인질이 있거나 민간인을 구출할 때 하는 방법이지 우리에게 통하지 않는다. 강력 테이프를 접착시키는 것은 유리창을 깰 때 파편이 떨어지면서 내는 소리를 방지하기 위해서이다)."

　팀장과 저격병이 남고, 부팀장이 유탄 발사기로 출입문을 향하여 발사하자, 그것을 신호로 나머지 대원들이 유리창을 향하여 연막탄과 수류탄을 투척한다.

　"쾅!! 콰콰르쾅!!"

하고 지축이 흔들리고 귀를 찢는 듯한 폭음이 터졌다. 연속으로 던진 수류탄과 M79 유탄 터지는 폭발음과 섬광 뒤에 시커먼 연기가 창문을 빠져나오면서 크고 작은 파열음이 들린다.

　연속으로 발사하는 것처럼 유탄 발사기를 발사하고 산탄총으로 문짝 시건에 명중시키니 막사 문이 갈기갈기 찢겨나가떨어지자, 두 명씩 교차되면서 실내로 진입한다.

　옆구리 총 자세로 신속 진입하면서, 교차 진입하는 것은 좁은 입구에서 서로가 엉키지 않기 위한 것이다. 총을 들었기 때문에 잘못하면 대원끼리 다친다. 보통 총격전에서는 표적에게 두 발씩 쏘는 것으로 배운다. 이것을 더블 텝(Double Tap)이라고 부르는데, 첫발에 맞추지 못한 경우에는 두 번째라도 표적에 맞춘다는 의미에서 매우 중요한 실전 사격의 원칙이다.

　막사 안은 연막탄 때문에 아무것도 보이지 않는다. 각기 부채꼴로 실탄을 퍼붓고 난 뒤 손전등으로 현장을 살피고 잔류적(부상자) 확인 사살 후 철수한다. 저격병과 팀장은 빠져 도망치는 적을 사살하기 위해 진입을 하지 않고 작전이 끝난 뒤 팀장이 재차 현장을 확인한 후 철수 명령을 내린다

　그러나 실제 작전에서는 더블 텝이 지켜지지 않는다. 무조

건 진입하며 탄창을 갈아 끼웠다. 집중 화력으로 일차 화력·수류탄·유탄·산탄총에서 살아남았거나 부상자를 제압하여 사살하기 위해서다. 우리가 배우고 있는 교육은 적이면 살려 두어서는 안 된다라는 원칙을 세워두고, 인간 백정으로 개조되어 가고 있는 것이다.

철수시는 불필요한 물건을 버리고 신속하게 철수한다. 대원 후미에서 부팀장이 지휘하면서 인원 점검을 한다. 실제 상황이면 8부 능선을 택하겠지만, 훈련이라 계곡으로 철수하면서 추격대를 사살하면서 철수 작전을 한다. 계곡의 크고 작은 바위 때문에 자칫 잘못하다간 바위 사이에 발이 끼이거나 넘어지면 크게 부상을 입는다.

계곡을 내려오면서 나무에나 바위에 가상으로 적을 표시해 두었다. 점사를 하면서 우리 측 경계 지점에 이르러서 조명탄을 발사한다. 기다리고 있던 기동 타격대가 추격해 온 적을 제압하는 것으로 끝난다. 군에 갔다온 사람은 모두 알겠지만, 각개 전투 종합 훈련같이 싱거운 것도 없다. 마치 어린이들 전쟁놀이 같은 것이다.

돌격선에서 은폐·엄폐·장애물 통과·철조망 통과·수류탄 투척·육박전에 총검술로 폐타이어를 향하여 찔러 총 몇 번 하고 끝이 난다. 팔굽·무릎·껍데기 까지고, 연막탄에 눈물 흘리고, 가파른 산 기어오르면서 폐가 터질 듯한 압박감을 참고, 고지 탈환한답시고 타이어에 헛총질이니, 전쟁 실감이 안 나는 것이다. 실제 전쟁이면 돌격전에서 몇 명 죽었을 것이고, 은폐·엄폐물 찾지 못하여 죽고, 철모가 뒹굴고, 역겨운 피비린내와 화약 냄새가 진동하였을 텐데, 훈련은 '얏! 얏!' 몇 번하고 철수를 한다.

우리가 히히덕거리고 내려오는 것을 목격한 교관이,

"재미있다는 표정인데, 너희들 공격선에 대기한다!"

조교가 우리 조를 다시 출발선에 정렬시키자, 여기저기서 불평이 쏟아진다.

"워머 골빽이야, 웃는 것도 잘못이냐? 지기미 떡을 할 웃는 얼굴에는 침도 못 뱉는다 글든디 우찌꼬롬 나이방 쓴 교관이나 조교나 성질이 머리 똑같애 부냐? 저승 사자가 정말로 있다면 저렇게 생겼을 꺼이여!"

"내는 절마 꼬라지만 봐도 기분이 파이인 기라, 번쪽시럽은 짓을 할 때는 개액질 나올라는 것 참는다. 아이가 눈에다 고약 붙이면 잘 안 보이 낀데 거꾸러져도 안 한다 카이!"

"궁께 말이다. 자빠져갔고 오지게 다쳐 부러야 기분이 좋을 것인데 나이방 쓴 것이 한 번도 자빠지지 않는당께"

"오늘 훈련도 느까 끝나겠다."

"글씨말이여 다시 해라궁께 해 보더라고. 어쩌 꺼인가이, 울들은 피교육자인디."

"오늘도 날샜다. 내는 힘들던데 문디 자석들 기관총알 표적이 되어 벌집이 된 허파에 바람 들어갔나 웃기는 와 웃노? 뒤집어 날아가는 기러기 니노지를 봤나? 모라 캐스면 끝내지 교관 절마도 미얄시럽데이."

"고약스럽게 안 생겼나? 나이방을 하고 댕긴께 표정을 알 수 없당께. 저 지랄하다가 잘못 걸리면 간에 기스(흠집) 나는 날이 있갔재!"

 북파 공작원

"속이 머식머식해서 얼요구 하고 왔는데 한 번 더 가면 내는 파이다."

"배 아프다 글면 빼주 꺼인디 그냐?"

"배 아픈 놈 빼주는 것 보았나, 위생병 글마 아까징크(머큐롬) 발라준 거 모르나? 교관 절마가 코똥이나 끼나 소가지가 파이다. 개떡 같은 기라 하는 꼬라지들 보면 모가지를 짤라서 오줌마그리(장군에 오줌을 퍼 넣을 때 쓰는 짚으로 만든 나팔처럼 생긴 도구) 만들고 싶은 기라!"

"음 마마! 니도 솔찬히 고약한 말 쓰네, 성질 부리지 말그라. 열 올라서 간에 땀띠 나면 긁지도 못하고 죽는다. 아그야!"

"니는 무슨 말을 글캐 하나! 소화제를 주야 할 낀데 아푼 배에 빨간 약 바른 위생병놈 의무학교 나온 놈 맞나, 쪼다들이고 등시이 아이가."

대원 중 허리를 다쳐 요오드팅크를 발랐는데, 그것을 잘못 보고 하는 소리다. 요오드팅크는 삔 데 바르는 약이다. 두 대원은 '장이야! 궁이냐!'다 대원 모두 투덜거린다. 불평을 하든 말든 간에 우리는 다시 공격 대기선에서 "앞에 총" 하고 "정신 통일"을 외쳐야 했다. 이런 날은 대원들 몸에서 썩은 냄새가 났다. 땀이 옷 위로 배어나와서 건조되어 지도를 그려 논 것처럼 소금발이 하얗게 피어 있었다. 공격과 철수를 반복하면서 정찰까지 연결하여 보너스 훈련까지 함으로써 대원들을 초죽음에 이르게 만들었다.

마지막 날 선발 조가 막사를 습격하고 나오면서 토하는 대원들이 있었다. 최루탄이 사용됐나? 오늘 눈물 좀 흘리겠다 걱정하고 있는데, 다음 조 역시 토하는 대원들이 있었다.

"실내에서 작전할 때는 연막탄을 사용하게 되어 있는데, 최루탄을 사용하다니 이상하다. 적 막사를 습격할 때 거추장스런 방독면을 사용하지 않기로 하였다. 왜냐 하면 우리는 속전 속격을 요하는 테러 부대이기 때문이다."

"조교들이 우리들을 골탕먹이려고 그러는 모양입니다. 선배님, 최루탄을 터트리는 것 같습니까?"

내가 대답을 하기 전에 님스짜가 별명을 가진 대원이,

"그런가 보내유!"

대답을 먼저 한다. 우리 조가 들어갈 차례다. 선제 공격조는 건너편 강가로 이동하고 있다. 그 동안 훈련받은 것을 통합하는 것이니 매번 실내 전투는 싱겁게 끝난다.

수류탄 투척, 유탄 발사, 산탄총과 기관단총으로 공격 상황 종료다. 현장 확인을 하기 위하여 연막이 사라질 때까지 기다렸다. 그런데 다른 날보다 냄새가 이상하였다. 막사 안에서 피비린내가 진동하였다. 처음에는 연막 냄새가 화약 냄새이거니 했는데, 연막이 사라지자 나는 태어난 뒤 처음으로 시체를 보았다. 그것도 수백 발의 총알을 맞아 칼로 난도질한 것처럼 처참한 몰골을 본 것이다. 수류탄과 산탄총 79유탄에 벌집이 되어 걸레처럼 된 시체를 목격하고 토악질을 했다.

모든 대원들도 나와 같았다. 앞서 대원들도 최루탄에 토악질을 한 것이 아님을 이제 알 것 같다. 대원들의 육두 문자가 입에서 쏟아져 나오기 시작하였다.

"아무리 특수 대원 훈련이라 캐도 너무 숭악하데이, 이게

머꼬, 진짜 사람 시체 아이가? 시체 곁에다 돼지피 갖다논 거 아이가, 오매 얄궂다! 허패가 뒤집어질라 칸데이.”

막사 바닥에는 피와 시체 살점이 튀겨서 발디딜 틈도 없다. 죽은 시체를 두고 곁에 섬뜩함을 배가시키기 위하여 돼지 피를 담아서 둔 것이다. 야간처럼 연막탄 투척 후 7개조가 가상 작전을 하였으니 그 참혹한 현장을 글로 표현하기 어렵다. 육회를 만들어서 뿌려 놓은 것이라면 적절한 표현일는지! 아마 시체는 무장 공비 시체이거나, 아니면 행려 병자, 그도 아니면 안전 사고당한 병사일 것이다. 아무튼 우리를 살인 병기·살인 기계로 개조해 가는 모양이다.

머리통에서 빠져나온 피묻은 눈알이 눈에 아른거려 몇 끼니를 거른 대원들도 있었다. 저녁에 회식을 하였다. 그것은 종합 전술 전투가 끝나는 날이기 때문이다. 그러나 회식은 서먹한 상태에서 끝났고, 낮에 저질러졌던 일이 아무리 훈련 과정이라도 대원들의 마음을 착잡하게 만들었기 때문에 내무반 분위기도 따라서 무거웠다.

옆 내무반에서는 대원 하나가 술을 먹고 깽판을 부린다고 주번 사령관과 주번 하사관이 달래고 있지만, 잠들기는 무척 어려울 것 같다.

실제 작전에 임하면 수많은 사람을 죽여야 하는데 하는 위안을 해 보지만, 태어나 순하게 살아온 어린 내 마음은 창 틈새로 보이는 초승달만큼 차가워져 가고 있는 것이다.

나 자신도 모르는 사이에…… 나는 냉혈 인간이 되어 가고 있는 것이다. 아니 우리는 냉혈 인간이 되어야 한다. 곁에서는 님스짜가 대원이 무슨 주문을 외우고 있다. 나도 적지에 가서 죽으면 낮에 본 시체처럼 되겠지, 아니면 이름 모를 고지에서 산짐승 밥이 되고, 구더기 밥이 되고, 뼈만 앙상하게 남아지겠지! 그도 아니면 임질병 걸린 병사에게 발견되어 난롯 불에 태워져 약으로 쓰여지겠지(자대 근무 때 임질성 병에 걸린 병사가 인골을 태워 막걸리에 타서 먹는 것을 보았다).

운이 좋으면 육종계(군 시체 담당 부서)에서 화장되어 집으로 보내질 것이다. 안전 사고로 죽었다는 거짓말을 쓴 편지 한 통과 같이 포장해서 우리 어머니 손에 안겨줄 것이다. 이 생각, 저 생각하면서 잠을 청하려는데 갑자기 내무반이 소란스러워 일어나 보니 최일병과 님스짜가 대원이 서로가 멱살을 잡고 한바탕 설전이 이어지고 있다.

"일마 자석, 낮에 벌인 실내 전투 현장에서 시체 보고 미친게이 된 기가 와 지랄하노 일마야!"

최일병이 님스짜가 대원의 멱살을 두 손으로 움켜잡고 조인트를 까려고 한다. 님스짜가 대원은 조인트를 안 맞으려고 개구리처럼 폴짝폴짝 뛰었다.

"니가 먼데 남의 일에 간섭하나?"

"시끄러버 잠 못 잔다 안 카나! 말을 하면 알아 들어라!"

남들은 잘도 자는데 너만 지랄을 떠냐? 자석이 앵조가리기는 얼라같이! 염불은 무시기 염불이고? 궁시렁거리지 말고 퍼득 자라 안 카드나? 이걸 우이할꼬?"

"최일병, 멱살 못 놓나! 잠들 안 자고 뭣들 하는 거야?"

"잠잘라 카는데 일마가 궁시렁거린 거라요!"

"너 염불 외웠냐?"

님스짜가는 계속 최일병 멱살을 같이 움켜쥐고 묵묵 부답
이다.

"강하사님! 염불은 무슨 염불인교. 일마 불교관에 가는 것
헛일인 기라요. 그래서 유하사가 님스짜가(180도로 뒤집으면
가짜 스님)라고 별명을 만든 기라 안 카든교!"

"일마 하는 짓보면 어주리 떠주리(바보) 같은 거라요!"

"최일병, 멱살 잡지 말고 말해야 대답을 할 것 아니냐?"

"손목댕이 짤라 뿔기 전에 싸게 노아라!"

임일병이 두 대원 사이를 갈라놓으려고 파고든다. 그제서
야 두 대원은 잡았던 멱살을 놓고 울분을 참지 못하여 코를
씩씩거린다.

"아까께부터 씨부렁거리는 소리 들었는디 참말로 너 스님
맞냐?"

낮에 실내 훈련 때문인 듯하다. 정병장은 불교인이었다.
불교에서 살생을 하지 말라는 것을 교리로 알고 있는 정병
장은 참회 진언을 하고 있는 것인데, 잠귀가 밝은 최일병에
게는 고역이었을 것이다.

"옴 살바 못자 모지 사다야 사바하"

내용을 3번씩 하는 불경 기도문이다. 잠이 오지 않는 정병
장은 참회 진언을 계속 외우고 있었던 것이다. 일병이 병장
의 멱살을 잡고 소란을 피웠지만 정병장은 참고 있는 것이
다. 병장이란 계급은 뒤에 안 일지만, 군기 문란으로 임일병
과 최일병의 행패를 불자의 마음으로 너그러이 용서한 것이
다. 자대 같으면 아구창이 째지고 야전 곡괭이 자루가 엉덩
이에서 춤을 추었을 텐데, 하사들만 계급의 직분을 인정하

고 나머지 대원은 훈련병과 같은 직급이었다. 교육 후 전원 병장 대우를 받았지만, 교육 중에는 똑같은 피교육생이었다. 옆 내무반은 술 취한 대원 때문에 소란스럽고, 우리 내무반은 염불 소리 때문에 한바탕 소동이 일어난 것이다.

"전달!"

전달병이 왔다. 막사 앞 동초만 남고 전원 팬티 바람으로 연병장에 집합하란다. 잠자기는 틀린 것 같다. 오늘은 님스짜가 때문에 달밤에 체조를 해야 한다. 팬티 바람으로 4킬로미터로 구보가 시작되었다. 돌아오면서 교관의 천사 같은 아름다운 마음으로 소양강 상류 지천에서 목욕을 허락하였지만, 강둑에서 부동 자세 30분을 세워둔 바람에 우리들 씨주머니가 달려 있는 건가 의심할 정도로 심하게 오그라들게 하였다.

승용차 안에 냄새나라고 넣어 둔 유자가 몇 개월 뒤 마른 것을 보았을 것이다. 우리들 씨주머니는 말라 버린 유자같이 되어 버렸다. 강둑에서 짐승 소리를 몇 번 지르고 철벅거리는 신발로 지면을 박차며 슬픈 노래도 불렀다, '울려고 내가 왔던가 웃으려고 왔던가'를 부르며 묘한 감정에 젖기도 했다.

밤새 소동도 아랑곳없이 철조망 공사하는 앞에서 주간 매복 작전을 나가게 된 것이 처음 인명 사고가 난 것이다. 양구군 동면 팔랑리에서(서울에서 원산 간 국도 휴전선 경계 지역) 이북 원산간 국도 비무장 지역 비야교 다리가 있다. 이 지역은 제법 넓은 늪지역이며 억새가 많은 지역이다. 달리기를 잘 하면 10여 분이면 북한 지역에 들어갈 수 있다.

적 김일성 고지 912GP에서 연결된 능선을 따라 스탈린 고지 913GP 앞쪽 한국 전쟁 격전지 단장에 십자 능선을 타고 작은 소류지 하천들이 다 소양강에 합류된다. 그리고 이 계곡 좁은 하천이 피아골 골짜기이다. 66연대 2대대 본부가 습격당한 곳이 바로 이 곳이다. 휴전선 비무장 경계 북쪽이지만, 군사 작전 도로가 우리 쪽에서 개설하여 깊은 계곡 안에 중대나 대대 본부가 설치된 곳이 있다. 북한 테러 부대가 습격하여 우리 측 병력이 많이 희생당했고, 대대장이 현장에서 견장이 뜯겨난 곳이기도 하다. 그래서 지휘권이 박탈당하여 남한 산성으로 간 것이다.

워낙 깊은 계곡이어서 낮에도 음침한 지역이다. 우리 측은 김일성 고지 정면 쪽 낮은 산 위에 310GP가 있고, GP 뒤쪽에 내가 근무하던 1대대 3중대가 전면 방어하는 경계 지역이며, 이 능선을 따라 우측으로 가면 2중대 본부가 있으며, 대우산 대우OP(포대 관측소)가 있다. 조금 우측으로 가면 311GP다. 3중대 관할 경계 지역에 초봄부터 늦가을 눈이 내릴 때까지 근무하는 거점(소대 단위 막사)이 있다. 19, 20, 21, 22 거점이 3중대 방어 구역이다.

나는 22거점에서 근무하다가 차출된 것이다. 한창 철조망 공사가 벌어지고 있다. 공사하느라고 경계가 느슨한 틈을 노려 기습하려고 무장 간첩이 출현한다는 정보에 공사 지역 전면에 수색과 정찰에 들어갔다. 이 곳뿐만 아니라 출몰 가능성이 있는 지역에는 매일 수색 중대 각 대대 5분 대기조와 기동 타격대가 운용 중이지만, 우리들도 교육 훈련을 겸하여 작전에 오늘 처음 투입된 것이다.

삶과 죽음 앞의 드러난 인간 본성

ROG(최전방 검문소) 밖을 나갈 때 모든 병사는 기본 탄약을 지급받아 가지고 나간다. 휴전이라고 하지만 끊임없이 도발 사고가 일어난 곳이 이들 지역이다.

우리 특수 부대가 만들어진 것도 이 때문이다. 대테러 부대가 우리들인 셈이다. 부대서 출발하면서 우리가 정찰한 지역의 정보를 브리핑 들어야 함에도 불구하고 교육관의 불찰로 이루어지지 않은 것이 사고의 직접적인 동기를 유발시킨 거나 마찬가지이다.

우리가 지나는 곳은 억새들이 갈대 크기 정도 자라 있는 곳이다. 개활지는 사냥터나 마찬가지이다. 그것은 적이 매복하여 있다면 우리들은 마룻바닥의 개미만큼의 쉬운 사냥감이 될 것이기 때문이다.

사고가 있었던 지점에 이르러 제법 넓은 지역이어서 일렬 횡대로 수색 정찰을 하였다. 통상 정찰시 2명이 본대 앞서 간다. 30여 미터 이상 거리를 두고 정찰을 하면서 매복 작전 지역을 거의 다 가서 사고가 났다.

관상대 직원들이 야유회 가는 날 하루 종일 억수 같은 장대비가 와서 체면 구기듯이 특수 부대원들이 수색 정찰 가는 첫날 머피의 장난이 벌어진 것이다.

앞서 가던 쪽에서 "쾅" 하는 폭발음과 뒤이어 억새풀밭에 우박이 쏟아지는 소리가 났다. 순간 모두 땅에 엎드렸다. 나는 태어나 인간이 그렇게 빠른 동작을 취하는 것을 처음 보았다. 누가 시키는 것도 아닌데 모두 풀 사이에 엎드려 거총을 하는, 번개 같은 동작이라 할까? 나 자신도 맹수처럼 엎드려 전방을 보니 시커먼 연기가 버섯처럼 피어오르고, 위생병을 부르는 소리와 뒤이어 "아이구, 어머니" 부르면서 괴로운 비명을 질러댔다. 나는 엎드린 상태에서 상황을 파악하였다.

폭발음이 연속으로 들리거나 총소리가 들렸다면 매복한 적이었을 텐데 한 번의 폭발음이었으니, 우려했던 지뢰를 밟은 것이다.

나는 자리에서 벌떡 일어나 위생병을 찾았다. 본능처럼 움직임이랄까?(뒷날 북파되어 작전을 할 때 나는 '육감이냐? 본능이냐?'를 놓고 고민해야 했다. 막사 안에는 적들이 자고 있다. 처음하는 살인 행위이기 때문에 공포가 엄습해 왔다. 공포는 나에게 최대의 약점이자 최고 지원군이 됐다. 그때 본능을 믿고 작전을 수행하였다).

부비트랩을 건드렸다면 두 번 소리가 난다. 왜냐 하면 인계 철선에 연결된 양쪽에서 폭발음이 나기 때문이다. 인계철선 부비트랩은 수류탄을 설치, 안전핀에 연결한다. 지뢰를 밟았다는 소리에 뒤에 내 옆을 날렵하게 지나는 검은 물체를 보았다. 뒤이어 "쾅" 하는 폭발음과 함께 "전대원 동작 그만!"을 외치는 소리가 들렸다. 최일병이 틈만 나면 혓바닥을 뽑아가지고 해라(구두칼)를 만들고, 안 되면 도마 위에 놓고 사시미를 하고 포를 떠서 술안주를 해 버리겠다는 악질(원리 원칙 교과서대로 교육을 시키는 사람)로 대원들에게 찍힌 조교의 목소리다.

앞의 폭발음보다 작은 것으로 보아 발목 지뢰인 대인 지뢰를 밟은 모양이다. 교관과 하사들의 지시에 따라 모두 풀

속에서 일어나 작전 도로로 나와 사주 경계를 하였다. 개활
지에서는 가능한 빨리 은폐물을 찾아야 하는데, 지뢰 지역
이 확인된 만큼 노출이 심한 도로로 나올 수밖에 없었다.

교관과 위생병이 현장 근처에 접근하여 보니 대원 3명이
쓰러져 있고, 사고 후 달려갔던 조교는 오른쪽 발목 아래가
절단되어 피투성이가 된 채 비명을 지르고 있었다.

처음 지뢰를 밟은 대원 중 한 명이 위생병에게 총을 겨누
며 소리를 쳤다.

"나부터 치료를 해달라."

고 하면서 총을 겨누자 위생병은 배가 갈라져 창자가 보일
정도의 중상을 입은 대원에게 몰핀을 두 대 놓고 막 압박
붕대를 매려던 중 놀라서 어쩔 줄 모른다. 총을 겨눈 대원
은 "아이구 어머니"를 연발하면서 위생병에게 손짓을 하여
오라는 신호를 보낸다.

급박한 상황이다. 이성을 잃은 부상당한 대원이 방아쇠라
도 당기면 교관과 위생병이 희생당할 수 있는 급박한 상황
이다. 총을 겨눈 대원은 평상시 침착하였고, 또한 교인이다.
집에서 편지 오는 것을 같이 읽은 적이 있는데, 오는 편지,
가는 편지 모두 하나님으로 시작하여 하나님으로 끝났다.
경기도 부천 소사 신앙촌이 그의 집이다.

그 곳에서는 교인들이 집단으로 전 재산을 공동 관리하며,
공동으로 노력 봉사하고 사는, 신앙심이 투철한 사람들이
산다고 하였다.

자기 여동생이 청탁성(오빠 잘 봐달라고 보낸 위문 편지) 편
지가 오곤 하였는데, 내 계급이 하사인데 교인으로 착각하

고 '집사 강평원 앞'이라고 겉봉투에 씌어져 있어 웃곤 하였다. 어려서부터 신앙심이 골수에 박힌 대원이었다.

그런데 하나님은 찾지 않고 위생병을 찾았으며, 어머니를 찾은 것이다. 부상당한 몸을 하나님이나 부처님이 고쳐줄 수 없다. 인간의 순수한 본성이 드러난 것이다. 하나님 아버지, 부처님, 심지어 삼신할머니까지 들먹이면서 믿음을 강요한 사람들은 인간의 본능을 포장해서 살고 있을 뿐이란 것이 드러난 현장이라고 할까! 이제까지 살면서 그때 배운 교훈은 많은 도움을 주었다.

사람은 태어나면서부터 자연 환경에 길들여져 가고 있는 것이다. 어릴 때는 백색을 백색이라고 거침없이 말하지만, 크면서 때에 따라서는 백색인데도 흑색이라고 거짓말을 한다. 그러한 종교인들이 있다는 것이다.

나부터 치료하여 살려 달라는 대원의 상처는 내가 보니 큰 부상은 아니었다. 왼쪽 어깨 쪽에서 피가 새어나오고 있다. 그러한데도 개머리판을 밀착시킨 채 총을 겨누고 있는 것이다. 나는 위생병 가방에서 압박 붕대와 몰핀을 들고 달려가면서,

"내가 치료해 줄 테니 걱정 말라."

하면서 다가가자,

"너는 비껴 임마!"

하더니 위생병을 부른다.

평시 같으면 상상도 할 수 없는 상황이다. 감히 하사한테 반말을 하다니 빳따를 맞아 변소에 가서 바지를 내리지도 못하고, 설혹 내렸더라도 대변을 못 볼 것이다. 엉덩이가 빳

 북파 공작원

따 맞아 상처가 나서 앉을 수 없을 테니까.

죽으면 영생한다는 기독교 교리가 무너진 셈이다. 생과 사의 갈림길에 놓이면 인간의 본성은 똑같다더니 지금 박일병도 마찬가지였다. 그것은 어머니가 와서 치료해 주는 것이 아니고, 위생병만이 부상당한 자기의 몸을 치료해 줄 수 있기 때문일 것이다. 지금 상황에서는 유일한 구세주가 위생병이다.

같은 부상시에는 전우애라는 것도 빛 좋은 개살구다. 나는 사고 예방을 위하여 박일병이 겨누고 있는 기관단총을 재빨리 차 버렸다. "타당!" 두 발의 총알이 발사되었지만, 발로 찰 때 총구는 위생병과 교관 정면에서 벗어난 것이다.

나 역시 무모한 행동을 하였지만 어쩔 수 없는 상황이었다. 총을 빼앗아 옆에 두고 안도의 한숨을 돌릴 겨를이 없이 몰핀을 엉덩이에 찌르고 치약 짜듯이 짜고 난 뒤 상의를 벗겨보니, 지뢰 파편이 지나 가면서 왼쪽 어깨를 10센티미터 길이에 2센티미터 정도 깊은 상처를 낸 것이다. 생명에 지장이 없는 상처인데 창자가 밖으로 나온 동료 앞서 치료해달라니, 과연 우리가 적과 싸운다면 전우애가 발휘될지 생각해 보아야 할 문제가 발생한 것이다.

나는 부상당한 대원이 기관단총을 겨눈 것을 보고 실제 작전시 대처 요령을 어떻게 하여야 할 것인가를 알게 되었다. 칼싸움을 하다보면 당연히 칼에 베일 것이다. 총싸움도 마찬가지여서 싸우다 보면 총에 맞을 수도 있다. 그러나 가장 중요한 것은 이때에도 정신을 차리고 이기기 위해 노력하여야 한다는 사실이다. 그것은 총을 한 발 맞았다고 그

자리에 주저앉아 버리면 결국은 상대방에게 죽임을 당할 수
도 있기 때문이다.

소총이나 기관단총과 같은 주무장의 경우 부상당한 상태
에서는 정확한 사격이 불가능하다고 할 수 있으나, 기관단
총이나 권총은 경우에 따라 한 손으로 충분히 사격할 수 있
는 무기다. 연속으로 퍼붓는 기관단총은 더욱 유리하다. 그
래서 부상시의 사격법(Wound - ed Tohnigues)을 숙지하였다.

현장에서 즉사한 대원 말고는 치료가 끝날 때쯤 앰뷸런스
가 겨우 도착하여 싣고 갔다. 헬리콥터가 와야 되는데도 출
동 못 하는 것은 우리가 T탑 안쪽에 들어가 있기 때문이다
('T'탑은 휴전선으로 기준 '38도선' 북쪽 2마일, 남쪽 2마일, 도합
4마일이 비무장 지대다. 남쪽 비무장 지대 끝쪽에 영어로 T자가
폭 2미터 넓이로 1미터 높이로 석축을 영문 T자로 만들어져 노
란 페인트로 칠하여져 있다. 숲이 많아서 하늘에서 보면 노란색
이 잘 보이며, 노란색은 경고의 색깔로 T탑을 넘어서 비행하면
우리 쪽이나 북쪽에서 발포하기 때문에 만든 표시다). 지뢰를 직
접 밟은 대원은 하체가 모두 분해되어 산화되었다. 대충 시
체를 수습하여 차에 실어 보냈다.

부상자들은 112야전 병원으로 이송되어 치료받은 후 조교
는 제대될 것이고, 박일병은 상처 부위를 보아 우리와는 합
류는 어렵고, 차출된 곳으로 원대 복귀될 것이다.

교관과 위생병에게 저지른 행동을 문제삼지 않기로 우리
대원들이 교관에게 약조를 받았다. 벌을 받아야 할 행동이
지만 그 동안 힘든 훈련과 전날 훈련 과정에서 시체에 작전
을 한 후유증도 있었고, 동료가 눈앞에서 갈기갈기 찢겨 죽

었으며, 자신이 부상당하여 잠시 이성을 잃을 수도 있다고 하사들이 몇 번이나 건의하여 사건 보고서에 누락시킨 것이다. 박일병이 나한테 하였던 행동도 자대 같으면 내가 체벌하지 않았더라도 다른 분대장이 하였을 것이고, 아니면 나의 전령이, 아니면 소대원들이 체벌하였을 것이다. 왜냐 하면 군은 군기를 먹고 지탱하기 때문이다. 군기가 없으면 군은 오합지졸이다. 박일병의 어깨 상처에 지혈제 가루를 뿌리고, 압박 붕대로 감고, 왼쪽 팔을 움직이지 못하게 하기 위하여 몸과 결박시킨 뒤,

"박일병, 숨만 자주 쉬면 살 게다."
라는 농담을 하자.

"강하사님, 아까 전에 한 행동 용서하십시오."

하면서 오른손으로 옆구리를 툭 치는 것으로 사과를 대신하고 후송되어 갔다.

우리가 존재하는 곳에는 언제나 머피의 법칙은 따르게 마련이다. 그리하여 Redundent라는 개념은 반드시 항공기에만 적용되는 개념은 아니며, 모든 군사적인 작전, 아니 우리의 일상사에서도 모두 요구되는 것이다.

따라서 1개 지점에서 지뢰를 밟는 사고가 났으면 다른 지점에는 지뢰가 없을 것이라는 생각은 금물이다. 이런 맥락에서 한 가지 추가하자면 위험한 지뢰 지역에서 지뢰 사고가 났으면 그 지역은 지뢰밭이라는 것을 빨리 판단하여 지휘관이 통제를 했어야 했고, 대원 개개인이 지뢰밭의 위험성을 숙지했어야 했다. 조교의 전우애가 결국 자기 발에 영원히 복원되지 않는 장애를 입었지만 말이다. 조교가 행하

였던 행동 역시 돌발 사고다. 돌발 사고는 미연에 방지할 수 없는 것이어서 안타까운 일이다.

그러나 악질이라고 원성이 자자하였던 조교의 전우애의 따뜻한 인간미를 모두 고마워했다. 따뜻한 피가 우리와 같이 흐른다는 것이다. 참으로 사고를 당한 전우에게 너무나 미안하였다. 하사관 학교에서 정찰시에 지뢰 지대 통과 요령을 배웠는 데 말이다.

"숨쉬는 것 잊어버리게 해 주겠다."
라는 최일병과 임일병이 절단된 다리에 지혈제를 뿌리고, 압박붕대로 감고, 작전 때 준비된 자신들의 비상용 몰핀 두 대를 주사하고, 최일병이 업고 임일병이 부축하여 가는데, 최일병 목 언저리가 뜨거워 손바닥으로 만져보니 조교의 눈물이었다고 한다.

앰불런스에 실리면서 고통으로 이빨을 갈면서,
"고맙다, 죽지말고 제대하거라."

한마디하고 실신하여 실려갔다고 하였다. 북한 테러 부대한테 기습당하고 난 뒤 모두 철수하면서 지뢰를 매설하였으나, 지뢰 지대 표시를 해두지 않은 것이다. 한편으로는 교육을 담당한 교관이나 조교가 이 지역 지리를 몰랐으며, 깊은 계곡이어서 무전 연락이 안 되었기 때문이기도 하다.

습격당할 때 신문 보도가 되지 않아 대부분 모르고 있다. 이번 사건도 안전 사고로 가족에게 통보될 것이며, 대부분 화장되어 가족이 시신을 인수하러 올 때까지 종교관에 보관하여진다.

시체를 화장시키는 것은 당시 교통이 불편하여 가족이 찾아오는 데 시간이 걸렸고, 전방에서 난 사고는 시신이 많이 훼손되었기 때문에 부패가 빨리 되었다. 그것은 지금처럼 냉동고도 없는 시절이었기 때문이다. 머리에 먹물 많이 들어간 가족이면 화장을 가족이 확인 전에 하였다고 항의도 한다. 화장을 해 버리면 자살인지, 구타에 의한 건지, 작전 중에였는지, 안전 사고였는지 확인할 방법이 없다고 울고불고 난리를 치지만, 그때가 군정 시절이었기 때문에……?

대부분의 가족들은 한줌의 뼛가루가 든 상자를 안고 국가를 원망하고 갈 뿐이었다. 그때의 사건 사고는 대부분 안전 사고 처리되었다. 같은 동료들의 증언을 들을 수 없기 때문에 억울하여도 별도리가 없었다.

연 이틀 간의 일들로 내무반 분위기가 엉망으로 되어 버렸다.

"안 나오면 쳐들어간다. 쿵짜라 짜잔, 옆전 열닷 냥!"

"빨리 장전해야 빼기는 멀라고 빼냐? 빼면 갑오 나오냐? 삼팔 따라지다. 안 나오면 옷 벗고 또 쳐들어간다. 엽전 스무 냥, 쿵짜라 짜잔 삐약 삐약."

"추-웅성 박일병 노래 일발 장전."

쿵따라 땃따 삐약삐약 악기가 아닌 입으로 시그널을 깔아 준다.

"완마, 박일병. 다섯 냥 언거준께 노래 나온다 아이! 나는 솔찬이 많이 올래야 할 것인께 모두들 잘들 기억해 두더라고. 나 노래는 비싼께."

익살꾸러기 최일병은 사타구니 사이에 소주병에다 숟가락을 세 개를 꼽아 끼고서 한쪽 다리를 올렸다 내렸다 하니 탬버린 소리를 내어 박자를 맞추고 꼽추등 흉내를 내면서 코 밑에다 나무 젓가락을 세로로 눕힌 다음, 윗입술을 올려 괴상한 표정을 지으며 내무반을 왔다갔다하면서 끼를 발휘한다.

"너무나도 그 님을 사랑했기에~"

문주란의 〈동숙의 노래〉가 나온다. 박일병의 노래는 기성 가수와 버금가는 노래 솜씨다.

연 2일간 벌어진 산 자와 죽은 자의 몰골을 본 대원들의 심란한 심기를 해소하려고 특별 회식이 이루어지고 있다. 내무반 침상에는 반합에 막걸리가 가득 채워져 대원들 앞에 있다. 술을 못 하는 나도 반합 속 뚜껑으로 두 잔을 마셨더니 취기가 돈다. 진짜배기 술이다. 물을 안 탄 술이라는 뜻이다. PX에서 파는 술은 양조장에서 가져온 술에다 물을 1/4 타 버린다.

술 먹고 취하여 난동 부릴까 봐 물을 탄다고 하지만, 취할 만큼 먹고 행패 부릴 돈도 없으며, 취하여 난동 부렸다간 영창 가기 아니면 복날 비맞은 똥개 먼지가 나게 패는 것처럼 안 죽을 만큼 매를 맞을 것인데, 누가 그 짓을 하겠는가!

PX에서 이익을 많이 남기기 위함이요, PX장 뒷주머니 돈이기 때문이다. PX장 말은 윗선에서 시켜서 물을 탔다지만, 누구의 말이 옳은 말인지 모른다. 물을 탄 술이건 안 탄 진짜배기 술이건 군인들 뱃속에 들어가면 기분은 배가 되어 끼가 발휘된다.

사회에서 발휘했던 끼들이다. 글로 표현하기 쑥스러운 리얼한 장면이 연출되기도 한다. 분위기가 익어갈수록 그들의 흥은 폭발 직전에 이른다. 항고 술이 다 떨어지고 나면 항고가 북이 되고, 장고가 된다. 또한 철모로 짐상을 두드려서 박자를 맞추고 총 노리쇠 후퇴 전진을 시켜 장단을 맞춘다. 마치 노랫소리보다 타악기 소리로 정신이 혼미해질 정도다.

"엽전 오십 냥"

소리에 드디어 임일병 차례다. 임일병이 빨리 안 나오니까 "엽전 오백 냥"을 소리치자, 대원들에게 술을 따라주고 있던 임일병이 그 소리를 듣고 나오면서,

"오십 냥만 해도 돼는디 멀라고 500냥이나 주냐? 너무 많은디? 두 곡은 불러야 쓰것다. 험,험"

하고 목소리를 정리하더니, 18번곡 황정자 씨 노래 〈오동동타령〉을 부른다.

"오동추야 달이 밝아 오동동이냐? 아니요 아니욧!"

대원들은 아니요를 연발한다.

"글면 느그들 시방 머시 오동동이냐? 싸게 말해 보드라고이."

싸게 말해 보드라고이도 아니요 아니욧으로 화답한다.

"나는 통모르 것는디!"

"야! 일마야, 우리들 노랫소리가 오동동이다 우짤 끼고? 아니다 아니다…… 아~하 양 구 식당 똥갈보 년들 장구 소리가 오동동이다 인자서 알았지?"

"우짜 그게 오동동이냐? 나이방 쓴 교관놈 걸어갈 때 부딪치는 붕알 소리가 오동동이지? 아니다 아니다~ 아~하 교관 뒤를 따라 다니는 쫑(세퍼트) 붕알 부딪치는 딸거락거리는 소리가 오동동이다."

 북파 공작원

“우짜 그게 오동동이냐? 양구 식당 똥갈보와 외상 씹을(연애할 때 돈 안 주고 수첩에 기록) 할 때 뿍쩍뿍쩍이는 니노지 소리가 오동동이다.”

최일병 입에서 음담 패설이 줄줄이 나온다. 왼쪽 손을 오른쪽 어깨에 가슴에 붙이고, 그 공간에 오른손을 주먹을 쥐고 전진 후퇴를 하며 연애하는 장면을 연출하는 최일병의 몸짓에 타악기 소리는 더욱 요란하다.

서로가 화답을 하면서 노래가 이어진다. 회식이 끝나고 난 뒤에는 2·4종계의 불평은 끝이 없다. 반합에서 식기는 거의 망가져 A급으로 교체해 주어야 하기 때문이다.

“봐라 봐라, 노래 스톱부하자. 누구 정병장 몬 봤나?”

“…….”

갑작스런 최일병의 질문에 대원들은 서로가 얼굴만 쳐다본다.

“와 이러노? 술만 잘 쳐묵드만 그 얼라 몬 봤으면 큰일이데이?”

“아, 그 새끼 지금 한참 아리랑 고개를 넘어 가는디. 관상대 직원들 소풍 가는 날 비가 오듯이…… 니가 지금 미꾸라지 노는 바께스 안에다가 왕소금 몽땅 뿌려 뿐다 이거여!”

“그 새끼 기분 팍 새불게 만든 마이! 안 보여도 두리뭉실 넘어가면 어디 덧나나? 개좆도 햇까닥 한짓거리 잘 하는 님 스짜가는 부처님될라고 열반에 들어갔씅께 요런 술 난장판에 어울릴 수 있당가, 이 사람아 핼 말이 있으면 싸게 나한테 해 보더라고 시방. 언능 나 지금 숨 넘어갈라궁께!”

“글마 자슥 나불거리는 볼테이를 그냥…….”

“어머 속터져 열불날라, 그네 술~술 없냐?”

“나 술 지금 당장에 안 먹으면 해까닥해도 책임 안 진다. 빨리 술가져 온나.”

“차라! 자석아! 니는 내 맘 우째 알겠노? 일마들아, 술 묵다 보니 가악중에 그그제 죽고 다친 대원들 생각이 나서 찾은 기라, 내는 글마가 엄뚠 짓 해도 애앤시럽은 기라! 니는 세갈머리 없이 씨부리지 말거래이. 애꼽아도 내는 참는데이”

“음마마! 지금 나 성질 돋굴래, 술 잘 쳐묵드니 무땜시 그래샸냐?”

“봐라 봐라, 이기 무신 일이 있는기다 일마야!”

“먼 일이 있다고 그냐? 아이고 열불나뿌네!”

“시끄럽다. 글마 몬 찾으면 큰일이데이. 엄튼 짓 하몬 어짤 끼고? 회식 그만 끝내고 피엑스(PX) 근방을 찾아나 보자.”

“니가 시방 부처님 반토막이라도 되부렀냐? 오락 시간 분위기 깨는 것은 미꾸라지 다라야에다 왕소금 뿌린거여……”

“임일병, 니는 참말로 별쭉시럽다. 스님 몬 봤나?”

“읍땅께 그냐?”

“염불한다고 멱살잡고 뒤집이할 때가 작년이가? 엊그제다. 생각해 주는 척하기는.”

“이 자석, 똥물에 행가가지고 오줌물에 튀굴 놈아 몬 봤으면 찾아보자!”

“와따메 징그런 소리해 뿐마이, 똥물에다 씻어갖고 소피물

에다 삶아 묵는다 그랬냐? 니가 지금 부처님 사돈에 8촌간
이라도 되느냐 말이여. 긍께 내 말인즉슨?"

"갑자기 사고 이야기는 멀라고 하냔 말이여. 오늘 술잔치
도 그것 잊어부러라고 핸 것인디 말이여. 무단시 골빡 싸매
고 있어야!"

"일마 자슥이 대한민국 무당 입을 잘라다가 한솥단지에
고아 먹었나, 사설이 와 이리 기노? 님스짜가를 너 말처럼
가악중에 찾아 부러서 시방 분위기 깨부렀다는 그 말이여
내 말은."

"야이 호로(아버지 없는 자식, 욕 중에 제일 큰욕) 자석아, 내
는 정병장한테 죽은 사람 극락 세계로 가게 빌어 달라고 부
탁하려 했다. 니는 내맘 모른 기라. 호흐 - 흐."

최일병이 운다. 익살꾸러기 최일병이 운다.

"너 지금 날 보고 호로새끼라고 그랬냐?"

"초상났냐? 분위기 잡치게 달구(닭)똥 같은 눈물을 흘리고
머이마들이 청승을 떠냐?"

"절마 자석 애꼽아서 내는 글마가 불쌍한 기라, 스님이 멀
라고 군대를 와서 그 고생을 허냔 말이여! 목탁이나 두둘기
면 될 낀데. 내나 니는 스님을 많이 괴롭핀 기다. 후레자석
아!"

"어머 저 씨발놈, 우라부지 지금 풍년초로 골연 맹글어 갔
고 코에서 노랑물(담배진)이 떨어지도록 빨면서 이 아들 제
대 날자 계산하고 있을 꺼인디, 그런 승한 욕을 해 뻔지냐?
지금 니가 부처님 맘이라 이거재? 나가 빌어 줄께."

하더니 남의 관물대에서 수통을 꺼내 든다.

수통이 스텐 재질로 된 것과 플라스틱 수통이 뒤에 보급
되었다. 플라스틱 수통을 꺼내 꼬질대로 두들기니 복탁 소
리 비슷하였다.

"오 - 옴 돈도르 도로 사바하 남무관세움보쌀!"

술이 취하여 혀 짧은 소리이지만 그럴 듯하다. 거의 반미
치광이처럼 놀던 대원들이 이 광경을 보고 숙연해진다.

남자들의 거친 세계, 그 가운데 또 다른 특수 임무 요원들
의 세계이지만, 전우애만큼은 그 뜨겁던 분위기도 냉각시켜
버리기도 한다. 계집아이들처럼 훌쩍거리는 눈물이 아니라,
뜨겁고 때로는 땡초가 눈에 들어가서 눈물을 흘리듯 전우의
불행 앞에 거침없이 울었다.

어머니란 말이 나와도 숙연해지고 우는 대원이 많았다. 지
구상에 최고 악질? 아니 정예 특수 부대원이지만, 눈물을
잘 흘렸다. 나 역시 어렸기 때문에 곧잘 어린애 심성으로
돌아가 눈물을 찔끔거렸다.

그때 어머니에 대한 그리움 때문에 소설《늙어 가는 고
향》속에 어머니에 대한 시가 30분 낭송이란 국내 시인들
중 제일 긴 시가 발표되어 미국 샌프란시스코 라디오 서울
에 방송되었고, KBS 라디오 이주향의 책마을 산책에서는
2002년 구정(설날) 귀향길에 30분간 책 내용과 시가 특집 방
송되었다.

남자들만의 거친 세계, 특히 목숨을 초개같이 버려야 하는
특수 요원들은 어머니 소리만 들어도 숨소리가 들리지 않을
정도로 조용하여진다.

그래서 여성들이 모르는 남자들의 세계이다. 그래서 남성

을 잘 알려면 군을 다룬 글들을 많이 읽으면 남편들 통제법을 알아 원만한 가정을 가꾸어 나가는 데 많은 도움을 준다고 한다.

임일병의 말처럼 가짜 스님(님스짜가) 병장은 '옴 살바 못자 모지 사다야 사바하'를 밤샘할지도 모른다. 참회 진언을 우리를 대신하여 외울 것이다.

기괴 망측한 자해 행위

이 부분은 몇 번이나 쓰지 않으려다 쓰게 된 내용이다. 자해라고나 할까, 아니면 얼마나 고통을 참을 수 있는가를 실험하는 것이라고 해야 할지 모르겠다. 조교가,

"오늘은 너희들 좆대갈빡에 다마 박는 날이다."

하면서 칫솔과 도루코 면돗날을 개인 지급하고서, 시술에 사용할 바늘과 구슬 만드는 요령을 설명한다.

"치솔대를 2센티미터 길이로 절단한 다음, 한쪽은 바늘과 같이 반대쪽은 외경을 5밀리미터 크기 정도로 만들어라. 크기가 외경 4밀리미터 정도의 작은 다마(구슬)를 만든다. 표면은 상처가 없이 광이 나도록 만들기 바란다. 오후 4시에 검사를 하겠다. 이상이다. 질문할 사람은 지금 하길 바란다."

교육 전달을 끝내고 질문을 받겠다면서 싱글싱글 웃으며 출입구에 서 있는 조교를 보고 내무반 시어머니격인 임일병이 손을 든다.

"뜸금없이 조오지대그빡에다 다마를 멀라고 박는다요?"

"훈련이다. 바늘과 다마를 잘 만들어야 고생하지 않는다."

라는 말을 마치고 나가는 조교 뒤통수에다가 임일병은 수박을 먹고 씨를 뱉듯이,

"쩌그 머시기냐 하면 말이지요, 그걸 멀라고 만든다요?"

"그것은 4시에 검사 완료 후에 자세하게 설명을 하겠다."

"어찌꼬롬 반질반질하게 광을 내 뿐다요?"

"너희들 자대에서나 훈련 끝나고 버클과 계급장 닦아서 광을 내는 데 치약을 사용했을 것이다. 치약으로 하면 된다. 대충대충 요령 피운 놈은 고생 좀 할 꺼다."

조교는 히죽 웃으면서 횡하니 나가 버린다.

"군대 참말로 웃기는구만. 머새다가 쓸 것이다고 자세히 갤차 주면 입에 쥐가 나나, 욕은 당골래(무당)처럼 씨부렁거리면서 궁금해서 물으면 버버리가 되어 얼버무린당께. 저 새끼들 속은 생솔가지 땐 굴뚝이여! 도통 알 수가 있어야재."

내무반이 갑자기 소란스러워진다. 모두들 궁금한 모양이다.

"별짓거리 다 해 보네 참말로. 자세히 갤챠 주면 어디 덧나나 달바빼기는."

칫솔대로 만든 기구가 성기 자해 훈련에 어떻게 쓰여질지 감을 잡을 수가 없다.

"부대장 애기들 딱총알로 사용할려는 갑다."

"다마야, 다마! 너놈 조오지머리통에다 박는다 안 카드나, 조교 말할 때 너 귓구멍은 외출 갔나 외박 갔나, 아니면 휴가를 갔나 일마야! 정신 좀 차려라!"

"병신 깝죽거리기는 베름박에다가 못을 박은 것도 아니고, 허벌나게 아풀 것인디 어찌꼬롬 거기에다 박는다냐? 쪼다야! 앵조가린 아구지 볼테이를 3.5인치 로켓 무반동포로 그냥 한 방 쏴부면 너는 옥수수 공장 철거반 불러야 되고, 정비한다고 견적서 작성하랴, 의무대 왔다리갔다리 발품팔지 말거라."

"시끄럽다 일마야, 나불거리는 죽통(입) 닫아라, 일하자!"

조교가 가르쳐 준 대로 바늘과 다마를 만들기 시작하였다. 보통 고역이 아니었다. 2센티미터로 먼저 절단하여 만들려다가 낭패를 당하였다. 손으로 잡고 깎아내는데 너무 힘이 들어 포기하고, PX로 달려가 다시 칫솔을 사왔다. 순식간에 칫솔이 20여 개가 팔리자 PX장이 무엇 때문에 칫솔을 사 가느냐고 묻자, 전후 사정을 이야기하니 PX장이 껄껄 웃으면서 만드는 요령을 가르쳐 주어서 쉽게 만들 수가 있었다.

칫솔대를 잡고 표면이 거친 세면트 벽에나 돌에다 문지르면 거칠지만 달가져 간다. 어느 정도 윤곽이 잡히면 도루코 면돗날로 다듬는다. 끝이 바늘처럼 날카롭게 만든 다음 2센티미터로 절단하여 치약으로 광을 낸다(뾰족한 쪽 반대 5밀리미터 외경 끝을 반원형으로 다듬는다. 성기 살가죽을 뚫고 바늘이 지날 때 다마와 부착시켜 바늘과 다마가 동시에 통과하면서 다마만 성기 가죽 속에 남는다).

헝겊에다 치약을 짜서 바르고, 그 위에다 칫솔대 바늘을 문지르면 표면이 흠집이 없어진다. 다마 역시 바늘을 절단하고 난 끝을 조금 깎아내 바늘 뒤끝보다 작아지면 4밀리미터 정도 절단하여 바늘과 같은 방식으로 광을 내면 된다. 특히 다마는 흠집이 있으면 절대로 안 된다. 다마에 흡집이 있으면 여성과 성교할 때 흠집이 스치어 상처가 나서 농이 생겨 제거시켜야 하기 때문에 아주 잘 만들어야 한다.

"일마 자석, 실성기가 있나, 마스크는 와 쪼개노?"

칫솔대를 벽에 문지르다 웃고 있는 임일병에게 최일병이 시비를 건다.

"임일병 귀구녕이 시력이 없냐? 대답 좀 해라. 농띠치다가 나이방 조교한테 떼뜸질(맞아 죽어서 무덤에 들어가는 것)당할 끼다."

"야! 최일병 조오지대가리에다 다마 박을려면 군의관과 여군 간호 장교가 올 것 아니냐? 보드라운 삭신 간호 장교가 사부작사부작 만져가지고 서뿔면(발기되면) 큰일인디 말이여. 그것 걱정이 솔찮이 되뿌네이"

"머라켔노?"

"내 말은 비암대갈빡처럼 서불면 어쪼 꺼이냐 이 말이재!"

"글마 자석 쓰잘데없는 걱정 말고 조오지머리통에 포장쳐서 공기가 안 통해 꾸룽내 나는 하얀 꼴가지 끼어 있으니 퍼득 변소간에 가서 씻고 오너라! 꿈도 좋다, 보드라운 손으로 꾸룽내 나는 조오지대갈뻬이를 간호 장교가 멀라고 만지냐?"

조교가 자세한 설명을 안 하고 가 버렸으니 나 역시 궁금하였다. 성기를 개복하고 다마를 넣고 꿰매야 하는지, 그럴려면 마취를 해야 하기 때문에 간호 장교가 틀림없이 올 것이다.

논산 훈련소에서 성병 검사 때 침상 끝선에 세워 두고 가제로 성기를 깜싼 다음, 성기 뿌리 속에서부터 쥐어짠 간호 장교 생각이 나서다.

다마를 만들면서 과연 이걸로 성기에다 다마를 어떻게 한다는 건지 궁금해하던 중 4시가 되어 조교 두 명이 왔다. 그런데 못 보던 병사가 쥐가 구멍에서 나와 주위를 기웃거리듯이 막사 안을 기웃거리더니 들어왔다.

"어쭈구리, 글마 자석 겁도 없이 처음 보는 놈이 마스크를 (웃는 것) 쪼개기는……!"

최일병이 한마디한다. 같이 온 교육계 조교가,

"전대원 바늘과 다마를 들고서 전원 침상 끝선에 선다, 실시!"

모두들 궁시렁거리며 일어서자,

"전 대원은 허리띠를 풀고 빤쓰를 무릎 아래까지 내린다."

팬티 신고식이다. 술집 접대부 여자가 남자 손님과 합석하기 전 신고식 때 치마끝을 입에 물고 팬티를 무릎 아래까지 내리는 신고식이 있다는데, 우리들이 그 꼴이 됐다. 생판 처음 보는 놈 앞에서 사나이 밑천을 드러내려니 약간 창피했지만, 남자들만의 세계이니까 모두 조교의 지시에 따랐다.

"느기미 떡을 할, 처음 보는 놈한테 좆대가리 신고식이라니, 군대 좋다!"

불평하면서 모두 침상 끝선에 앉는다. 마주보고 침상에 걸터앉으니 웃음이 절로 나온다. 별의별 모양의 성기 모습이다. 소시지 전시장 같으다. 서로 성기를 보고 품평을 하며 킥킥대고 웃는다.

"지금부터 여러분의 인내심을 키워 줄 특별히 차출된 조교의 인사가 있겠다. 시범 조교한테 모두 주목!"

조교가 소개하자, 대원들 성기를 구경하던 처음 본 조교는 내무반 입구에 부동자세로 서서 경례를 한다.

"충~웅성!"

목소리 한번 우렁차다.

"방금 소개받은 남한산성 출신 김종대입니다. 지금부터 다마 박는 시범을 보이겠습니다."

조교의 말에 내무반은 갑자기 공기 흐름도 멈춰 버린 것 같다.

"아참, 시범 보이기 전에 다마를 박으면 잠지 머리통이 어떤 모습일까? 여러분이 궁금증을 해소하는 차원에서 제것을 보여 드리겠습니다."

말을 끝낸 뒤 바지를 벗고 사각 흰 팬티 단추 구멍 사이로 남한산성은 자기 성기를 꺼내어 왼손 엄지와 검지손가락으로 성기 중간 껍데기를 잡고 내무반을 행진한다. 궁시렁거리고 있던 대원들 눈의 동공은 조교의 성기에다 초점을 두고 멈춰 버렸다. 잠시 후 모두 배꼽을 잡고 웃는다.

검게 그을린 특수 부대원들의 양쪽 침상 끝에 전시된 성기를 구경하면서 가던 조교가 최일병 앞을 지나가다가 "꽈다당!" 소리를 내며 넘어진 것이다. 최일병 성기는 탱크 포신처럼 서 있었기 때문이다. 전부 축 늘어져 왕소금 맞은

오이지처럼 늘어져 머리를 숙이고 있었는데, 최일병 성기는
곧 사정할 듯이 발기되어 있었다.

　그것을 곁눈질하고 걸어가다가 조교가 내무반 통로에 넘
어져 버린 것이다. 뒤에 안 일이지만 최일병은 비누가 없어
치약으로 성기를 씻은 것이다. 치약 속에 들어 있는 박하
성분이 자극을 주어서 성기가 발기되었던 것이다. 최일병은
넘어진 시범 조교의 성기를 내려다보더니,

　"조오지 꼬라지하고는 그것도 물건이가? 물조루가 그렇게
어줍잖아 가지고 꽃밭에 물 주겠나?"
하고 혀를 껄껄 찬 다음,

　"대갈빡 신고식을 한다 이 말이재?"

　최일병의 육두 문자는 여전하다. 궁시렁거리던 최일병이
임일병을 부른다. 임일병이 도끼눈을 해가지고 노려보자,

　"성이가 부르면 퍼득 대답하라 안 카드나?"

　"저 아그가 시방 뭐시라 한다냐? 형님 좋아하네,"

　"꾸룽내 나는 조오지가 왕소금 맞은 오이짱아찌 같은데
가스나들이 보면 기도 안 차겠다. 머라 카드라. 여군 장교가
와서 보드리한 손으로 쪼물락거려 줄 거라고 조오지대갈빡
씻고 구루무 발르드라만 임일병 니는 꿈도 꾸지 말거레이."

　최일병 불평 소리에 아랑곳하지 않고 시범 조교는 통로를
행진한다.

　양쪽 침상에 성기를 꺼내 놓고 앉아서 구경하는 사이로
탱크 포신처럼 세워가지고 보무도 당당하게 걸어갔으면 박
수라도 쳐주었을 텐데, 머리통이 쳐지니 성기 중간 껍데기
를 오른손 엄지와 검지손가락으로 대원들이 잘 보이라고 잡

고 걸어가는 모습을 보고 안 웃을 사람이 누가 있겠는가. 내무반 통로를 왕복하고 왕소금 맞은 물건을 팬티 속으로 원위치시키고 히죽 웃은 뒤 눈길은 최일병 성기에 초점을 두고 설명을 한다.

"저 남한산성은 이것입니다."

손가락을 세 개를 펴보였다. 남한산성은 육군 교도소를 가리키는 말이다. 손가락 세 개를 보이는 것은 세 번 사고를 친 군대 언어로, 별 세 개짜리 전과자다. 현시대 같으면 제대다. 그러나 그때는 월남전 파병 때문에 전과자도 군복무를 끝까지 마쳐야 했다. 행진을 마친 차출된 조교는 손가락으로 아래를 가리키면서,

"여러분 연장에다 이거 박아 놓으면 청량리역 뒷골목이나 답십리 588골목, 미아리 텍사스촌, 대전 역전 골목, 대구 자갈마당, 광주 양동 뒷골목, 부산 완월동 등을 들러서 여자들과 빠구리(성교)할 때 돈도 안 받고 공짜로 한탕 널널이 뛸 수가 있으니 설명 잘 들으십시오?"

거기다가 결혼하면 마누라 바람 안 피운다는 설명도 덧붙인다.

"자석 조오지를 연장이라 카나, 구멍 뚫는 연장…… 말이 되네! 히마리(힘)가 하나도 없는 것을 달고서는……."

"누구든 시범으로 내가 직접 박아 드리겠습니다. 지원자 나오십시오!"

조교가 시술 대상 지원자를 찾는 말이 끝나자 마자,

"여기 있어라!"

중간 대열에 서 있던 임일병이 손을 번쩍 들고서 침상에

서 내려와 조교 앞에 가서 섰다. 선착순할 때는 맨 뒤에서 어그정거리며 뛰었는데, 시범으로 구슬을 박아준다고 하니 번개 같은 동작을 취했다.

"나는 말이여! 그 말 나올 줄 폴세 알아 뿌렀소! 바로 나가 조교가 힘들게 찾고 있는 임시범이요. 어쩌께라, 시범이가 먼자 해야 되겠지라?"

"……."

내무반이 조용하자 뒤를 돌아보다가 나하고 눈이 마주치자 윙크를 한다. 내가 웃자 임일병이 조교에게,

"여기 바늘과 다마가 있씅께 받으시오. 잘 만들었지라이, 훈련 끝나면 휴가 가는디 조교 말대로 성능이 좋은가 한번 써 묵어야 것는디, 참말로 그 곳 가이네들이 계매(성교) 붙을 때 좋아합니까?"

휴식 시간이면 임일병은 입대 전 자기 집안이 거부고 뼈대 있는 임꺽정 후손 집안이며, 체격은 물론 조오지도 말좃만 하여 여자들과 성교만 하면 여자들이 소 등짝에 붙은 찐드기같이 붙어 떨어지질 안 하려 하여 애를 먹고, 토요일, 일요일이면 제비(추첨) 뽑아 만난다고 장황하게 이야기를 하였는데, 오늘 뽀록(탄로)이 난 것이다. 임일병 물건을 본 최일병이 시비를 건다.

"절마 자석, 공골(공짜)로 박아준다카니 총알같이 달려가기는!"

"무다나시 샘이 난께 궁시렁거리냐? 내비둬야, 공짜로 주면 양잿물 덩거리도 큰 거 묵느다는디!"

"절마 자석 조오지 보그래이, 오메요 보면 볼수록 얄궂다.

히마리가 없어가지고 밤일 하것나? 앵여르 자석아, 그것도
물건이라고 달고 다니냐?"

임일병 성기는 찐빵만한 불알 위에 엄지손가락 손톱에 있
는 끝마디를 잘라서 얹어놓은 모양이다. 불알에 비교하면
너무 작다.

"무단시 나 물건 갖고 글지 말드라고."

"꼴값하네, 주둥박은 살아가지고 성이가 말하는데 말대꾸
는."

"내 물조루는 싱싱한게 염려 말드라고이."

"임일병 절마 자석 조오지대갈뻬이 깝데이가 부끄럽다고
포장치고 있는데, 얼라 조오지 아이가?"

"내비둬야 무단시 남에 물건 가지고 열 올리지 말거라. 대
글빡 뚜껑 열려 골로 가면 나는 책임 없응께."

"저놈은 삥긋하면 임꺽정 후손 피를 받아 통뼈이고, 학교
치칸 벽에다 오줌갈기면 유리창을 넘어간다고 카더니 오늘
뽀록이 났구나? 내는 챙피스러버서 같이 못 논다. 얼라 고
추도 아니고 그게 뭐고? 성능이 별로여서 알총(총알)같이 선
착순 일등하여 다마 박을라 캤나?"

"왔다! 진짜로 성질 건드러 뿐마! 지금 부끄러워서 글재,
가이네만 보면 끄떡끄떡 영도다리랑깨 그래샀네! 참말로 뭐
하니라고 여군 장교가 오지 안 와서 싸나이 체면 구긴마이.
어째서 안 왔을까? 치마 두른 여자만 보면 끄덕끄덕하는데,
여군이 안 오고 남한산성이 와서 김이 샛부넜는디 그냐?"

"일마가 퉁수 부나? 언제 부산 영도다리를 보았냐? 영도
다리 좋아하네, 밥솥에 쪄놓은 가지 같은 조오지를 가지고

 북파 공작원

떡깔을 쓰냐?"

"최일병, 너 무슨 씨잘대가리 없는 소리 허냐? 보이기는 적게 보여도 내 것은 자라좃이랑께 그러네!"

"무시게 소리고?"

"자라 대그빡 보면 들어갔다 나왔다 안 글드냐? 내 것이 그렇타!"

"절마 자석 떡깔쓰기는 대갈삐이 포장치고(포경) 있는데 그나? 병원에 가서 포장 친 대갈삐이 제단하고 바느질(포경 수술) 하거라, 얼라 자석아!"

"옴맘마! 그것이 무신 귀신 씨나락 까먹는 소리여, 여자만 보면 대그빡이 나온당께! 최일병, 나는 고자 아니께 걱정, 염려 붙들어 메고 있어라이! 조교님 정말로 다마 박으면 여자들이 좋다요? 최일병 저 아그 못생긴 여동생이 시집 못 가고 있다는디 처남삼아 부러야 쓰것는디요."

"거짓말 안 하요. 더구나 질나이(전문가) 매춘부 여자들이 홍콩 가고 달나라까지 갔다왔다 그러더라고요. 밤새 만지작 거리더라고요."

"엄미 좋은 거. 나부터 싸게 박아 주시오! 그래서 내 이름 이 임시범이지라!"

웃옷까지 벗어 버리고 나체가 되어 춤을 춘다. 제사 파젯 날 막내둥이 쫄랑거리듯 방정을 떠는 임일병을 보고 조교 는,

"좀 아픕니다."

"아푸면 지가 얼마나 아푸 꺼이요, 나는 참아 뿔랑께 염려 꽉 붙들어 매시고 하씨요! 음미 좋은 거, 기분이 째질라 그

네. 음미 좋은 거!"

  조교가 시술을 해 준다는 말에 기분이 좋아서 한쪽 입 끝은 귓가에 걸어 놓은 것처럼 싱글벙글하면서 임일병이 침상에 걸터앉는다.

  "자 여러분도 제가 하는 것을 똑똑히 보시고 따라서 하시면 간단합니다."

  전부 목을 빼고 조교의 손동작을 본다.

  "맨 처음 소독을 합니다."

  붕산수 소독액을 솜에 듬뿍 부어 성기를 닦아낸다.

  "앞전 제 꼬질대 보여 줄 때처럼 성기 표피를 이렇게 잡아당깁니다. 왼손엄지와 검지로 성기 껍질을 잡아당기고 중지로 성기 몸체를 누른다."

  조교가 하는 대로 따라하니 성기 표피는 2센티미터 정도의 종이를 접은 상태가 된다. 접혀진 중간을 6시간 동안 공들여 만든 플라스틱 바늘이 통과하면서 뒤따라 다마도 통과시키어야 된다. 바늘은 빠져나오고 다마만 접혀진 성기 표피사이에 남게 한다. 그 다음 테라마이신(항생제) 캡슐을 분리하면 가루가 나오는데, 상처 난 양쪽에 수북히 쏟고 붕대로 감으면 성기 귀뚫기 작업 다마 박는 훈련은 끝난다.

  조교 설명은 간단하다. 임일병이 기대했던 간호 장교 보드라운 손이 쓰담아 줄 물건이 아니라, 무지막지하게 가장 예민한 성기를 마취도 하지 않고 볏짚으로 만든 가마니를 꿰매는 바늘처럼 살갗을 뚫고 지나가는 바늘 뒤에 다마를 통과시켜 자해 훈련을 한다는 것이다.

  "지금 찌를 꺼이요?"

"조교 마음인께!"

임일병은 숨을 크게 들이쉰 후 양 무릎에 손을 얹고 천장을 쳐다보며 다리를 벌린다.

"잠깐만 참으시오! 보기가 상그라우면 고개를 돌리든지 하고 1분도 안 걸리요."

"그래라, 금방 되는구만이라, 아…… 나가 누구요 시방 이름이 임시범이니께 참을라요. 싸게 찔러 뿌시오."

시범 조교가 임일병 성기 표피를 겹쳐잡고 플라스틱 바늘을 통과시키자,

"어머 아파 뿐거! 왔다매 죽겄네! 겁나게 아픈디!"

"좀 참으시오, 엄살은……."

임일병은 양발 뒷굽을 들고 발가락을 오므리면서 달달 떤다. 무척이나 아픈 모양이다. 두 손은 무릎을 누르면서 스프링 위에 있는 꼭두각시 인형처럼 떨고 있다. 조교는 아프지 않다고 몇 번이나 강조하지만, 보는 우리는 더 쫄린다. 세상에 집단으로 성기에 다마를 박는 자해 훈련을 시키는 곳이 있을까? 40명의 건장한 남자들이 벌거벗고 앉아 단체로 성기에 다마 박는 장면이 영화에 나오다면 관객들은 어떤 표정을 지을까? 자해 훈련은 의문투성이었지만, 군대는 성기로 밤송이를 까라면 까고, 여자 니노지로 내무반 침상 못을 빼라면 빼는 곳이 군대이다.

구비전승 문화에 봄 니노지는 놋쇠로 만든 젓가락을 씹어먹고, 가을철이면 남자들 성기는 참나무 판자 구멍을 뚫는다는 말이 있다.

"모기가 문 것만큼 따끔하고 말지요?"

"그것이 아니고라, 많이 아파 뿐디요."
"엄살 그만하세요."
"오매 조교는…… 아픈께 아프다 글재! 아이구 죽것네, 느
기미 떡을 할…… 아이구 내 조오지대갈빡이야, 솔찬히 아
파 뿌네. 조교님! 쌩 구멍을 내뿐께 겁나게 아파 뿐마요!"
"나는 손수 네 개를 박았소. 아까 안 봤소? 옥수수 같은
거……!"
"왔다 당신은 닭장을 세 번이나 타고 남한산성 가서 피아
노 치고(지문 열 손가락 찍고) 온 독종인께 글재! 무땀시 시
범으로 나와가지고 허벌나게 고생한다요."
 구경하는 우리들은 걱정이 태산이다. 손수 직접해야 한단
다. 세상 천지에 이런 훈련도 있단 말인가? 인간 백정도 그
러지는 못할 것이다. 그 예민한 곳에 소코 뚫듯이 구멍을
내라니 옷 꿰매는 가느다란 바늘도 아니고 5밀리미터 크기
의 놋쇠 젓가락 같은 바늘을 통과시키는 다마 박기라니, 등
에서 식은땀이 난다. 어디선가 "나무관세음보살" 소리가 들
린다. 스님이 염불을 하고 있다.
"완마, 너무 아파서 못 하것소."
 하더니 임일병이 벌떡 일어서더니 후문 쪽으로 도망을 간
다.
"홍콩이고 달나라고 못 갔으면 못 갔지, 조오지대가리에
다 다마는 안 박을라요."
"인제 다 됐는데 어딜 갑니까?"
 구경하던 대원들도 놀라고 조교가 깜짝 놀라서 내무반 출
입구를 막아 버린다. 마지못해 되돌아오는 임일병 성기에는

반쯤 통과된 플라스틱 노란색 칫솔대로 만든 바늘이 성기에 뿔이 난 것처럼 보인다. 아프리카 흑인들이 코끝에다가 코걸이를 한 것처럼 보여 모두 웃자 임일병도 내려다보더니 웃는다.

"아니, 지금 박아져 있는데도 얼마 안 아프고 재리핸마이."

침상에 걸터앉은 임일병은 고개를 돌린 채 진동 기계에 서 있는 것처럼 발을 달달 떨고 있다.

"임시범 씨는 그것도 못 참고 그 난리를 칩니까?"

"내 자아지는 계매를 많이 하여 굳은 살이 올라 껍데기가 두꺼운깨 잘 안 뚫어져서 글지요."

"만들 때 농땡이를 쳐서 그럽니다. 바늘 끝을 뽀쪽하게 맹글어야 하는디 끝이 무뎌 갖고 잘 안 뚫립니다."

조교가 특수 부대원이 돼가지고 그것도 못 참는냐고 나무라자,

"처음 들어갈 때 따끔하고 중간쯤 통과할 때가 많이 아프고, 그 뒤는 어리합디다."

결국 반은 강제, 반은 제발로 걸어가 마지막 작업을 끝내고 웃는다.

"니미 떡을 할! 무슨 꼴이여, 조오지대갈통이 붕대를 감고 뉴스에 나갈 일이네. 나는 했씅께 언녕 해 보시오."

허리를 구부리고 엉거주춤하게 앉아서 시술을 빨리하라고 다그친다.

"하나도 안 아프든마, 나가 웃길라고 그런 거재 무땀시 엄살을 해 갖고 전부 얼굴이 노랫케 되부렀네. 짠해라 어쩌께

라 훈련이단디."

먼저 했다고 대원들 약을 올리고 있다.

"강하사님 꼬치는 아직 안 익어 갔고 보들보들해서 잘 들어가겄지라!"

겁에 질려 있는 대원들을 보고 웃는다. 내 곁에 다가오면서,

"모기가 문 것만큼 아파라. 강하사님은 어린께 쪼끔 더 아푸겄지라?"

"안 아푸기야 하겠느냐만 너가 참았으니 우리 모두 참을 것이다."

"머 참을 만합디다."

"정말이지, 거짓말 아니지?"

내가 묻자 정색을 하며 손을 내젓는다.

"멀라고 거짓말할 꺼요!"

겁에 질려 있는 나를 바라보고서,

"근디 솔직히 말해서 겁나 뿐께 아프든디, 어째께라 까라면 까야재, 안 그요?"

임일병 말을 도저히 감을 잡을 수 없다.

"제가 해 주께라?"

"관두어라."

"알아서 해 뿌시오. 바늘 들어갈 때 '찌직' 하고 살갗이 찢어지는 소리가 들립니다."

또다시 겁을 준다. 성큼성큼 내무반을 왕복하면서 대원들 성기 품평을 한다. 바나나·멍게·버섯·송곳·자라·번데기 등을 닮은 성기라고 설명하면서 괘종 시계추처럼 왔다갔

다 통로를 걸어다닌다.

 하사 체면에 남한테 부탁할 수도 없고 눈을 지그시 한 번 감고 왼손엄지와 검지로 성기 표피를 잡아당겨 약지로 성기 몸체를 누르니 표피가 반듯하게 펴졌다. 이를 악물고 오른손에 잡혀 있는 바늘을 표피에다 갖다대니 양 발가락이 오그라들었다. 무척이나 아파서다. 잠시 숨을 고른 뒤 있는 힘을 다 하여 찔러 밀었더니 반쯤 통과되었다. 눈에서 눈물이 두서너 방울이 떨어졌다.

 얼마나 힘을 쓰고 아픔을 참았던지 무릎 아래가 후들후들 떨리고, 등에는 식은땀이 났다. 일단 반쯤 통과되니 큰 통증은 없다.

 임일병 말처럼 살 찢어지는 소리가 들렸다. 바늘이 완전히 통과할 때마다 역시 바늘과 접착된 상태(실제는 분리된 것)에서 통과시켜야 한다. 바늘이 통과되면 구멍이 막히니까 실수하면 재차 통과시켜서 표피 안에 안착시켜야 한다. 너무 표피를 적게 접으면 다마가 있을 공간이 적어져서 바늘이 통과된 상처가 아물지 않아서 다른 곳을 뚫어서 해야 한다. 표피를 당기면 핏줄이 보인다. 그 곳은 피해서 바늘을 통과시키면 피는 많이 나지는 않는다.

 약간 비치다가 만다. 1주일간 술도 참고, 매일 한 알씩 마이신 먹으면 상처가 아문다. 처음에는 절반 정도가 손수하였고, 두 번째부터는 전 대원이 교대로 시술하였다. 세 번을 하였는데, 두 번째가 제일 힘들었다. 처음할 때의 고통 때문이다.

 세 번째는 자신이 생겨 모두 거침없이 하였다. 몇몇 대원

은 상처가 잘 아물지 않아 혼이 났지만, 그것보다 이상하게
도 성기 발기가 자주 되어 혼이 난 것이다. 상처 부위에 딱
지가 아물어들 때 간지러워 발기가 잘 일어난 것이다.

발기되면 상처가 아물다가 표피가 늘어나니 상처 부위가
벌어지는 것이다. 첫째는 병균 감염 차단이고, 둘째는 술만
안 먹으면 일주일 뒤면 성관계를 가져도 될 만큼 상처는 아
물었다.

박고 나서 두서너 시간 불편하지만, 10시간 정도 지나면
구보하는 데도 지장이 없다. 아주 간단하였다. 그러니까 살
속에 있는 것이다.

칫솔대 재료는 살 속에 있어도 부작용이 절대로 없다. 필
자가 보장한다. 성기가 발기되면 개구리 눈알처럼 성기에
돋아오른다. 면도칼대로 살짝 내리치면 빠져나온다. 아주 간
단하다. 제거한 후 그대로 두어도 상처는 잘 아문다.

교도소에서 행해졌던 것을 특수 부대원들에게 자기 몸에
자해를 거침없이 할 수 있게 만들기 위하여 도입된 것이다.
우리 사회에서 건달이나 조폭 일원 중 일부가 문신이나 자
해를 하여 드러내 보이는데, 웃기는 일이다.

이 세상에서 그들보다 더 겁나는 사람이 있다. 너 죽고 나
죽는다라는 사람이다. 죽이고 죽어 버린다는 사람, 바로 특
수 부대 요원이다. 얼마나 무서운가, 배 쨈 흉터 문신은 어
린애 장난이다. 널 죽이고 같이 죽는다는데 어떻게 대처해
야 하겠는가?

자기 신체에 흔적이 남게 하는 자해 종류는 몇 가지 더
있다. 배나 등에 많이 하는 자해로서 칼로 베어 상처 흉터

를 남기는 것이다. 실미도 특수 부대 사건에서 생존한, 방위 산업체를 운영하고 계신 분을 서울 강남 터미널에서 만났을 때 그는 자기 승용차 기사와 내가 보는 앞에서 상의를 벗어 자해 부위를 보였는데, 거미줄 자해 흉터였다.

이러한 자해는 면돗날로 하는데, 면돗날 끝을 1밀리미터만 남기고 면 테이프로나 반창고를 붙여서 자해를 하였을 때 칼날이 깊이 들어가지 않게 한다. 등 쪽은 약간 깊이 들어가도 되지만, 배 쪽은 잘못하면 장기가 밖으로 나올 수가 있기 때문이다. 면돗날에 반창고 내지 테이프를 붙인 다음, 일정한 간격을 유지하기 위하여 면돗날 사이에 10밀리미터 정도의 보조물을 끼어 넣은 다음 3~4개의 면돗날을 왕파 채썰용 기구처럼 만든 다음, 몸에다 그림 그리듯 긋는다. 원을 몇 번 그리고 하나짜리로 동서남북으로 그으면 거미줄이 된다.

살가죽과 속살이 벌어지면서 피가 나오면 테라마이신 가루를 뿌리거나 지혈제를 뿌린 다음 붕대를 감는다. 열 명 중 한두 명은 더 흉하게 보이기 위하여 연탄을 식용유에 묽게 타서 상처 부위에 바르면 무늬가 검게 나온다.

몇 시간 지난 뒤 지혈이 되었으면 붕대를 풀고 머큐로크롬을 바르고 와세린을 바른 후 붕대를 감고 있으면 일주일 정도면 상처 사이가 아물어 든다. 이러한 자해는 성형 수술하기도 어려워 평생 그 모습으로 살아야 한다.

우리들이 TV나 신문에 보았던 문신이 있다. 이제는 아무나 하는 조폭의 상징인 문신을 바늘과 실, 식용유나 먹물, 잉크 등을 준비하면 할 수가 있다. 당시는 연탄으로 하였다.

바늘 끝을 2밀리미터 정도 남기고 실로 감는다.

그 이유는 찌를 때 실에 묶인 부위 이상 살 속에 못 들어가기 위해서이다. 사인펜으로나 볼펜 등으로 문신 그림을 그린 다음, 바늘 끝에다 먹물이나 잉크·연탄을 식용유에 묽게 타서 만든 액을 찍어 살갗을 찌른다. 피가 나오도록 찌르면 그 부위에 실에 묻어 있는 잉크·먹물·연탄액이 들어가서 까만 흔적을 남긴다. 피가 나오도록 찔러야 한다.

문신 부위가 부어 오르지만 감염이 없으면 1주일 정도면 상처가 아물어 든다. 성기에다 다마 박는 것이 제일 힘들지만, 잘 보이지 않는 부위이고 필요 없을 시 간단히 제거가 되며 요긴하게 사용되는데, 칼로 자해한 문신은 평생 남으며, 제거 시술도 어렵고 돈도 많이 든다.

위의 두 가지는 상대방에 위압감을 주기 위해서 하지만, 평생 후회하게 된다. 우리 대원들 중 절반 정도는 하였지만, 나는 두 가지는 하지 않고 견디었다. 왜냐 하면 조교나 교관이 강요하지는 않았기 때문이다.

이러한 것들은 극기 훈련 일부에 속한다. 얼마나 참고 견디는가를 테스트한다고 보아야 할 것이다. 교관은 작전 중 사로잡히거나, 하체에 큰 부상을 당하였을 때 자결을 은연 중 강조했다. 위생병(의무병)이 동행하지 않은 것도 그 때문이다. 위생병이 지닌 약 냄새를 군견이 맡으면 작전 실패 때문이라고 하지만, 그것은 변명에 불과하다.

피맛과 낙타 눈썹

자해 행위 흔적보다는 실제 자해 행위는 상대방 기를 꺾어 버릴 수단으로 사용할 때가 있다. 필자가 제대 후 서울 성동구 왕십리 도선동 산꼭대기에 주거를 정하고, 그 곳에서 직장을 다니며 지역 예비군 소대장 직을 맡고 있었을 때다. 그 당시에는 소대장 직책이면 소대원들의 훈련 불참을 눈감아 줄 수도 있는 위치였다. 그러나 소대원 중 한 사람이 이런 것을 핑계삼아 아무런 이유 없이 한두 번이 아니고 불참이 다반사라 고발 조치 해 버린 일 때문에 일어난 사건이다.

고발 조치 후 며칠이 지난 어느 날 회사에서 퇴근하여 산꼭대기 집으로 가는 골목길(쥬단학 화장품 공장 골목길로 기억됨)이었는데, 앞쪽에서 두 명의 건장한 청년들이 길을 가로막고 잭나이프 날을 찰칵거리며,

"어이! 형씨! 우릴 좀 따라가주어야겠는데!"

반말조로 나에게 말을 거는 것이었다.

"무엇 때문에요?"

"가보면 아니까 따라만 오슈!"

"댁들은 누굽니까?"

죄 지은 일도 없는데 이들의 행위를 보니 순순히 보내주지 않을 것 같았다.

"우리 형님이 뵙고 싶답니다."

능글맞게 웃으면서 말하는 꼴을 보니 폭력배란 느낌이 순간적으로 왔다. 좁은 골목에서 큰 덩치 두 명에다 칼까지 든 놈들을 상대하다가 당한다는 생각이 들자 나는 잽싸게

 북파 공작원

담을 넘어 도망쳤다. 너무나 기민한 내 행동에 그들은 날 제지하지 못하였다. 숨 가쁘게 산꼭대기로 뛰어올라 집에 도착하여 가쁜 숨을 고르고 있는데, 그들이 따라와 밖에서 나오라고 소리를 쳐댔다.

내가 살고 있는 곳을 미리 알고 있었던 것이다.

'피한다고, 도망간다고 될 일이 아니었구나, 그렇다면 무슨 일인가 부딪쳐 나가보자.'

그들을 따라서 간 곳은 포장마차 술집이었다.

포장마차 안에서는 패거리인 듯한 녀석이 술을 마시고 있었다. 그는 예비군 소집에 자주 불참하여 내가 고발한 자였다. 들어오는 나를 노려보더니,

"이 새꺄 거기 앉아!"

하면서 등받이가 없는 동그라미 의자를 발로 차서 준다. 의자에 걸터앉으니 잭나이프를 내 얼굴 옆에다 들이대고 보턴 단추를 누른다. 순간 칼날이 찰칵! 하고 금속성을 내고 펴진다. 내가 움찔하고 뒤로 허리를 제껴 피하자,

"이 새꺄 내가 누군데 허락도 없이 고발을 해! 너 오늘 제 삿날 잡았다!"

잭나이프를 포장마차 칼도마 위에 '팍' 꽂고는 양팔을 걸어붙여 팔뚝에 우악스럽게 새겨 놓은 개머리통 문신을 보여주며 은근히 겁을 준다. 참으로 가소로운 일이다. 그는,

"이 좆만한 새꺄! 너 이놈, 이 왕십리 똥파리를 몰라도 한참 몰랐어! 너 이 새꺄, 날 고발해서 득될 게 뭐냐? 피맛을 보겠다 이거지? 너 오늘 숨쉬는 것 어쩌면 잊어버릴 줄도 모른다."

녀석이 술이 많이 취한 것 같지는 않았으나 무슨 행패를 부릴지 모른다. 그렇다 하여 나도 성기를 꺼내 자해 흔적을 보여 줄 수도 없고, 술 취한 놈이 성기를 잭나이프로 싹둑……. 생각이 이 곳에까지 이르자 나로서는 딱히 할 말이 없다. 잘못했다고 할 수도 없고, 법대로 처리하였으니 배째라! 할 수도 없는 급박한 상황이었다.

"꿀을 먹었나 대답이 없어, 울대를 짤라 숨쉬는 것 잊어버리게 해 줄까? 이 똥파리는 상왕십리에서 모른 사람 없고, 한양대 앞에서 왕십리 굴다리를 거쳐 배명중고등학교 앞에서 성동캬바레를 지나 을지극장 앞까지 내가 관리하는데, 좆만 한 게 겁도 없이 까불어!"

이놈의 좆만 한 게 소리는 자대에 있을 때 수없이 들었다. 특히 대우 OP 2중대 본부 근무 시절 인사계한테는 큰 양키(미군) 좆길이밖에 안 되는 키를 가지고 입대하였다고 놀림감이 되곤하였다.

작은 키 때문에 겪은 수모는 살아온 동안 많은 좌절을 느끼게도 하였는데, 이 작자가 계속 좆만 하다고 육두 문자를 쓰고 있는 것이다. 모르면 용감하다는 말이 있듯이 이 자는 나를 잘 모르고 있다.

"똥파리인지 쐐파리인지 내사 알 바 아니지만, 이 똥갈보와 외상 연애질하여 태어난 놈아! 니노지 껌씹는 소리 그만하고 용건이 뭐야? 죽인다는 거야? 기스(흠집)만 낸다는 거야?"

나도 사정없이 육두 문자를 써 가며 대꾸했지만, 울대를 짤라 소리 못 치게 하고 숨을 못 쉬게 하겠다는 공갈을 놓는 데에는 어떤 대응책으로 맞서는 게 나은지 생각이 안 나서 나도 험악한 욕을 한 것이다.

죽이기야 하겠냐만! 칼침은 분명 맞을 것 같은 느낌이 든다. 포장마차 주인도 사태가 심각해진 것을 눈치채고 술병을 치우려고 손을 내밀어보다가 여의치 않은지 뒤로 물러나서 앞으로 닥쳐올 소동에 걱정스러운 표정이다.

이놈들을 어떻게 제압해야 할까? 잘못되면 칼침을 진짜 맞을 수도 있다.

"뭐여! 피맛이라고! 피라미 새끼들, 느놈들이 날 몰라볼껴. 내가 배때기에다 칼침 잘 하는 특수 부대 출신이란 것만 알지 다른 면은 모를 것이다. 나 잘못 건드렸어야!"

하면서 재빨리 도마 위에 꽂힌 잭나이프를 빼들어 제일 덩치 큰 놈을 향해 던질 자세를 취했다.

놈들은 칼을 잽싸게 다루어 손바닥에서 칼날을 쥐는 내 자세에 겁이 났는지 얼굴이 하얗게 질린다. 특수 부대 출신들이 단검던지기 명수라는 소리를 듣긴 들은 모양이다.

"싸게 무릎 꿇어! 어느 놈부터 목을 따줄까?"

잭나이프를 공중으로 돌려서 던진 후 맨손으로 받아서 겨누고 무릎을 꿇지 않은 놈들 향하여 '휙' 하고 던지는 시늉을 하자 모두 무릎을 꿇는다.

"이 자식들 똘마니들이구만, 언 놈 앞에서 일하는지 모르지만 피맛 보고 싶다 혔지? 내 피맛 좀 봐라, 이 개 호랑말코 같은 놈들아!"

잭나이프를 맞은편 포장마차 기둥에 던져 꽂아 놓고는 포장마차 주인 옆에 있는 회칼을 집어들었다. 회칼에다 비하면 잭나이프는 쨉도 되지 않는다. 칼날의 길이와 크기도 크지만 그 날카로움은 면도칼 버금 간다. 그 칼로 나는 도마 위에 내 왼손 검지를 꾹 누르고는 회치듯 탁탁 쳐나갔다. 세 놈은 나의 돌발적인 행동에 얼굴이 더욱 하얗게 되었다. 포장마차 주인도 마찬가지다. 숨소리도 들리지 않고 사시미 치듯 하는 칼 맞는 소리와 도마 흔들리는 소리뿐이다.

나의 검지는 칼집만 나지 피가 솟구치지 않는다.

꾹 눌린 압력 때문에 상처가 생겨도 피가 배어나오지 못하고, 또한 피가 많이 통하지 않아 칼집을 내어도 통증은 반감된다. 이러한 자해를 할 때는 될 수 있는 대로 꾹 눌러야 한다.

자해가 끝난 후 손가락을 구부리자 칼집을 낸 자리들이 벌어지면서 벌겋게 피가 솟았다. 포장마차 위 탁자에는 그들이 한 잔씩 따라 마시던 됫병 소주가 있었는데, 술이 반병 정도 남아 있다. 그 시절에는 두 홉들이 작은 병은 거의 없었고, 네 홉들이와 한 되짜리 병(당시 그걸 됫병이라고 불렀다)술이 생산되었고, 손님들은 대개가 한두 잔씩 술을 사서 먹었다(낱잔술이라고 하였다).

그 됫병을 내 앞에 놓고 피가 흐르는 손가락을 병주둥이에 밀어넣었다. 핏방울이 뚝뚝 소주 속으로 떨어지는 징그러운 장면이 연출되자, 그들의 눈이 휘둥그래진다. 소주 속에 떨어진 피는 빠른 속도로 붉게 퍼져나가 술은 적포도주색을 띠기 시작했다.

"피맛을 보고 싶다고 했지? 자 맛을 봐라!"

컵 세 개에 붉은색 소주를 찰랑찰랑 넘치게 따라서 세 놈 앞에 놓았다. 이 정도로 거칠게 나가니 모두 꼬리를 내린 모습이다.

"안 마셔? 피맛 보고 싶다 안혔어?"

회칼을 그들 앞에 휘둘러대며 먹으라고 윽박지르자 하는 수 없이 소줏잔을 들었다.

"안주가 필요하지? 좀 심심한 것으로 즉석에서 만들어 주마!"

손바닥을 도마 위에 붙이고 초장을 듬뿍 친 다음 회칼을 머리 위로 치켜들었다.

"아이구 형님! 잘못했습니다. 참으세요!"

손을 잡는다. 그제야 졌다고 승복하고 나를 말리려 들었다. 일은 거기서 일단락되었다. 자해란 상대방을 굴복시키는 데 필요한 것이다. 자해하려는 자에게는 항시 조심해야 한다. 그들은 너 죽이고 나도 같이 죽겠다는 막가는 식이다. 가스통을 들고 불을 붙이는 대북 참전 연대 소속 회원들의 시위 현장을 보았을 것이다.

그들은 이미 몇 십 년 동안 죽고 싶은 마음으로 살고 있다. 우리는 그들의 고통을 이해하고 국민과 정부는 그들을 도와 주어야 한다.

이 책을 집필 중 필자가 살고 있는 지역에 벌어졌던 아주 재미있는 사건을 소개하겠다.

택시 기사분이 들려준 이야기이다. 가정을 가진 중년 부인이 부정을 저질렀는데, 상대방 남자가 성기에다 낙타 눈썹(낙타 눈썹이 난 부위를 절단하여 말린 것. 이것을 성기 목에다 걸치고 연애를 하면 눈썹이 여성 음핵을 자극하여 실신할 정도로 좋은 도구라는 헛소문 때문에 가짜 낙타 눈썹을 사용하여 벌어진 사건) 하나 사서 술을 먹고 하면 성기 감각이 둔하여 오랜 시간을 끌어 여자가 홍콩을 거쳐 달나라에서 일박하고 화성까지 갔다온다는 친구 말을 듣고 실행에 옮기었는데, 너무 둘 다 과음하였고 성기 기능이 별로였던지, 가짜 낙타 눈썹 자극에 여자가 궁둥이를 요동치는 바람에 홍콩은커녕 비행장도 못 이르러 사정해 버린 것이다. 낙타 눈썹 진짜는 물이 묻으면 고무줄처럼 수축되어 성기 귀두 부위에 조여져 탈거되지 않는다고 한다. 가짜여서 한번 분출한 성기가 시들어져 버려 가짜 낙타 눈썹은 늘어난 팬티 고무줄처럼 되어 여자 질 속에 빠져나오지 못한 것이다. 회수 못 한 덜된 남자 책임이 크다.

 술이 덜 깬 상태에서 집에 돌아온 여자는 하필 남편과 그 일을 치르게 된 것이다. 여자는 모른 상태였는데, 낮에 술 먹고 정부와 낮거리(모텔에서 대낮에) 한 게임을 치렀지만 게임답게 못 한 여자는 질 속이 간질간질하여 끝까지 여행을 못하여 그런 줄 알았는데, 사실은 가짜 낙타 눈썹이 안에서 움직일 때마다 여자 질을 자극한 것이다.

 남편이 밤일……? 하다가 성기 끝이 이상하여 마누라 질 속에 손가락을 넣어 이물질을 꺼낸 것이다. 순간 여자 얼굴에 단거리포가 날아가 옥수수 공장이 절단났고, 아래쪽 아기 만드는 공장 정문 가장 예민한 곳을 사기 재떨이로 찍어버려 큰산 작은산이 붕괴되고, 옹달샘 둑이 터져 황톳물 홍수가 난 것이다. 급해진 남편이 아랫공장·윗공장 수리하러 병원에 부인을 데려다주고 이 사실을 기사에게 말했는데,

기사는 그 부부 이야기를 듣고 필자에게 해 준 이야기이다.

만약 다마를 박은 자와의 관계였다면 그런 해프닝은 없을 것이다. 성기에 박은 구슬은 죽을 때까지 부작용이 없으며, 언제든지 필요 없으면 면돗날 하나면 제거시킨다. 병원에 가서 시술하면 마취 주사에 칼로 개봉하여 재봉질하고 궁둥이 주사에 약을 먹어야 하지만, 구슬 시술은 항생제 다섯 알과 붕대, 소독약 한 병, 칫솔대, 면도칼이면 끝난다.

시술한 성기를 보면 불량 옥수수 같은 모양이어서 여성 질을 자극하는 데는 파라핀 왁스 주입이나 낙타 눈썹보다 몇 배나 좋은 것이다. 행여 필자에게 시술하러 오지 말라. 불법 의료 행위다. 책 내용을 자세히 읽고 시행하면 부작용은 절대 없다. 이 내용만 읽어도 독자들 중 이런 시술하면 책값은 빠진 것이다. 성기 표피 속에 있으니 여자 질에는 아무 이상이 없다. 그러나 이러한 불법 의료 행위 행각 소유권은 필자 것이다. 자기 몸에 자해를 수십 군데나 할 수 있을 만큼 독종 인간이 되게 하여 유사시 써먹으려고 우리들을 국가에서 만든 것이다. 1회용품처럼 한번 써먹고 버리듯이, 우리들이 그런 처지였다. 교육 일수가 지날수록 그런 감을 느낄 수가 있었다. 우리들이 무슨 목적으로 키워지고 있다는 것을…….

돼지 잡는 날

CQB(Close Quarter Battle), 즉 근접 전투에서 꼭 필요한 단도던지기 훈련에 들어갔다. 칼을 던져서 상대방을 제압한다는 것처럼 위험한 싸움은 없다.

인류가 세상에 던져진 후 최초의 무기가 돌이었다고 전술한 바 있다. 칼을 상대방에게 던져 제압할 수 있으려면 고도의 기술이 필요하다. 칼을 던졌을 때 상대방에 맞지 않는다면 돌을 던지는 것과 마찬가지다. 흔히 영화 장면을 보면 단 한 번에 칼을 맞고 꺼꾸러진다.

그러나 고도의 던지기 기술이 없으면 그 짓만큼 위험한 것은 없다. 총소리를 내지 않고 적을 쉽게 제거하는 기술이 칼던지기이지만, 대테러 부대에서는 꼭 필요한 전술이 아니다. 테러 부대는 인질 구출 등도 있지만, 우리가 배우는 훈련 교육은 살상과 파괴의 목적이지, 민간인을 상대하여 작전을 펴는 전술이 아닌 데도 교육 일과 속에 들어 있어 배우는 것이다.

처음 입대하였을 때 구형 대검이었다. 날이 무디고 30센티미터 이상 되는 총검이었는데, 자대에 배치받을 무렵 신형 총검이 보급되었다. 신형 총검은 짧은 반면 칼날이 무척 날카로웠으며 가벼웠다. 총공격 후 고지 탈환 때 육박전에 사용하는 총검인데, 우리가 배우는 것은 적의 보초나 동초의 제거 목적으로 사용하려고 배운다.

단도던지기라는 것을 해 본 사람들은 알 것이다. 잘만 던지면 단번에 적을 제압할 수 있다. 힘을 가하여 던지면 몸 깊숙이 박히는 것이다. 실제로 판자나 나무에 던져보면 칼이 박힌 후 칼 손잡이가 바르르 떠는 것을 보았을 것이다.

5미터 전방에다 표적을 세워두고 칼던지기를 하였지만, 100번을 던져야 한 번 성공할 정도의 던지기 훈련은 엉망이

 북파 공작원

었다. 표적에 박히지 않자 화가 나서 있는 힘을 다 하여 던지면 표적을 맞고 튕겨나와서 대원을 다치게만 할 뿐 진척이 안 되었다. 5미터 거리에서도 안 되는데, 목표물에 부딪히고 튕겨나와 대원이 부상을 입자 10미터 거리로 물러서서 던지게 하였다.

얼마나 던졌던지 표적은 상처투성이고 대검 자루가 모두 박살나 버렸다. 뒤에 안 일이지만 자세에 문제가 있었다. 던진 후 허리를 바로 굽히니 칼이 정면으로 날아가는 것이 아니라, 아래로 치우치면서 칼자루 무게(앞쪽 날보다 칼의 손잡이가 무거워서) 때문에 방향이 바뀌어 버린다.

어떠한 운동이건 간에 가장 중요한 것은 하나의 동작을 마친 후에 그대로 자세를 유지해 주는 것, 즉 팔로우 스루(follow throw)이다. 예를 들자면, 야구에서 타자가 공을 치면서 허리 끝까지 돌려주어야 장타가 나오는 것을 보면 알 만하다.

칼던지기에서도 예외일 수는 없다. 아무리 던져도 안 되니 화가 치밀어 힘있는 대로 던지니 칼은 목표물을 맞고 튕겨나가기가 일쑤였다. 작전에서 영웅심이나 감정이 앞서면 작전을 망치듯이, 대원들은 조교들의 린치에 불만을 품고 있었다. 얻어맞은 것 때문에 대원들은 던질 때마다 조교를 생각하면서 던졌기 때문에 목표물에 맞지 않은 것이다.

한번 실패할 때마다 몽둥이가 날아들었으며, 끝나고 나면 단체 기합이 이루어졌다. 오른손은 저려오고, 급기야 손목이 부어올랐다. 총쏘기보다 더 힘든 훈련이다. 칼던지기는 요령이 있다. 뒤에 터득한 것이지만 칼이 손에서 떠날 때 손바닥에 칼날을 감싸고 목표물(표적)을 본 다음 상체를 똑바로 세우고 던진다. 칼이 손바닥에서 떠날 때 중지 손가락을 안쪽으로 구부리는 듯한 모션을 하면 표적에 정확히 박힌다.

마지막 모션이 칼날 방향을 잡아주기 때문에 그 동작을 정확히 숙지하면 90퍼센트 이상 성공할 수 있었다. 그것은 본인이 알 수 있다. 칼이 손에서 떠날 때 성공이냐? 실패냐?를 알 수 있을 때쯤 우리는 밥숟가락 들기도 힘들었으며, 양치질하기도 힘이 들었다.

그러한 몸으로 엎드려뻗쳐를 수도 없이 하였다. 실제 작전에서는 대검은 기본 휴대품이지만, 단도 두 개가 추가 지급되었다.

이 칼은 미국 FBI(후버 장관 시절)들이 쓰는 칼이라 하였다. 칼집이 가죽이었고, 칼 손잡이는 가벼운 나무에 가죽을 덧댄 것이다. 칼을 던졌을 때 손잡이보다 날쪽을 무겁게 만들어 우리가 던지면 99퍼센트 이상 목표물에 박혔다. 칼집에 잠근 장치가 되어 보턴을 눌러야 칼집에서 뺄 수가 있다 (칼끝에는 독약이 묻어 있는데, 이 칼을 맞으면 수초 내 절명한다고 하였다. 세 번을 실제로 침투하여 동초를 제거할 때 칼을 던져서 죽이는 무모한 짓을 하지 않았다).

칼끝 독약은 핏줄을 타고 심장에 이르면 피가 응고되어 일단 찔리면 해독약이 없어 죽는다고 하였다. 동초를 제거할 때는 모가지 줄기의 성대 곁을 칼날을 수직으로 찌른 다음 돌려서 수평으로 하여 울대를 잘라 버린다. 비명 한 번 못 지르고 목에서 피가 분수처럼 쏟아져 절명했다. 이 칼은 뒷날 해체될 때 미8군에 반납하였다.

칼로 제거할 적을 정확하게 맞추지 못한다면 칼던지기처럼 위험한 것이 없기 때문이다. 평상시 잘 던졌지만 막상 적과 대면하면 감정이 앞서서 던지다보면 실패 확률이 반반이기 때문에, FBI에서 사용된 단도가 우리들에게 별도로 지급된 것이다.

오늘은 돼지 잡는 날이다. 조교가 칠판에다 커다랗게 써놓은 뒤 웃으면서 "모두 실력을 발휘하기 바란다" 말을 남기고 휑하니 사라진다.

"뜬금없이 돼지 잡는 날이라고 행거 본께 요상한 짓거리 핼랑갑다야!"

"오늘 같은 땍볕 밑에서 산악 훈련하다간 사타구니에 땀 뜨레이 날낀데. 절마가 오늘 마스크가 쪼개지는 것 보니 좋은 일 있는 것 같은데, 밥맛 없는 쌍판대가리가 웃는 것 보니 가찬타! 두루뭉실 넘어가야 할 낀데."

"궁께 말이여, 얼렁뚱땅 넘어가면 쓰겠는디!"

"쩌번처럼 그 짓거리할라고 그런 것 아니 것나 모르것네이!"

"문디 자석, 쩌번 일이 먼데 그노?"

"야간 반딧불 훈련 때 토끼를 야산에 풀어놓고 하듯이 돼지를 산에 풀어놓고 잡으라고 글면 말이여!"

"야 일마야! 태까이 사격 때는 밤에 개지랄했지만, 오늘은 멀건 낮에 한다 안 카드나! 돼지 잡으몬 된장 풀어 삶아가지고 걸대 짐치(가닥 김치 : 주로 김치를 담을 때 길게 하여 밥 숟갈에 걸쳐서 먹는 것)로 고기를 돌돌 말아서 잘 익은 탁베이(막걸리)에 먹으면……."

"니는 말을 하다가 스돕프하냐? 끝까지 해야지 싸래기 밥을 묵었냐?"

"김이 나는 삶은 돼지 고기를 상상을 하니 탁베이 생각나서 그랬다."

우리가 먹는 식사는 특별한 것이지만, 인권을 말살해 버리고 교육을 시키기 때문에 대원들에게는 특별한 날 말고는 술은 금지되어 있다.

최일병은 좋은 반찬이 나올 때면 술타령을 하였다. 최일병과 임일병의 우려처럼 우리는 실제 돼지잡이에 들어갔다. 살아 숨쉬는 돼지를 잡으러 갈 것이라 하니 모두 들떠 있다. 점심 식사를 끝내고 휴식을 취한 후 돼지를 잡으러 출발하였다.

우리는 교장으로 이동하면서 응용 사격술을 택티컬 시튜에이셔널 슈팅(Tactical Situational Shooting : 다양한 상황에서의 사격) 하면서 이동하였다. 실제 실탄 사격을 자연 그대로의 표적에 사격을 하기 때문에 항시 안전 사고에 교관과 조교는 신경을 써야 했다.

대원들의 개개인의 감정은 어느 누구도 통제할 수 없는 것이기 때문에 정훈 교육 시간에 우리들의 임무와 국가관에 대하여 정신 교육은 종교인들의 종교관처럼 머리에 세뇌되게 만들었다.

모든 사고는 미리 경고가 없기 때문에 술이 금지된 것도 그 때문이었다. 실제로 줄빳따(맨 우측 대원이 공병 곡괭이 자루로 옆 대원의 궁둥이에 때리면, 릴레이식으로 때려 맨 끝에 이르러서 다시 역순으로 가하는 린치를 하면 전원이 쓰러지는 잔인한 체벌) 끝난 뒤 조교에게 총을 겨눈 대원이 있었다.

하늘로 쏘고 말았지만, 그 사건 뒤로 조교나 교관도 심적 고통이 많았다고 교육이 끝난 뒤 실토하였다. 아무리 정신 교육을 하였지만 개개인의 심성은 아무도 알 수 없고, 격한 체벌에 나 자신도 욱하는 마음을 통제하기가 쉽지 않았다.

교장은 소양강 하류 지천에서 이루어졌다. 교장은 강가에 말뚝을 두 개 박고 그 사이에 두 마리 돼지를 묶어서 둔 표적이었다. 양쪽 기둥에다 두 발씩 묶어서 세워둔 상태였는데, 교장에 이르니 돼지들의 울음소리가 귀가 따가워서 교관의 설명을 들을 수가 없었다.

들으나 마나 돼지를 향하여 단도를 던지는 것이다. 사람은 아니지만 살아 있는 생명체에 직접 가하는 살상 훈련이다. 이러한 훈련을 통하여 우리는 인간 병기로 만들어져 가고 있는 것이다.

요즈음은 흑돼지가 귀하여 고가로 팔리고 귀한 음식이 되어 버렸지만, 그때는 백돼지가 귀해서 흑돼지로 표적을 만든 것이다. 말뚝에 오른쪽 앞발과 뒷발, 다른 한쪽에 왼쪽 앞발과 뒷발을 묶인 채 앉아 있는 돼지를 표적을 삼아 그동안 손목이 부어오르고 어깨가 아파서 양치질을 못 할 정도로 던졌던 단도던지기를 실제 생명체에게 던져서 죽이는 야만적인 훈련이 시작된 것이다.

작전시에는 사람에게 하겠지만, 지금 돼지는 인간이 되어 우리들의 타깃이 되어 칼 맞을 시간을 기다리고 있다. 짐승이지만 죽음을 알아차린 듯 고래고래 소리를 지르고 있다. 암수 두 마리는 우리들의 칼을 맞고 죽을 것이다.

“퀙～액!”

돼지의 비명 소리는 강줄기를 따라 계곡을 되돌아 우리들의 귓전을 울린다. 메아리가 되어 소름끼치는 여운이 남는다. 첫번째 대원이 던졌지만 대검은 돼지 배만 강타하고 모래밭에 떨어져 버렸다!

대원들 중 상위 그룹에 속하는, 성공률을 자랑하는 솜씨의 대원은 2내무반 47번 대원의 던지기가 실패하였다. 그러나 돼지는 대검에 맞고 아파 죽는다며 소리소리를 지르기 시작하였다. 훈련과 실제 상황이 확연히 드러나는 장면이다.

영웅심과 감정이 앞서면 작전이 실패하듯이, 돼지가 멱따는 소리에 정신 집중을 못 하여 돌려 던지는 타이밍을 놓친 것이다. 회전 반경에서 단도가 손바닥을 떠날 때 무의식으로 칼끝 방향을 조절하는 가운뎃손가락 감각을 잃은 것이다.

대다수 대원들은 손바닥에 칼날을 감싸쥐고 엄지손가락으로 칼날을 누른 뒤 시계 반대방향으로 360° 회전시켜 던지지만, 47번 대원은 시계가 도는 방향으로 360° 회전시켜 아래서 위로 향하여 던지는 독특한 방법으로 97～98퍼센트 성공률이었지만, 살아 있는 생명체의 몸부림 때문에 정신 집중을 못 하여 실패한 것이다.

칼을 회수하러 간 47번 대원은 칼을 주워들더니 2단앞차기로 돼지 턱을 차 버린다. 칼에 맞고 워카발에 얻어맞은 돼지는 비명 소리와 함께 똥오줌을 쏟아낸다. 옆에 묶여 있는 암돼지도 덩달아 같이 비명을 지른다.

“머심아 자석 칼 던지는 실력이 그뿐인가?”

하면서 최일병이 수퇘지 앞에 다가가더니,

"시끄럽다 일마야! 너 오늘 돼지 몽달귀신시키긴 미안하이 살풀이해 주고 골로 보내 줄 끼다 기달려라."

하고 뒤돌아서서 수통에서 물을 먹고 난 뒤 대검에다 물을 뿜어내 칼날을 적신 뒤 춤을 춘다. 모래밭에서 허우적거리며 춤을 추는 최일병 모습은 새남터 사형장에 망나니가 사형수 목을 짜르기 전 막걸리를 칼날에 뿜어대던 영화 장면을 하고 있는 것이다. 펄쩍펄쩍 뛰면서 두 손을 아무렇게나 휘젓는, 춤사위도 없는 괴상망측한 춤사위를 펼치는 최일병을 보고 님스짜가 대원은 알아듣지 못할 염불을 외우고 있다.

최일병의 장난끼에 교관을 비롯하여 대원들이 배꼽을 잡고 웃고 있지만, 임일병은 님스짜가 얼굴을 쳐다보고 윗이빨 사이로 침을 물총 쏘듯이 쏘고나서,

"오늘 저녁 잠자기는 폴세 틀렸구만…… 저 새끼 진짜 스님 같단 말이야!"

종합 실내 전투 때 시체에 사격이 있던 날 밤 소란 때문에 밤샘 구보와 물 속에 들어갔던 것이 생각이 나는 모양이다. 최일병은 살풀이춤을 끝내고 수퇘지 앞에 다가가더니 워카끈을 풀어 돼지 입을 4~5회 돌려 감아 소리를 못 지르게 동여맨 다음 돼지 얼굴을 손바닥으로 살살 몇 번 때리고,

"밥 많이 쳐 무웃나? 지랄을 당할라꼬 돼지로 태어났노? 내는 너한테 유감 없데이. 미안하다, 먼저가 기다려라!"

하고 성큼성큼 걸어나오더니 뒤돌아서면서 손에 들고 있

던 단도를 던졌다. 단도는 작은 포물선을 그린 뒤 정확히 돼지 아랫배에 박힌다. 돼지는 소리를 지르지 못하고 발버둥치자 양쪽 기둥이 흔들린다. 돼지 배에서는 피가 분수처럼 뿜어져 나와 모래밭으로 스며든다. 돼지의 몸부림은 계속되어 배에 박힌 대검이 땅에 떨어진다. 너무나 잔인하다. 최일병이 입을 묶어 버렸기 때문에 돼지 비명 소리가 들리지 않은 것만이라도 다행이다.

시골서 돼지를 명절 때 잡는 것을 보았다. 입을 새끼줄로 감고서 네 다리를 묶은 뒤 목줄을 절단하였다. 피를 받기 위해서다. 지금 우리가 행하는 행위는 너무나 잔인하다. 돼지를 인간의 대체 표적을 삼아 죽이는 잔인한 방법으로 대원들의 마음을 악하게 만들고 있다.

70명이 넘는 대원들의 단도가 실패와 성공의 수많은 칼을 맞고도 돼지는 살아 있었다. 묶이었던 기둥에서 네 발이 풀릴 때까지 숨이 붙어 있었다. 최일병의 워카 끈 덕분에 돼지의 비명 소리를 듣지 않는 것만으로도 위안을 삼아야 했다. 소양강변에서 벌어진 단도던지기 훈련은 실제 작전 시 적을 향하여 던지는 것같이 실감나게 하기 위해서다.

돼지 두 마리 배는 칼에 맞아 걸레가 되었고, 결국 모래밭 위에서 바비큐가 되어 우리 뱃속에 들어가고 말았다.

"나이방 교관한테 쌩돼지 붕알 한 접시 줄 낀데……."

"정력제라는디 그걸 처먹고 힘이 남아돌면 훈련 고달프다, 시잘대가리 없는 소리 말고 니나 많이 묵어라."

"가스나야! 니는 돼지 많이 무웃나?"

"똥꾸룽 내금새 나서 못 묵었다. 잘 씻어야 되는디 아그새

끼들이 대충대충 씻거갖고 해필 배때기 고기를 묵어 부러쓰
야!”

　걸레처럼 나온 창자에서 쏟아져 나온 돼지똥이 뱃살에 묻
어 씻었지만 냄새가 배여 있었던 것이다.

　“일마 자석 하고는 등심짝을 묵어야재 갈비살 묵을라 캣
나? 내금새 나도 니는 오불지게 쳐묵었재?”

　“배아지가 불룩 안하냐? 냄새나도 잘들 먹드랑께! 오늘 같
은 교육 한 일주일 했으면 쓰것는디 말이여!”

　덜 익은 고기가 붙은 갈비를 뜯고 있는 스님을 쳐다보고
최일병이 들으라는 듯이 큰 소리로,

　“나무감셈보살!”

　하자 스님은 그 소리를 듣고 잠시 먹는 것을 중단하고 주
위를 두리번거리다 대원들의 시선이 자기한테 집중되자 불
위에서 고깃덩어리를 하나 더 들고서 자리를 멀리 옮겨 등
을 돌리고 앉아 열심히 고기를 먹고 있다.

　돼지 머리통을 칼로 반쪽을 내어 털을 다듬고 있던 임일
병 곁으로 다가가서 앉은 최일병은 혀를 껄껄 차고나서,

　“자석 일하는 꼬라지 보그래이, 니는 우째 냄새 많이 나는
곳만 찾아서 묵을라 카나?”

　“음마 썩을 놈이 것이나 한 쪼가리 닦달해 보거라. 선조
때부터 백정일을 한 적이 없어서 소질이 없다, 돼지 대갈빡
먹어 볼려고 하니 힘드러 죽겄다.”

　양 손에 피가 범벅이 된 것을 보고,

　“너 손목데이 잘 씻거라! 안 씻고 이 아재 몬치면 골로 갈
줄 알거라.”

“내비도야! 걱정허덜 말고 염려 붙들어 매고 해골 눕혀
라.”

“최일병! 너 몸에 채독 오른 것 같은디 약은 묵냐? 쩌번에
오작교 훈련 때 똥물 먹은 것 아니냔 말이여? 돼지고기 먹
으면 골문디 많이 먹지 말거라이.”

“뽀드락지 난 것이라 안 카드나?”

“와따 요새끼 거짓말 핸 거 보소. 여드름이 몸땡이에도 나
냐? 몸땡이에 여드름 난다는 소리 대갈빡 털 나고 처음 듣
는 소리다.”

“씨잘대기 없는 걱정 말고 님스짜가 절마 오늘 저녁 잠
안 자고 미친게이 짓거리할 것이나 걱정하거라. 무자게 잘
묵네. 내일 보면 낯짝이 번지르르 할 꺼여이.”

“절마 오늘 저녁 지랄병하문 볼티를 한방 먹여라.”

“스님 때리면 벌받는디 그냐?”

“절마가 무슨 스님이고, 가짜 노릇하고 있는 것 너도 안다
아이가?”

“아까까 니가 돼가 소리치고 운 것이 시끄럽다고 워카 끄
네끼로 입을 묶어불 때 염불 외우드랑께 그래쌋내!”

두 사람의 걱정도 기우에 지나지 않는다. ‘님스짜가, 가짜
스님’ 별명의 대원도 교육 시간의 흐름에 따라 그도 살상과
파괴의 전문 지식인으로 기계화돼 가고 있었다. 오늘의 훈
련으로 나는 ‘인간이 얼마만큼 잔인해질 수 있을까?’가 의문
으로 남게 되었다.

단도던지기는 대원들 간에 내기 시합이 되어 버렸다. 시간
이 나면 칼을 던져서 성공하는 쪽에서 걸었던 돈을 싹쓸이

하는 것이다. 동전을 손에 쥐고 몇 개인가 알아맞히는 짤짤이 게임과, 바닥에 원을 그리고 일정한 거리에서 동전을 던져서 원에 들어가거나 원과 가장 가까운 곳에 던진 동전이 멈추면 이기는 게임 등의 놀이도 있었고, 축구·배구 경기 등으로 몸을 풀기도 했다.

칼던지기는 교육계에서도 권장하는 게임이었다. 교관의 말에 의하면 사람에 따라 다르지만, 칼로 상대방을 찔렀을 때 칼이 안 빠지는 경우가 있다고 하였다. 경련을 일으켜 근육이 수축되면 칼날에 살이 붙어 버린다는 것이다. 상대방을 찌를 때는 번개같이 찌르고 빼야만 된다는 것이다.

유리창을 맨주먹으로 쳐서 깨뜨릴 때 유리창 면에 주먹이 닿는 순간 주먹을 원위치시켜야 유리 파편에 부상을 입지 않는 것과 같은 원리이다. 교관은 재미있는 이야기를 하나 해 주었다.

그때만 하여도 최전방에 근무하는 장교나 결혼을 한 하사관들은 겨울철이면 주말 부부 아니면 월말 부부였다. 최전방 고지는 10월 말부터 월동 준비에 들어간다. 본격적인 겨울 눈이 내리기 시작하면, 녹지도 않고 겨울이 끝날 때까지 눈이 쌓이게 되는데, 헬리콥터가 뜨기 전에는 갈 수가 없다.

집에 왔다가 눈이라도 계속 내리는 날이면 진중 버스(화물차)가 움직이지 못하면 귀대를 할 수 없기 때문에 외박이나 특박을 갈 수 없게 되어 과부 아닌 과부가 되기 마련인데, 모 화기 중대장이 그러한 처지가 되자 그 부인이 부정을 저지른 것이다.

가던 날이 장날이라고 상급 부대장이 고지 사찰을 나올

때 헬리콥터를 타고 왔는데, 중대장의 어려운 사정을 듣고 헬리콥터를 얻어 타게 되어 집에 갈 수 있었다. 눈이 많이 내려 남편이 못 올 줄 알고 간 큰 여자는 안방에서 외간 남자를 데리고 한창 열을 올리고 있었는데, 중대장이 문을 벌컥 열자 깜짝 놀란 부인 때문에 사고가 난 것이다.

연애 중 상상도 못 할 충격을 받으면 질이 수축되어 남자의 성기가 빠지지 않는다는 것이다. 그 광경을 목격한 중대장은 권총을 빼들고 겨누었으나 방아쇠를 당기지 못하였다고 하였다. 그런 사고를 당하면 병원에 가서 수술을 하는데, 두 사람 중 한사람은 죽어야 한다는 말이 거짓말인지 사실인지 알 수 없었지만, 그런 이야기는 부대 주변에서 입소문으로 전해졌다고 한다.

사람을 칼로 제압할 때는 신중을 기하여 연속 가격을 하라는 뜻에서 이야기한 것이지만, 결혼하고 입대한 대원들의 마음을 심란하게 만든 이야기가 되어 버렸다.

군을 갔다온 예비역들은 모두 안다. 점심 식사 후 교육에 들어가면 꾸벅꾸벅 졸기 마련이다. 이때 여자 이야기를 하면 언제 졸았나 하고 눈이 왕방울이 된다. 떠들고 하다가도 여자 이야기면 숨소리조차도 안 들린다. 젊은 혈기가 넘치는 곳이 군대라는 곳이다. 그 당시는 병역을 기피하다가 잡혀 온 병사들은 36세까지 있었다. 내가 자대 있을 때 부하들 중에 2명이나 있었다. 그러한 병사들은 여자들의 부정 이야기를 하면 밤새 잠을 못 자고 뒤척이곤 하였다.

그러나 여자 이야기만큼 재미나는 이야기는 없다. 남성들만 있는 군 내무반에서는 꼭 필요한 이야깃거리이다.

개 낚시

비가 오려나 하늘에 먹구름이 잔뜩 끼어 있는 날이다.

"뜨뜨무리한 구덜막에 대가리 눕히고 싶은디. 임일병, 교육계에 가서 오늘 훈련 먼가 알아보고 오너라! 하루 훈련 안 했으면 하는데 말이다."

"긍께 말이여, 하늘 씬다구가 꾸꾸리무리허이 용심난 씨엄씨 얼굴짝 같아야 비가 올랑갑다. 온몸의 삭신이 욱신욱신거린 거 봉께 오늘 같은 날 애호박에다 전고지(부추) 썰어 넣고 땡초 듬성듬성 썰어 뿌려서 부처리 부쳐 갖고 동동주 쫙 한잔 걸치고 자면 끝내 줄끈디. 와따 요새 산악 훈련했다고 늙은 이 형님도 솔찬이 힘들어 부러야! 젊은 놈이 땅 짐지고 누워서 날궂이하지 말거라."

"글마 자석 무당 집안이냐? 사설이 너무 길다. 성이가 가따오라카면 퍼뜩 갖다 온나!"

"어머, 저 아그가 형님이라고 그냐? 엄니 뱃속에 든 형도 있냐? 나가 니보다 50일 앞서 태어났응께 나가 형님이지! 식전부터 심부름을 시키냐? 참말로 뽈따구 나불게 만든마이, 나도 동상 니를 보살핀다고 힘든당께 그냐?"

"절마가 앵조가리기는……."

"알긋다, 아니꼽고 매스껍고 더러워도 늙은 이 형님이 알아보고 온다."

워카를 질질 끌면서 교육계로 훈련 과정을 알려고 간 임일병이 한참 후에서야 손에 몇 장의 종이를 들고 들어오면서 읽어준다.

"느그미 떡을 할 것 웃기는 군대랑께? 도둑질도 가르쳐 줄랑 감마이"

"먼데 그라노?"

"오늘 교욱 일정표를 지금 읽어 본께 닭이며 돼지 등 가축을 몰래 잡아온 것도 있고 또 뭐시다냐? 가네들 속곳을 돌라와 부러라고 써 있는 작전 명령인디. 군대 좋타 글드만 가이네들 속곳을 훔치다가 잘못하면 강간범이 되고, 가축 도둑질하다 잡혀가지고 남한산성 육군 교도소에 가서 열 손가락 피아노치고, 몇 개열 닭장 속에서 뒹군 뒤 별을 달고 나오게 생겼쓰야! 닭장(육군 교도소) 속에 들어가면 장교도 고참도 통하지 않고 허벌나게 뚜두러 맞는다 글든디, 군대 생활 오랫동안 해 볼 일이네. 북파됐을 때 써먹을 수 있다 글든디, 조교 말로는 작전 명령서는 제비 뽑아 갖고 하라고 했는디…… 어쩌까이?"

"어주리떠주리(바보) 같은 놈 일것 시부름시켜 놓으니 작전 명령서나 들고 오냐? 혹을 붙여 오는구만……."

"무슨 섭한 말씀을 그렇게 허냐? 겁나 불게 잼지 것다야! 교관과 조교 새끼들 대갈빡 하나는 백과 사전 같아야. 놀부 놈 대갈박을 찜해 먹었나, 어찌꼬롬 못된 짓거리만 골라서 골탕을 먹이려고 하는지 모르것서야! 최일병 안 그냐?"

"새북부터 젊은 성이 잠 못 자게 보탄지침(어쩌다 한 번씩 하는 양반들의 기침)이나 하고 시계 불알처럼 내무반 통로를 왔다리갔다리 하면서 똥가루 날리고 꾸룽내 풍기더니 우짤라고 그런 명령서 갖고 오노!"

"멀라고 화를 내뿌냐? 작전 명령서 읽어 보니 영판 잼지 것다야!"

"절마 자석, 야시(여우) 두룽박을 썼나? 어리버리하긴!"

"그것이 지금 먼 소리랑가?"

"그것이 시방 먼 소린지 모른감마이, 젊은 형님이 갤차 주야 쓰것구마이."

하면서 최일병이 임일병의 전라도 사투리를 써서 약을 올린다.

'야시 두룽박을 썼나! 어리버리하긴' 소리는 서부 경남 지역에서 쓰는 욕이지만 여간 재미난 게 아니다.

'별새 뒤집어 날아가는 소리', '원, 새가 모로 나는 소리', '말 같잖은 소리'라고만 하면 꾸중뿐이지만, '새가 뒤집어 날아가는 소리'라면 익살 반 꾸중 반이다.

'귀신 잿밥 먹는 소리', '귀신 씨나락 까먹는 소리', '여자 니노지가 껌 씹는 소리' 등은 설혹 그런 일이 벌어지더라도 소리가 들리지 않을 것이다. 말 같지 않은 소리하지 말라는 뜻이다. 여자 니노지가 껌도 씹지 못할 것이고, 설혹 씹는다 치자 껌 씹는 소리가 나겠는가?

최일병은 누가 실없이 웃으면, 날아가는 기러기 보잠지(니노지)를 보았냐고 물었다. 이렇게 우리는 위에 열거한 욕들이 많이 사용되었다. 이러한 욕들은 최일병과 임일병의 단골 메뉴의 욕이었다.

이러한 욕쯤이면 '흥욕'이다. 반면 야시 두룽박욕은 고솜한 욕이다. 욕이 후추나 소태라면 거기다 깨소금 고명을 얹은 거나 같은 욕이다. 여우는 새로 만들 무덤을 곧잘 파 뒤집는다. 송장을 뜯어먹기 위해서다. 그래서 여우 피해를 막기 위한 방편을 써서 사람들은 새 무덤을 만들어야 했다. 관을 묻고 해서만 되는 게 아니다. 봉분 여기저기 외구멍을 뚫어 뾰족한 여우 주둥이 하나 비집어 들어가고도 조금 여유가 있을 만한 외구멍을 뚫어 큰 두룽박을 몇 개씩 묻어 둔다. 구멍이 바깥을 향하게 해서 말이다.

여우놈들은 봉분을 파헤치되 좁은 굴을 뚫듯 하면서 주둥이와 머리로 밀고 들어간다고 했다. 약은 짐승이라서 대가리 밀기나 다를 게 없이 파고드는 셈이다. 그러나 자기가 힘겹지 않을 수 없다. 헤집고 파고 하다가 외구멍 하나를 발견한다. 이게 웬떡이냐고 주둥이를 디밀어 본다. 뾰족한 끝이 들어간다.

"옳지 됐구나!"

그러면서 교활한 여우놈은 코를 들이민다. 눈이 들어가고 마침내 대가리까지……. 눈에 흙이 조금 들어갔기로 그게 무슨 대수인가, 이제 먹을 시체가 지척인데. 다급하게 들이민다. 기어코 바가지 속에 푹 빠진 대가리, 아니 이게 웬일인가 지름길이 공짜로 나 있기에 주둥아리부터 박아 넣은 것인데 앞이 안 보이다니. 눈에 흙이 들어갔나!

대가리를 좌우로 흔들어 본다.

어머머!! 그래도 먹방이다. 구멍 곁이 하필이면 머리를 타고 내려와서는 목덜미 홈통에 병뚜껑처럼 박혔으니 이젠 정말이지 바가지 속 대가리를 빼도 박도 못 한다.

"아이구! 오매요…… 아이큐가 제법 괜찮은 여우가…… 이기 무신 망신살이고…… 챙피고……."

두룽박 속에 들어간 대가리를 빼지도 박지도 못한 김일성이다.

“어쩌까이, 미치겠네.”

앞으로 전진도 못 하고 주춤주춤 뒷걸음질한다. 몸은 무덤 속을 빠져나온 모양인데 하나도 보이는 게 없다. 캄캄절벽이다. 대가리에 박힌 두룽박을 앞다리로 긁어 보지만 그 따위 여자들 투정부리는 꼴로야 까딱도 않는 바가지!

‘한데 오메 얄궂다. 이건 또 무슨 소리야? 멍멍 소리는 사냥개 소리다. 뭐야? 우~우 떼거리로 소리 지르며 몰려드는 것은 사람들이다. 가던 날이 장날인가. 개까지 지랄이야!’

냅다 뛴다. 하지만 뭐가 보여야지 뛰고 도망을 가지. 뺑뺑이를 돌다가 드디어 어지럽다, 쓰러진다, 어리둥절하다.

“짜슥 어리버리하긴…….”

이런 변덕스런 사연을 ‘야시 두룽박 썼나 넋이 나가긴’ 이런 욕이 생겨났다고 전해져 있다고 하니, 그 약아빠진 여우를 속여 먹은 쾌감도 심심찮이 적지 않은 것이다.

“좆도 모르면서…… 임일병 알것쟈?”

최일병이 주특기인 이빨 사이 침대포를 쏜다. 각 조별로 추첨하여 작전 명령서에 기록된 대로 하면 된다. 내무반에 앉아 입대 전 마을에서 서리해 먹던 이야기를 하던 중 교관과 조교들이 보는 앞에서 각 내무반 분대장들이 추첨을 하였다.

우리 내무반을 닭과 개, 여자 속옷, 돼지를 가져오는 명령서다. 여자 속옷은 양구 식당에 가면 되는 줄 알았는데, 그곳에는 헌병들이 파견되어 대항군으로 있으니 민가에 가서 가져오라는 것이다.

닭 잡는 서리와 돼지 잡는 서리는 해 보았지만 개가 문제

 북파 공작원

다. 왜냐 하면 전방 지역에는 개를 묶어 두고 기르지 않기 때문이다. 영내 개들이 있지만 모두가 군견이다. 네 가지 작전 문서를 각기 하기 쉬운 것으로 바꿔치기 하였다.

우리 조는 하필 개를 잡아오는 작전이다. 점심 식사를 하고 비상 식량 하루치를 탄 뒤 작전에 임하게 되었다. 다음 날 12시 안까지 귀대하되 작전 중 발각되면 보너스로 기분 좋은……? 오작교 훈련 하루 더 하고, 성공하면 춘천 시내 가서 영화 구경을 하기로 정해졌다는 것이다.

내무반 말썽꾸러기들이 많이 속해 있는 우리 분대는 똥물 샤워를 해야 될 모양이다. 하필 개라니 총으로 쏘고 단도를 던져서 잡는다면 간단하지만, 그것은 훈련이 아니라는 것이 난감하다. 개별 분대 작전이어서 각기 출발하였다.

"해필 개가 우리한테 걸려서 작전 성공은 어려운께, 그냥 내무반에서 해골이나 식히십시다."

임일병은 실패할 작전인데 힘들게 돌아다닐 필요 없이 내무반에서 휴식이나 하자는 것이다. 모두 내무반에서 어슬렁거리자, 스님을 만나러 왔던 취사반장이 우리 분대 사정 이야기를 듣고 간단하게 잡을 수 있는 방법을 가르쳐 줄 테니 PX에 가서 소고기 통조림 두 통만 사 오라고 하였다.

한 통은 자기 것이고, 한 통은 개 미끼로 사용하면 된다는 것이다. 소고기 덩어리를 미끼로 던져주어서 가까이 오면 잡는 방법이다. 듣고 보니 아주 간단하였다. 약속은 약속이고 하여 통조림을 취사반장에게 한 개를 주고, 영내를 제일 늦게 빠져나왔다. 개가 있는 집을 찾아 소고기를 던져서 유인하여 울대를 짤라 버리면 짖지도 못하고 죽을 것이다. 계

곡으로 숨어들어 가죽을 벗기든가 털을 불로 태우든가 하면
된다.

부분대장 유하사가 소고기 통조림을 PX에 가서 재고품
전부를 사가지고 왔다. 한 통 가지고 모자랄 것 같다는 것
이다. 남으면 먹으면 될 것이기 때문에 걱정 없다는 것이다.
모든 준비를 끝내고 우리 분대는 홀가분한 마음으로 개 짖
는 소리를 듣기 위해 마을에 들어서면서부터 큰 소리로 떠
들면서 대문을 발로 차기도 하였다. 몇 집에 개가 있었으나
주인이 있어 실행에 옮기지 못하고 오후 내내 다람쥐 챗바
퀴 돌 듯이 돌아다녔다.

그러나 주간에 작전은 도저히 할 수가 없음을 알고 야간
에 하기로 하였다. 그래서 비상 식량을 먹어치우고 밤이 되
길 기다렸다. 밤이면 쉬울 거라고 생각한 것이 되레 어려웠
다. 낮에는 개가 우리를 보아도 짖지를 않았지만, 밤이 되자
마을 어귀에만 들어서도 합창을 하였다. 주간에는 군인들을
하도 많이 보아서 잘 짖지를 않았는데, 밤에는 인기척만 하
여도 죽는 소리처럼 시끄럽게 울어대서 어떻게 손을 써 볼
수가 없었다.

고기만 받아먹고는 가까이 오지 않는 것이다. 화가 난 임
일병이 단도를 던졌는데 '깽' 하며 개는 도망을 가 버린다.
칼을 분명히 맞았으나 밤이라 급소를 빗나가 맞은 것이다.
어디로 도망갔는지 모른다.

개가 도망가 버린 쪽을 보니 사람들이 웅성거린다. 우리는
그 마을을 포기하고 이웃 마을로 이동하였으나 그 곳 역시
마찬가지다. 개 귀가 그렇게 밝은 줄 처음 알았다. 개 눈은

야간에 귀신을 볼 수 있다고 하였다. 그래서 밤에 먼산을 보고, 또는 하늘을 보고 짖는다고 하였다.

그것이 사실인지 '냄새라면 개 코 아닌가?' 눈도 밝고 귀도 밝고 야간 작전은 도저히 안 되니 포기해야 한다는 결론을 내렸다. 분대원들이 "냄새 맡는 것, 귀신도 보는 눈깔, 눈깔 돌아가는 소리도 듣는다는 것이 개다"라는 이야기를 들은 최일병이,

"님스짜가 너! 취사반장 보거든 몰캐라! 글마 때문에 이 고생한다 아이가……. 팔피이 같은 놈, 소고기 통조림 한 도락구 실코 와도 개 잡기는 틀린 기라. 숭악스럽게 개들이 고기만 받아 쳐묵고 따라나오지 않는 기라, 우짤 깁니까?"

그 동안 통조림을 열다섯 개나 소비해 버렸다.

"궁께 말이여, 쪼다 같은 취사반장 말을 믿은 울들이 잘못이재! 소두방 뚜껑 운전수가 개를 잡아 봤것냐 이 말이여, 시방! 무단이시 그 아그 말 듣고 허벌나게 뺑뺑이만 돌아부러갖고 다리만 아파 죽겄는디…… 모두 골빡을 싸매고 연구를 해 보더라고……."

"엥여러 자석, 니는 엄뚠 짓 잘 한 기라, 칼 던져서 개만 다 쫓고 대검 잊어 묵고 무기를 잊었으면 니는 목숨 죽은 기라! 우리 분대가 이기 무신 망신살이고?"

"개새끼가 칼을 가지고 도망갔으니 2, 4종계 또 지랄병 안 할란가 모르겠네!"

칼을 맞고 도망가 버린 개 때문에 대검을 잊어 먹은 임일병은 이래저래 속이 상한 모양이다.

하루 종일 행군하여도 끄덕없이 견디던 분대원들이 불평

을 하기 시작하였다. 할랑하게 작전을 끝내고 후식을 하려 하였는데 개를 유인도 제대로 못 해 보고 미끼만 절단 난 것이 분대원들을 피로케 만든 것이다.

"땀이 나서 젖트랑과 사타구니에서 초아재비 냄새가 난다. 어그정거리고 다닐 게 아니라 진지를 구축해 놓고 연구를 해 보는 것이 훨씬 빠를 것 같으니 계곡으로 들어갑시다. 배도 고프고 주짐버리할 것이나 사 가지고 가입시다."

최일병 말처럼 무작정 돌아다니기도 힘드니 잠자리 진지를 구축하는 게 우선일 것 같아 민가 근처 작은 계곡으로 들어갔다. 취사반장 말처럼 아주 쉽게 될 줄 알고 서둘러 나온 것이 큰 낭패였다. 또 단독 군장을 하고 왔기 때문에 잠자리가 문제였다.

그래서 우리는 계곡 바위틈에다 침엽수 가지를 짤라 수북이 깔고 'ㄷ'자형 진지를 구축하였다. 9명이 기대어 잘 수 있는 공간을 마련하고, 밤을 새우고 날이 밝은 즉시 실행하여야 한다. 일부 분대원들은 부대에서 멀리 떨어진 곳까지 이동하여 무기를 써서 잡아오자고 하였지만, 밤에 무작정 이동할 수가 없어 자고 난 뒤 생각해 보기로 하였다. 분대원들의 몸에서 최일병 말처럼 식초 냄새가 났지만 이내 잠이 들어 버렸다.

그런데 부대 주변에서 우리를 가리켜 멧돼지 부대라고 불렀는데, 실제로 멧돼지처럼 되어 가고 있다. 검게 그을린 얼굴, 깡마른 체구, 두 눈에는 광채가 빛났다. 강아지 새끼처럼 포개고 웅크리고 앉아 잠을 자고 나니 온몸이 쑤시고 아파 왔다.

"분대장님! 개 잡는 것 쉬운 법 알았시유! 남무관세움보살."

스님이다. 스님이 밤 사이에 개 잡는 법을 생각해 낸 모양이다. 어찌나 엉뚱한 짓을 하는지 도무지 속마음을 알 수가 없다. 어떻게 보면 진짜 불자 같고, 다른 쪽으로 생각하면 팀에서 이탈하려는 것 같아 임일병 말처럼 속마음은 생소나무 가지를 때고 있는 굴뚝이다. 그는 말을 무척 아끼는 대원이었는데, 아침 일찍 나를 따로 불러서 이야기하는 것을 보니 믿을 만한 정보임에 틀림없다.

"그래 어떻게 잡으면 되는데?"

스님은 충청도 서산 바닷가 큰 마을에서 출생하여 성장하였다고 하였다. 동네에서 개구쟁이 짓이란 짓은 안 해 본 것이 없었는데, 하루는 친구들과 낚시를 하러 선착장으로 가 깔개를 펴고 술판을 진탕하게 벌이고 낚시를 하였는데, 제법 입심이 있어 낚싯대 세 대를 놓고 하였단다.

미끼 갈아주기가 바쁠 정도로 고기가 물자, 정신이 없어 먼저 잡힌 고기를 낚시에서 빼지 않고, 뒤에 문 다른 낚싯대에 물린 고기를 낚아채고 바늘에서 고기를 떼어내고 있었다. 그런데, 앞의 낚싯대가 크게 움직이어 대어가 물었구나 하고 당기는데도 끄떡도 안 하여 일어서서 당겼더니, 고기가 물린 것이 아니라 주막거리 똥개가 낚시하여둔 고기를 덥석 먹어 버린 것이다. 바빠서 낚아만 두고 있었던 것인데 선착장에 어슬렁거리며 산책 나와서 낚시질 구경하다가 스님이 낚아 둔 낚시에 빼지 않은 고기를 먹었으니 위장까지 낚시가 들어가 버린 것이다.

개가 도망가려는데 낚싯대를 잡고 있으니 짖지도 신음 소
리도 못 하고 개가 딸려오더라는 것이다. 낚시와 낚싯줄이
개 뱃속에 들어가 낚시가 위장에 박혀 꼼짝없이 딸려 와서
개를 잡았다고 하였다. 이야기를 끝내고 스님은,

"기어중죄금일참회(綺語重罪今日懺悔), 발림 말한 죄업을
오늘 참회합니다. 나무관세음보살, 분대장 처사님, 저는 오
늘 아무 말 안 했습니다."

스님은 자기가 가르쳐 준 것이 아니니 분대장이 생각해
낸 것이라는 뜻이다.

참으로 괴팍한 대원이다. 출가한 이유를 묻자 나무관세음
보살만 되풀이하였기 때문에 사연을 알 수가 없었는데, 훈
련이 끝난 뒤 첫 침투 작전 임무를 받기 전 스님 고향에서
같이 자란 친구를 PX에서 만나 자세한 이야기를 들을 수
있었다. 학교에서 하교하면 또래 친구들과 어울려 다니며
말썽을 부리는 아들의 버릇을 고치려고 노력해 보았지만,
커 갈수록 더 큰 사고만 쳐서 점을 쳤더니, 팔자가 사나워
서 그러하니 양부모를 만들어 주던지 미륵불에다 팔아라 하
여 이러지도 저러지도 못하고 동네서 못된 짓(개구쟁이 노릇)
을 밥먹듯이 하는 아들 어머니가 절에 팔았다고 하였다(절
에 파는 것은 돈을 받고 파는 것이 아니라 팔자가 세니 부처에게
공들이는 불자가 되는 것을 절에 파는 것이라고 함. 양어머니를
두거나 불자가 되는 것 중 하나를 택하게 되었다).

처음에 양어머니를 만들어 주었는데, 큰 사고를 친 것이
다. 친구들과 어울려 다녔는데, 하루는 내기 시합이 벌어졌
다. 당시만 하여도 여자들은 팬티를 입지 않고 고쟁이(파자

 북파 공작원

마 같은 옷인데 밑이 배꼽 쪽에서부터 뒤쪽 허리까지 타 개진 옷, 앉아서 옷을 내리지 않고 고쟁이를 양쪽으로 당겨서 볼일을 보는 아주 간편한 옷)을 입고 대청마루에서 동네 여자들이 여름에 시원하여 낮잠을 곧잘 자곤 하였다. 천장을 보고 누우면 여자 밑천이 다 보인다. 이 마을 개구쟁이 아이들이 학교를 파한 후 모여서 시합을 했는데, 그것은 여자 니노지에다 미꾸라지를 집어넣으면 대장을 삼는다는 것이다. 그래서 스님이 된 친구가 대장이 되고 싶어 미꾸라지를 갖다 넣었는데, 하필 양어머니한테 넣어 버린 것이다. 내가 미꾸라지는 잡기 힘든데 어떻게 넣을 수 있냐고 반문했다. 그러자 그의 설명이 가관이다. 대청마루는 높이가 1.4미터정도여서 사람이 누워 있으면 꼬마들은 대청마루에 올라가서 보기 전에는 누가 자는지 모른다. 그 날도 세 사람이 자고 있었는데 아주 무더운 여름이라 더워서 다리를 벌리고 잔 것이다. 친구가 호박잎에다 미꾸라지(미꾸라지는 호박잎에 싸서 잡으면 미끄러지지 않고 잡힌다) 몸통 중간을 잡고 여자 니노지 입구에다 대고 밀어넣으니 미끄러운 미꾸라지가 니노지 속으로 들어간 것이다. 미꾸라지는 뒤로 후퇴가 되지 않는다. 깊은 잠 속에 양어머니는 처음에는 기분이 좋아서 옆 친구가 손가락 장난하는 줄 알았는데 너무 흥분이 되어 괴성을 지르자 옆 두 친구가 일어나 모든 사실이 밝혀진 것이다.

　동네에 난리가 난 것이다. 하필이면 양어머니 보잠지에 미꾸라지를 집어넣은 것이다. 동네 개구쟁이 대장은 되었지만 크나큰 사고를 친 것이다. 다행히도 보잠지 안에 미꾸라지는 다리를 벌리고 손가락으로 후벼서 나왔지만, 동네 꼬마들의 말을 듣고 아들놈의 행패인 것을 알아차린 어머니가 사고뭉치 아들을 때리려고 하자 집 뒤 도토리나무로 원숭이처럼 올라가 버린 것이다. 하루 이틀도 아니고 매일 사고만 치는 아들 버릇을 잡으려고 어머니는 톱으로 나무를 베기 시작하였다. 나무를 오를 수 없어 할 수 없이 나무를 베기로 작정을 한 것이다.

  뒤뜰에서 있던 상수리나무가 아들놈 도피처였다. 사고 치고 올 때면 어머니는 회초리를 들고 아들 종아리를 때렸는데, 처음에는 고분고분 맞았다. 매의 강도가 높아지자 도토리가 달려 있는 큰 나무로 올라가 매를 피했다. 아무리 개구쟁이 짓을 해도 아들이다. 나무에서 떨어질까 봐 분을 삭였다. 대나무로 또는 나무작대기로 나무에 앉아 있는 아들을 내려오라고 위협도 해 보았다. 그럴 때면 철없는 아들은 도토리를 따서 어머니한테 던져서 나무 근처에도 못 오게 하였다. 그러나 너무나 큰일을 저리른 아들 버릇을 고치기 위해서 아예 나무를 절단해 버리기로 작심을 하고 톱으로 나무 밑동을 베기 시작한 것이다.

  나무에 있는 친구는 다급하여 잠지를 꺼내 오줌을 갈겨 보았지만 어머니가 톱질을 계속하니 이번에는 바지를 벗고 똥을 누기 시작하였다. 나무 위에서 떨어지는 똥을 피한 뒤 울면서 톱질하는 어머니를 본 친구는 다급하여 뛰어내려 도망칠 자세를 취하자, 이를 지켜본 아버지가 말렸다.

  나무에서 뛰어내리면 큰일이기 때문이다. 나무에서 비껴서 멀리 떨어져야 내려온다는 아들 때문에 모두 도토리나무에서 멀리 물러나 구경을 하였다.

"나가 미꾸라지만 니노지 곁에 갖다대고 있었지 집어넣은 것이 아니다. 구멍이 있으니까 미꾸라지가 들어간 것이재! 나만 때릴려 한다."

라고 소리치며 잽싸게 나무를 타고 땅으로 내려온 아들은 방어하기 위하여 지게작대기를 들고 도망쳤다. 아버지가 뒤따라가자 마을 어귀에 있는 당산 넓은 공터까지 도망쳐 나온 것이다. 더 이상 도망가기 힘들었든지 당산 마당에 지게작대기로 자기 주위를 빙돌려 원을 그려 놓은 뒤,

"이 줄친 경계선 안으로 어느 누구이든 나를 잡으려고 들어온 놈은 내 아들놈이다! 정말로 내 아들놈이다!!"

동그라미를 그려 놓고 한가운데서 땀을 펄펄 흘리면 자기를 잡으러 들어오는 사람은 자기 아들놈이란 말에 잡으러 왔던 아버지도 기가 차서 망연자실한다.

동네 사람들이 많이 지켜보는 앞에서 소리치니 들어갈 수도 없다. 아무려면 경계선 안으로 들어서면 아들놈이라는고 고함치는 모습을 본 구경꾼들도 기가 찰 노릇이다. 아버지가 경계선을 넘으면 아들과 아버지는 동네 놀림감이 되기 때문에 경계선 밖에서 맹랑스런 아들을 지켜보는 수밖에 없었다. 그때였다. 시주받으러 다니던 스님이 이 광경을 목격한 것이다.

스님은 주변 사람들에게 눈앞에 벌어지고 있는 이야기를 듣고 껄껄 웃으면서 목탁을 두드리며,

"동자님! 제가 동자님의 아들입니다."

경계선 안으로 들어가 가사장삼으로 그 아들을 끌어안은 것이다.

그제서야 그 아들은 대성 통곡을 하면서 "중님, 잘못했어요"를 연속으로 하면서, '다시는 나쁜 짓 안 할 게요, 중님 아버지'라 하니,

"스님이라 해야지요. 중이라 하지 마세요."

'이 자석! 못된 놈, 죽일 놈, 집에서 나가라'는 등 욕설만 듣다가 높임말로 자기를 끌어안는 스님한테 감복하여 그 날 밤으로 스님 따라서 입산하였다가 학교 때문에 6개월 만에 하산하였는데, 성격이 많이 바뀌었지만 제 버릇 개한테 못 주듯이 심한 장난을 자제하긴 했지만, 친구들과 잘 어울려 다녔다고 하였다. 서울에 있는 ○○대학교를 불교계통과에 다니다가 입대 때 같이 입대하여 21사단에 배속받았다는 것이다. 사연을 스님 친구한테서 듣고 이해를 할 수 있었다.

여성 니노지에 미꾸라지가 들어가는 이야기는 《서유기》 책 속에도 내용이 들어 있다. 손오공이 마녀들인 줄 모르고 목욕탕에 들어가 미녀들과 혼탕을 하던 중 여자들이 잡으려 하자 미꾸라지로 변하여 마녀들 니노지 속에 들어가는 대목이 나온다. 다급한 상황에서 자기 주위에 동그라미 경계선을 그리고 경계선을 넘어 들어온 자는 자기 아들놈이라고 고래고래 소리를 쳐서 경고를 하였다는 것은 순간 판단이 천재적이라는 데 놀랐다.

"둘이 아침부터 꼬롬하게 사바사바핸 건 본께로 무슨 작당을 핸 것 같은디, 나 좀 갤차주면 안 되께라!"

최일병과 임일병이 눈을 부비며 다가오자, 스님은 나를 보고 상하 입술을 내밀고 오른손 검지손가락을 입 중앙에 갖다대면서 눈을 꿈벅이더니 자리를 피해 버린다. 두 놈한테

뼹긋도 하지 말라는 뜻이다.

"분대장님, 어찌 꺼이요? 날은 밝아 부럿재, 시간은 흘러 가재, 개는 못 잡았재, 최면이 말이 아니요! 무슨 생각이라도 났서라?"

"자석 싱겁떨기는……. 분대장님! 어제 탁베이 생각이 나서 저쪽 까꾸막(경사지) 아래쪽으로 정찰을 하였는지 외진 곳에 있는 느와집 안에서 개 짖는 소리가 났십니다. 오늘 그 곳을 작전처로 삼아 끝냅시다. 아침 먹고 나면 일터로 나가는 것을 보아서 끝장을 냅시다."

"알겠다. 작전처는 그 곳에서 하기로 하고 너희들은 아침 먹고 양구 읍내로 나가 낚싯바늘 중간 것이나 큰 것을 열 개씩 사고, 너희 둘이 힘껏 당겨도 끊어지지 않는 낚싯 줄을 사오너라!"

"낚싯줄과 낚시 바늘은 멋 헌데 쓸라고 그요?"

"묻지 말고 경비 줄 테니 빨리 사와라!"

"아! 근디 겡심(낚싯줄)은 몇 발이나 사면 되것서라!"

"일마 자석, 끝도 없이 이바구하몬 우짜노."

"워매 미치고 폴짝 뛰겄네."

"궁금한 게 글제."

"남이 말할 때 여름 합바지에 고치 불어지득끼 톡톡 불거지지 말거라. 그거같이 우사스러운 거 없다. 니눔 주둥빡이에서 질문이 거미 똥구녕에서 줄 나오듯이 하노! 몽창시리 사오면 될 꺼 아이가! 논산 훈련소 흙바가지(조교)들이 입만 벙긋하면 하는 말도 잊어 먹었냐? 군대는 조오지대갈뻬이로 밤송이 까라면 까고, 여군들은 니노지로 침상 못 뻬

라면 빼야지를 가르쳐 주어 알고 있다 아이가! 분대장님이 시키면 시킨 대로 해야지 우짤 끼고. 일마야, 과부집 수캐처럼 말썽만 부리더니 어제도 오늘도 개 같은 날이다.”
 “완마, 최일병. 니는 해필이면 나를 과부집 수캐에다 비교해 부냐?”
 “시끄럽데이.”
 임일병이 도끼눈을 해가지고 노려보자,
 “퍼뜩 가서 사와 보자, 분대장님 명령이다 아이가.”
 그 말을 듣고 살기 등등하던 임일병이 화를 누그러뜨리고 왼쪽 엄지손가락으로 오른쪽 코를 누르고 팽 하고 코를 풀고는,
 “개도 못 잡을 꺼이고……. 긍께 소양강에 가서 고기 잡자 이 말이구나! 폴새 했어야지 어제 하루 종일 비싼 소고기만 동네 개들한테 퍼먹여 갖고 힘을 돋군 개들이 더 크게 쳐우는 바람에 개서리를 못하고 붕알만 요령 소리 나게 댕겼당께……. 우리 동네서는 개도둑은 개만도 못 한 놈이라 글든다. 니 기미 떡을 할 사회에서도 못 해 본 개도둑질을 갤차 주고이 군대 가면 사람되어 가지고 나온다 글던디, 울들이 허는 지껄이 보문 전부 거짓말이제.”
 “일마야! 우리가 누고, 군인이다! 군인! 일마야! 사람도 아닌 군인이라 안 카나!”
 “나는 말이다. 그런 설화 모릉께 말시키지 말더라고.”
 “음맘마, 무식이 파도를 친마이. 그런 말도 모른 것 봉께로.”
 “씨끄럽다. 분대장님 둘이 퍼뜩 갔다 오겠십니더! 어저께

홀룽게 만들어가지고 개 잘 다니는 길목에다가 설치하였으면 어젯밤 몇 마리 홀켰을 것인데 무단시 다리품만 팔았어야.”

최일병이 투덜거리는 임일병 옷소매를 잡고 언덕 아래로 내려간다. 두 사람은 티격태격하면서 갔다올 것이다.

아침을 먹고 나니 7시가 조금 지났다. 최일병이 말해 준 곳에 가니 외딴 곳에 너와집이 한 채가 있었다. 그런데 집 대문 기둥 곁에 세워진 장대에 빨간 천과 청색 천이 깃발처럼 여러 개가 어지럽게 펄럭이고 있다. 무당집이다. 무당집 깃발이다. 그 집 전방에서 기다렸다. 낚싯줄을 사러갔던 최일병과 임일병은 아직 오지 않는다. 기다리기를 2시간, 대문 밖에 개가 보였다.

두 마리다. 휘파람을 불자 꼬리를 살래살래 흔들더니 달려온다. 이제 됐다 싶었는데, 멈추더니 컹컹 두어 번 짖어댄다. 남아 있던 소고기를 던졌다. 두 마리가 서로 먹으려고 으르렁거렸다. 조금씩 뒤쪽으로 던져 우리 쪽으로 유인하였는데, 가던 날이 장날이라고 하필 그 때 집 대문 밖에 주인이 나왔다. 굿을 하러 가는지 남자는 북을 등에 지고, 여자는 검은 보자기를 들고 도로 쪽으로 걸어간다. 늙은 여자 하나가 대문 밖에서 이들을 지켜보고 있다가 들어간다. 개도 따라 들어가 보이지 않는다.

한 시간 정도 지났을까, 개 두 마리가 대문 밖에 나타나 우리 쪽을 보고 컹컹 짖는다. 휘파람을 불자 뛰어오다가 멈춘다. 어제도 목격했지만 개들은 일정한 간격을 두고 그 이상은 다가오지 않았다. 마치 개사냥을 나온 것을 아는 것처

럼 말이다. 대원들은 별의별 소리를 하며 꼬셔보지만 꼬리
만 흔들지 가까이 오지 않는다. 더 가까이 유인하려고 소고
기를 던지려는 순간 꼬마 두 명이 책보를 가로지기로 메고
집을 나오더니 "버꾸버꾸" 하고 부르자 개들이 방향을 바꾸
어 꼬마들한테 가 버린다. 꼬마들을 따라가 버리면 낭패다.
아니나다를까 우려했던 대로 등교하는 꼬마들을 따라 가 버
린다.

그때서야 최일병과 임일병이 낚시와 낚싯줄을 사 왔다. 언
제 돌아올 줄 모르는 개를 기다리며 개를 낚을 준비를 하였
다. 낚시를 채낚기용으로 만들었다. 낚싯바늘을 4개씩 한 묶
음으로 하여 단단히 묶고 줄을 50여 미터로 연결하였다. 소
고기 덩어리 속에 낚시를 숨기고 개가 나타나기를 기다렸
다.

개를 낚시질한다고 하자 모두 배꼽이 빠질 듯이 웃었다.

"와따메! 분대장님! 솔찬이 머리빡이 좋아뿌요. 어제 생각
했으면 지금쯤 내무반에서 해골 눕히고 있을 꺼인디…….
짤짤이하여 쩐도 솔찬히 땄을 꺼인디. 어저께는 생각이 외
출 가 버렸다가 밤사이 귀대한 모양인디. 나는 고기나 잡아
매운탕이나 해묵을랑갑다 생각했는디 말이요이, 개를 낚아
부러라? 배꼽이 피난 갈 일이네 참말로…….."

"분대장은 아무나 하나 일마야! 우리들 목숨을 책임지고
있는데."

임일병은 분대장 머리빡이 좋다고 계속 지껄인다. 나는 스
님을 쳐다봤다. 스님은 고개를 도리질하고 손을 모아 합장
을 한다. 입도 뻥긋하지 말라는 뜻이다. 뻥긋했다가는 임일

병 놀림감이 하나 더 늘어난다.

다른 사람 같으면 대그빡, 대갈통 하지만, 분대장이라서 머리빡이라고 하면서 천재니 백과 사전이니 사설을 늘어놓는다. 10시경이 되니 아이들을 따라나섰던 개 두 마리가 돌아왔다. 집으로 들어가려다 우리 쪽을 보고 꼬리를 살래살래 흔든다. '고기 안 주느냐?'라는 뜻인 것 같다. 임일병이 휘파람을 신호로 보내자 화답을 하듯이 꼬리를 흔든다.

"똥개가 솔찬히 영리함마, 고기만 날름 받아 먹고 도망가고 말이여! 저것은 한방 땡겨 부렀으면 쓰것그만, 참말로 성질 돋가 뿐마이, 어쩌깨라 비싼 소고기만 축내지 말고 한방 골통에다 땡겨 뿌깨라!"

최 일병은 M14 저격용 총을 겨누고 쏘는 시늉을 한다. 입으로 "탕" 하더니 가스 반동에 의해 오른쪽 어깨가 뒤로 움직이는 것처럼 총구를 위로 살짝 치켜든다.

"무기로 사용할 것 같으면 진즉하였지 한번 낚시로 낚아 보자."

나는 소고기를 개들에게 던졌다. 역시나였다. 참새가 방앗간을 그냥 지나칠 수 없듯이 개들은 아까 먹어 본 소고기를 못 잊어 죽을지도 모르고 달려와 덥석 물고 간다. 한 개를 던졌기 때문에 둘이서 서로 먹으려고 다툰다. 이때다. 낚싯바늘이 들어 있는 미끼를 던졌다. 서로 먼저 먹으려고 다투고 있던 개 중 먹이를 차지하지 못한 개가 달려온다.

최일병이 줄을 살짝 당기자 미끼가 4미터 정도 끌려온다. 막 입으로 물려는 순간 그 맛있는 고깃덩이가 도망간다. 그러기를 세 차례, 거리는 점점 좁아진다. 20미터 거리에서 낚싯줄 당기는 것을 멈추자 도망가던 고기가 멈춘 것이다.

약이 바짝 오른 개는 있는 힘을 다 하여 달려와 미끼를 물고 도망간다. 먼저 고기를 독차지한 개가 그사이 먹어 치우고 따라가 그것마저 뺏으려고 달려들자 미끼를 물고 가던 개는 고깃덩이를 뺏기지 않으려고 삼켜 버린 것이다.

그때를 놓치지 않고 줄을 낚아챘다. 그 순간 채낚기용 낚싯바늘 네 개가 개 위장에 박혔을 것이다. 때는 이때다. 줄을 천천히 당기니 따라오지 않으려고 발버둥친다. 그러나 낚싯바늘이 위장에 박혔고, 낚싯줄이 목에 걸려 울지도 못하고 끙끙거리며 딸려 왔다. 남아 있던 개 한 마리도 미끼를 던져 잡아끌어 당겼다. 고추장 먹은 개구리처럼 발광을 하고 도망치려 낚싯줄을 씹어 보지만 끊어지지 않자 공중으로 뛴다.

그럴수록 개는 아플 것이다. 부부 개인지 부녀인지 오누이인지 암수 두 마리다. 집에서는 노인 혼자 있을 것이고, 우리는 개를 끌고 산 계곡으로 들어갔다. 멀리서 보면 군견을 데리고 정찰하는 모습으로 보일 것이다. 개 눈에는 고통을 참느라고 눈물이 고였다.

너무나 잔인한 방법이다. 교육 훈련을 할 때는 잊어버리지만 끝내고 휴식을 취할 때면 그러한 일들이 떠올라 심란하게 만들었다. 이 세상 태어난 뒤 처음으로 개가 짖는 것이 아니라 눈물을 떨구며 우는 것을 그때 보았다.

도랑물이 흐르는 계곡에 들어서자 최일병이 개 울대를 단도로 짤라 버렸다. 순식간에 두 마리 개를 처치해 버린 최일병은 코를 '팽' 하고 풀더니 손에 묻은 코를 개털에 닦고

 북파공작원

서 임일병을 찾는다.

"일마가 어디 갔노?"

임일병이 가죽을 잘 벗겼다. 그래서 최일병은 임일병을 찾는 것이다.

"누구 말이냐?"

"임일병 말이다! 글마 자석 귀가 시력이 없나! 임일병 어디 갔나 했는데, 누구 말이냐고 묻기는."

"똥 누러 가는가 저쪽 산삐알 까꾸막 고바이 쪽으로 가더라."

"자석 양구 가서 몰래 사문 것 없을 낀데 머심아 자석이 아무데나 볼일 보면 되지 불각시리 멀리 가면 누가 아나?"

대원들은 대검으로 가죽을 벗기고 내장을 드러낸 다음 부위별로 절단하여 야전 백에 담으니 세 개가 가득 찼다.

귀대를 하려는데 임일병이 오지 않는다. 부대로 혼자 갔을 것으로 생각하고 출발하였다. 개 주인한테는 여간 미안한 게 아니었다. 한 마리만 잡아도 되는데, 한 마리 가지고는 부대원들 회식을 할 수 없다고 최일병이 끝까지 대원들을 설득하여 두 마리 다 잡은 것이다. 부부 개이든 오누이 개이든 간에 같이 죽었으니 어쩌면 잘 된지도 모른다는 위안이 아닌 위안을 삼고 출발하였다.

맨 뒤쪽에서 배고픈 짐승처럼 어그정거리며 따라오는 스님을 쳐다보니 눈가에 눈물이 고여 있었다. 자기 때문에 죽은 두 마리 개의 명복을 빌어주는지 고개를 떨구고 따라오고 있다. 내가 후미로 가서 어깨를 두들기자,

"분대장님, 먼저 귀대하십시오! 볼일 좀 보고 갈렵니다."

 북파 공작원

“무슨 일인데 그러나?”

나는 걱정이 되었다. 혹시 죄책감에 탈영이라도 하면 내 입장이 난감해진다. 고향으로 가면 그도 다행이나 만약 월북을 한다면 큰일이다. 당시 월북자들이 더러 있었다. 소령이 월북하여 원산 가무 극장에서 영웅 대접을 받으며 환영식을 하는 장면을 컬러로 인쇄하여 비무장 지대에 뿌려져 있는 삐라를 본 적이 있었기 때문이다. 만약 우리 대원 중 월북을 한다면 사고당하지(지뢰 지대를 알고 있어) 않으면 몇 십 분이면 월북할 수 있기 때문이다.

“제가 개 잡는 법을 가르쳐 주어서 죽었으니 설라무네, 불쌍하여 묻어 주고 오고 싶네유!”

스님은 두 마리 개가죽과 꼬리 발목을 묻어 주고 싶어 시간을 달라는 것이다. 어찌 보면 진짜 스님 같기도 한데, 무엇 때문에 입대하였는지 궁금하였다. 눈에 눈물이 고여 있는데, 그냥 귀대하였다간 밤에 한바탕 소동이 일어날까 봐 1시간 안에 마치고 귀대하라고 그의 청을 들어 주었다.

작전 중 개인 행동을 할 수 없으나 분대장 권한으로 시간을 주었다. 일단은 단독 작전 명령이 떨어지면 분대장 권한이다. 말단 소총 부대 지휘자는 전쟁시 엄청난 권한을 갖는다. 즉결 처분권이 있어 대통령도 국방장관도 별을 단 장군도 재판 없이 자기 부하를 죽일 수 없지만, 분대장인 하사는 3명까지 현장에서 사살할 수 있는 권한, 즉 즉결 처분권이 있다.

장군·영관·위관·하사관 중 어깨에 푸른 견장을 단 지휘자에게 주어지는 것인데, 그 명령권자는 국군통수권자인 대통령령이다. 부대에 들어오니 한바탕 난리를 치렀다고 하였다. 개 도살 현장에서 이탈한 임일병이 소두방 뚜껑 운전수(취사반장, 밥솥 뚜껑 여는 사람)한테 개 잡는 법을 잘못 가르쳐 주어 소고기 통조림 15개를 없앴고, 허벌나게 다리품만 팔았으니 통조림 30개를 변상하라고 떼를 써서 한바탕 소란을 피웠다는 것이다.

나는 임일병을 불러서 개인 행동을 한 것에 대한 벌을 내렸다.

"스님을 절대로 약을 올리지 말고 시비도 걸지 말라!"

라고 하였다.

"알았습니다."

대답은 명확히 하였지만 그게 지켜질지 의문이다. 임일병은 장난치는 것을 밥먹듯이 하고, 농담 잘 하는 것은 타고난 것인지도 모른다. 20년을 넘게 해 온 습관을 하루 아침에 바꾸기는 어려울 것이다. 교관을 만나려고 교육계에 가서 보니 여자 팬티와 닭 29마리가 통로에 놓여 있었다. 최일병과 유하사가 우리 분대가 무당집에서 잡은 개를 통로에 내려놓자, 바로 취사반으로 가져가라고 하였다. 세 사람한테 지시를 하고 내무반에 오니 내무반 안이 소란스럽지 않은 분위기 속에 3분대 정상병이 거품을 입가에 내면서 이야기를 하고 있다. 팬티 훔쳐 온 이야기다.

여군 팬티와 병사의 순정

군부대 지역에는 여자 팬티를 빨아서 밖에 절대로 말리지 않는다. 여자 팬티가 빨랫 줄에 널려 있으면 어느 귀신(군인)이 가져갔는지 모른다. 전설의 고향에 나오는 이야기가 아니다. 우리 부대 311 GP에는 대북 선무 방송을 한다. 사단 소속 안에 여군 하사관 방송 요원이 1개 분대로 파견되어 근무하고 있다. 그녀들은 2명이 사단 소속 GP에 가서 대북 선무 방송을 한다. 1주일씩 교대로 근무하면서 겪는 애로 사항 중 제일 힘든 게 속옷확보다. 팬티 1상자를 가지고 파견되어 방송하지만, 빨래해서 널어두었다 하면 없어진다. 몸에 열이 많은 우리 대한민국 최고의 체력과 정력을 지닌 혈기 왕성한 GP 근무 장병들 열기 해소용이다.

전방뿐만 아니라 후방 군인 막사도 똑같다. 휴가 갔다 귀대하는 병사가 여자 팬티 하나 가져왔다면, 그 날은 내무반 전체가 벌겋게 달아올라 백열등조차 붉게 보인다고 전우 신문에 기고된 어느 병사 이야기다.

그 팬티는 언제 어떻게 갈가리 조각날지는 모르지만, 뺨에 대어보고 냄새를 맡아보는 병사, 제 사타구니에 집어넣으려는 병사, 품 속에 품어 보겠다는 병사, 키가 작고 예쁜 졸병이 있다면 홀딱 벗기고 입게 한다. 그리고 끌어안고 몸부림도 쳐본다.

늙은 병사들은 마누라 생각에 미칠 지경이고, 그걸 보는 자도 마찬가지다. 그 날 밤 불침번을 하면서 목격할 수 있는 것은 모포가 들썩들썩거리며 자위하는 것을 목격한다. 고참이 졸병을, 또는 같은 동료끼리 항문 섹스를 서로가 역할을 바꾸어 가면서 한다. 군에 갔다 온 예비역은 알고 있다. 몇몇이 내무반에 틀림없이 있다.

　분위기 야릇한 내무반 풍경……? 방송 요원 여군 팬티는 노상 분실 사고다. 수차례 상관에게 건의했지만 어쩔 꺼이여, 젊은 놈들 잡아다 가두어 둔 군대고, 여자 생각이 나서 근무 못 하고 탈영해 버릴까 봐 지휘관들은 노심 초사다.

　간혹 익살스런 여성이 음모 몇 개를 가루분과 편지 속에 보내오는데, 그런 날 내무반 분위기는 독자들 상상에 맡기겠다.

　전시에는 '한미 심리 전사'를 운영한다. 한반도의 유사 시에 수복 지역의 북한 주민을 자유 민주 체제에 동화시키기 위한 전시 연합 심리 사령부(CPOTE)가 가동되는 것이다. 전시 연합 심리전 사령부는 평상시에는 구성되지 않지만, 전쟁 직전인 데프콘(DEFCON) 3가 발령되면 한미 연합사 산하 한국군 장성을 지휘관으로 수복 지역의 북한 주민을 대상으로 한 선무 공작 등의 심리전을 맡게 되는 것이다.

　전쟁에서 승리하였더라도 수복 지역의 주민이 협조해 주지 않으면 통제하는 데 힘이 드는 것이다. 여군 방송 요원들이 이 같은 일도 한다. 우리들과 같은 특수 부대들의 협조도 필수적이다. 필자가 교환대에 근무한 적이 있어 알고 있다. 당시 KBS 강성구 씨 녹음 테이프를 통신대에 거쳐 교육계에 전달되어 잘 알고 있다.

　정상병은 311GP에서 근무를 하다가 차출되었기 때문에 여군 방송 요원들의 실생활을 잘 알고 있었다. 311GP까지 가서 부탁한다는 것도 어렵다. 18ROG 대암산 검문소를 지나서 대우 OP까지 2시간 정도 걸리고, 대우 OP에서 311GP까지는 2시간 정도 시간이 소요된다. 막상 311GP까지 밤에 이동하려다 잘못하면 우리측 야간 근무 매복조와 오인 전투가 벌어질 수도 있기 때문에 경계 근무가 느슨한 사단 사령부 여군 막사를 공략을 하려고 낮에 양구읍에서 술집과 다방에서 노닥거리다 야간에 사단 본부 여군 막사로 숨어든 것이다.

여군 막사에는 동초도 불침번도 없다는 것을 알고 간 것이다. 의무대 옆에 있는데, 파견원이 적어 불침번을 세울 수 없다. 사단 보충대에서 근무지 특명 대기 중인 병사들을 동초로 세웠지만, 문제가 생긴 것이다. 당시는 수세식 변소가 없기 때문에 변소를 가는 데 여간 불편한 것이다. 창문 안을 기웃거리고, 특히 여름철에 아무리 더워도 문을 개방하고 취침을 할 수 없는 처지였다. 에어컨은커녕 변변한 선풍기도 없는 시절이다. 여군이 변소에 가면 소변 보는 소리를 듣고 자위를 하다가 들킨 사고 후 남자 병사 근무를 철수시켜 버렸다.

그래서 화장실을 막사 내무반 문쪽 가까이 만들어서 후문을 열면 바로 화장실로 직행할 수 있게 구조를 바꾸고, 동초를 세우지 않는 대신, 막사 문의 시건 장치를 두 겹으로 하여 안에서 시건을 풀어 문을 열어 주지 않는 이상 막사 출입이 불가능하게 조처를 취해 둔 것이다.

특수 부대 대원이 누구인가? 테러·살상·폭파·납치 전문 아닌가! 정상병 혼자 사단 본부 울타리를 넘어 들어가 변소 옆에서 기다렸다. 여자들은 소변도 변소에 들어가 보기 때문이다. 모기에 물리면서 무려 4시간 30분 동안 기다리니 막사 문이 열리고 속옷차림의 여군이 변소로 들어가는 것을 보고 잽싸게 막사 안으로 들어가보니 내무반에는 여군 하나가 속옷바람으로 잠이 들어 있어 팬티를 찾으려고 관물대를 몰래 뒤지는데, 속옷바람에 노 브라자로 잠든 여군을 보니 도저히 참을 수가 없었다. 얼마 전 자해 훈련 때 조오지대갈통에 다마도 4개나 박았는데, 남한산성 조교 말처럼 빠구리하면 찐드기처럼 붙고 할퀴고 귓밥을 무는가, 조오지를 한 번 사용해 보고 싶은 생각이 머릿속에 번개처럼 떠올라, 죽을 땐 죽을 값이라도 빠구리를 멋지게 한번 해 보고 싶은 생각이 나서 관물 뒤지는 것을 포기하고 조오지를 꺼내 대갈빡에다 침을 바르니 탱크 포신처럼 일어나 여군 입을 막고 대검을 목에 갔다대니, 여군은 반항을 하다가 차가운 대검이 목을 누르니 체념하고 정상병을 받아주어서 번개같이 연애하고 나오는데, 여군이 자기 팬티를 던져주면서, "첫 남자이니 잘 보관하라"고 하여 가져온 것이다. 숨을 죽이고 게슴츠레한 눈으로 미른침을 꿀꺽꿀꺽 삼키며 이야기를 듣고 있던 임일병이 시비를 건다.

"변소간에 간 여군이 언제 올지도 모르는데, 어찌꼬롬 연애를 한다냐? 순전히 후라이까는 것 아니여? 멀라고 피묻은 빤스를 던져 주냔 말이여. 내 말은 잠자다가 깨었으면 비몽사몽간에 벌어진 일인데, 어찌꼬롬 피묻은 빤스를 던져주냐?"

임일병은 거짓말이라고 떠들기 시작한다. 정상병은 "절대로 거짓말이 아니다"라고 했다. 파견 나가고 두 명이 자는데, 한 명이 변소에 가면서 문을 열었기 때문에 안에서 시건을 걸지 않으면 아무나 열고 들어갈 수 있고, 복면을 한

 북파 공작원

자가 차가운 칼을 목에 대고 있는데 반항할 여자가 누가 있겠는가? 목숨이 두 개라면 몰라도. 정상병 설명에 임일병 약만 올려놓는다.

칼을 날 쪽으로 목을 누른 것이 아니고 칼등으로 눌렀다고 하였다. 철조망 작업에 사용하는 나무 베는 톱날을 다듬기 위해 줄이 보급되어 대원들 대검 날은 줄로 다듬어서 면돗날처럼 날카롭기 때문에, 여군이 당하지 않으려고 몸부림을 치면 다칠까 봐 대검 등쪽으로 누른 것이다. 볼일을 보고 막 나오려는데 변소에 갔던 여군이 들어오는 기척에 밖으로 나갈 수가 없게 되어 페치카 옆 침상 밑으로 번개같이 들어가 숨었는데, 강간당한 여군은 그냥 자는 체하고 있어 30분 정도 있다가 같이 연애한 보드리한 여군 유방을 곱게 쓰다듬어 주고 일어나서 내무반 한쪽 구석 세숫대 안에 빨려고 담구어 둔 팬티를 가지고 왔노라고 게거품을 물고 이야기를 끝냈다.

영화 같기도 하고 소설 같은 이야기이지만 정상병은 호주머니 안에서 여자 팬티를 꺼내 흔들며 보여 주는데, 선혈 자국이 있었다. 하나는 교육계에 보내고 남은 것이다. 그것을 본 대원들이 한바탕 소동이 벌어졌다. "월경 피다.", "아니다. 숫처녀 처녀막이 터져서 나온 피다.", "아니다.", "그러면 구슬을 많이 박아 여자 질이 찢어져 나온 피다.", "절대로 아니다.", "니가 아느냐?", "냄새를 맡아보면 안다.", "내 코가 개코 버금 간다.", 별별 소리가 나왔지만 정상병과 당한 여군만 알 뿐이다.

진짜 관계를 맺은 건지 훔치는 과정에서 다투다 상처가

나서 묻은 건지 우리로서는 알 수 없다. 아무튼 분대장 박 하사 이야기로서는 정상병 말이 진실일 수도 있다. 당한 여군 측에서도 사건이 알려지면 창피이고, 부대장 문책과 파견 여군 장교 문책도 피할 수 없는 일이다. 만약에 잘못 수습하면 여군은 제대할 수밖에 없는 처지가 된다. 당사자 둘이만 입을 봉하면 아무도 모르는 일인데, 구태여 발설하여 득될 게 없다는 생각에 함구했을 것 같은 사건이다.

그 날 밤 내무반 서너 곳에서는 병사들의 자위 행위로 신혼 첫날밤처럼 양단 이불이 들썩들썩인 것처럼 모포 자락이 들썩였을 것이고, 일부 대원들은 팬티로 텐트를 쳤을 것이다. 침상 밑에 숨어들었을 때 소리치지 않은 것은 미친 개한테 물린 셈치면 되는 것이기 때문에 조용히 피해자가 입을 봉한 것이라고 추측할 수밖에……. 군대는 당하는 쪽만 바보가 되던 시절이 그때다.

사사건건 참견하는 시어머니처럼 내무반 분위기를 뜨겁게, 때로는 흐리게 하는 재간이 넘치는 임일병은 휴식 시간이면 정상병을 찾아가 자해 시간 때 박아 넣은 구슬 성능을 물었다. '진짜 좋아하더냐?' 그러면 정 상병은 '숫처녀여서 처녀막이 터져 피가 났는데 무엇이 좋을 것이냐?' 하면, '여군인디, 장교들이 팬티 신고식(강제 연애) 했을 것인디. 여군 말을 곧이곧대로 듣느냐?' 등 임일병 궁금증만 하나 늘어난 것이다.

"그렇게 궁금하면 교육 끝나면 청계천에 가서 빠구리하거라!"

최일병은 핀잔을 주었다.

돼지잡이를 갔던 4분대 조하사는 처음 해 보는 서리라고 하여 내가 자세히 가르쳐 주었는데, 쉽게 작전을 하였지만 털을 제거하는 데 애로 사항이 많아 저녁에 물을 끓여서 취사반에서 처리하기로 하여 간단하게 작전을 끝내고 목욕탕에 가고 없었다.

돼지 서리도 무척이나 힘들다. 돼지 멱따는 소리라는 말이 있듯이 잘못하여 울기라도 하면 걷잡을 수가 없다. 돼지를 잡으려면 볏짚을 태운 잿가루를 더블백 속에 반쯤 채운 뒤 돼지를 밀어넣어 버리면 잿가루가 코와 입으로 들어가 질식해 버린다.

신속하게 하여야 성공할 수 있지 잘못 집어넣으면 안 된다. 너무 큰 돼지를 잡으려 했다간 100퍼센트 실패한다. 반쯤 채운 잿가루가 든 백을 벌리고 고깃덩어리를 넣어 두면 백 안에 돼지가 꿀꿀거리면서 먹을 것을 찾아 들어간다. 돼지는 발이나 귀나 꼬리를 잡지 않으면 울지 않는다. 자루 안에 들어가면 뒤에서 사정 없이 밀어넣고서 더블백 입구를 단단하게 묶어 버리면 크게 울어도 소리가 적다.

조하사 분대는 시골 출신 대원이 없어 자세히 가르쳐 주었는데, 민가에 가서 한 마리만 잡아왔다.

짬밥 국물로 잡친 외출

4분대는 싱겁게 작전이 끝났고, 우리 분대 작전은 너무 살벌하였으며, 3분대 팬티 탈취 사건은 소설 같은 뜨거운 이야기였다. 2분대 닭 잡은 이야기가 교관이나 조교도 배꼽을 잡고 웃었다. 2분대는 부대 인사계(상사 계급)가 살고 있는 집을 택하였다. 2분대 이야기를 정리해 보면, 분대원 중 일요일 외출을 나갔는데, 취사반 짬밥을 가져가 닭을 키우는 인사계 심부름을 하게 되었다. 모처럼 외출이라 때 빼고 광내고 폼잡고 양구읍네 가는 길에 생긴 일이라고 했다. 이곳에 차출되기 전 휴가 갔다가 귀대할 때 시간이 남아 있어서 시간도 보낼 겸 다방에 들어가 찐하게 놀았던 아가씨를 만나러 가는 날 짬밥 배달차에 동승한 것이다. 지프에다 짬밥통을 다섯 개나 싣고 1주일 만에 인사계가 집으로 가는 길에 동승한 것이다. 비포장 도로여서 차가 들썩일 때마다 짬밥 국물이 통에서 흘러넘쳐 옷에 튀기는 것이었다. 시큼털털한 내음새가 나는 짬밥 국물을 며칠 모아 두어서 부패된 것이다.

인사계 집에 도착하여 운전병과 같이 내리면서 옷에 묻어, 씻고 물수건으로 닦고 하였지만 짬밥 썩은 냄새는 그대로 군복에 배여 있었다. 모처럼 칼날처럼 세운 바지 주름살은 지렁이처럼 구부러져 체면이 말이 아니게 되었다.

기차나 버스로 혼자 여행할 때 자리가 많이 비어 있는데도 늙어빠진 할망구가 옆에 앉은 꼴이 되어 버린 것이다. 어여쁜 아가씨가 앉으면 얼마나 기분 째진 일인가?(여자들도 혼자 여행 때 옆자리에 담배 뻑뻑 피우는 늙은이가 앉아 있으면 김이 샐 것이다). 어렵게 허가받은 외출이었기 때문에 귀대할 수도 없어 투덜거리며 간 것이다. 다행히 옷은 가는 중에 말라서 다방에 들어가서 앉으니 옥수수 공장 정문(입)은 활짝 열고 날라리 보지 같은 것(발랑 까진 여자, 갈 곳까지 다간 여자) 레지가 웃으며 곁에 앉고, 앞쪽에 주인 마담이 앉아 물장사하려고 초랭이 방정을 떨며 주방에 일하는 늙은 아지매 공장장(주방장)까지 불러 옆자리에 앉게 하여 주문을 받아, 김도 새고 하여 커피를 시켰단다.

히히덕거리고 몸땡이를 부딪치고 아양을 떨면서 애교를 부리던 다방 종업원이 코펑수를 좁혔다 넓혔다 하더니 오른손 엄지와 검지로 코를 쥐고 막으면서,

"방구 뀌었느냐?"

고 물어 온 것이다. 마침 커피가 배달되어서 숟가락으로 설탕을 녹이는 중이었다.

"김세게 방귀는 무슨 방귀냔 말이여? …… 썩은 짬밥 냄새지!"

전후 사정 이야기한 것이 이상하게 꼬이게 된 것이다. 그동안 훈련도 힘들게 하였는데, 모처럼 외출이어서 보드라운 삭신도 만져본 지 오래 되어 아침 일찍 몸 씻고 면도하고 식사하고 외출증을 받으러 행정반에 갔다가 인사계를 만나 차를 얻어타게 된 사연과 짬밥 국물이 넘쳐서 옷을 버렸다는 이야기를 하던 중에, 이제 막 뜨거운 커피를 마시고 있던 늙은 배불뚝이 물장수 공장, 공장장 아지매가 웃다가 커피를 내품은 것이다. 주방장과 정면으로 앉아 있었기 때문에 뜨거운 커피가 얼굴에 물총 쏘듯이 날아왔다.

일부는 입 안으로까지 들어온 것이다.

"엄매, 뜨거워라!"

이번에는 자리에서 벌떡 일어나려다 그만 탁자를 건드려 탁자 위에 뜨거운 커피까지 쏟은 것이다. 보릿고개 시절 죽

그릇 들고 가다가 넘어져서 죽사발 깨고, 뜨거운 죽에 조오지 데이고, 깨진 그릇에 다치고, 죽 못 먹고, 배 고프고, 일 저릴렀다고 욕소리 듣는 꼴이 된 것이다.

'오늘 재수에 옴 올랐다. 젊은 마담이나 다방 레지가 그랬으면 얼마나 좋은 일이냐? 키스도 하고, 침물도 쪽쪽 빨아서 서로 먹는디……? 옥수수 공장을 보니 잘 익은 노란 강냉이가(닦지 않은 이빨) 보인다. 강냉이를 씻은 커피가 입으로 들어왔으니 관상대 직원들 봄놀이 가는 날 해필 장대비가 억수같이 내린 꼴이 되어 버린 것이여.'

보드라운 삭신(몸) 한번 만지려고 갔다가 배불뚝이 다방 주방장 늙은 여자 옥수수 공장 청소한 꾸정물 물벼락에다 한 모금 마시고 바람 부는 신작로길을 걸어오면서 인사계 골탕 먹일 생각을 하며 길에 깔려 있는 자갈돌을 인사계 꼴빡으로 생각하고 발길질하였더니, 양구 들판 똥파리 제비족이 전부 몰려와서 바람 난 쇠파리와 워카코에서 부르스를 춤추다가 미끄러져(파리 낙상) 뇌진탕을 일으킬 만큼 침 뱉어 광을 냈던 워카 콧잔등이 사나운 개주둥이처럼 상처투성이가 되어 2~4종계 하고 한바탕 입씨름까지 했다고 했다. 그리고 새 워카로 교환해 달라고 한바탕 소란을 피웠다고 했다.

벌거벗은 나체 닭들의 질주

운수 좋은 년은 넘어져도 가지 밭에서 넘어지고, 재수 없는 년은 넘어져도 꼭 자갈밭에 넘어진다고 하지 않았던가,

CQB 근접 전투 교육 때 교관이 머피 장난이 어쩌고저쩌고 하더니 자기한테 '머피 법칙이 장난을 쳤나!' 하고, '언제인가 꼬장질치길 거다' 하고 머릿속에 각인시켰는데, 마침 닭잡이 작전 명령이 떨어져 인사계 집을 택한 것이다.

새벽 3시에 인사계 집에 들어가니 다행히 개는 키우지 않아 작전은 쉽게 이루어졌다. 그래도 살쾡이 같은 인사계가 작전 중 오줌이라도 갈기려 나오면 실패할 수 있으니 바지게작대기(지게를 세워 두기 위해 쓰는 Y자형 나무)를 인사계 방문 시건 쪽에 받혀 두었다.

닭서리야 필자 나이 정도면 당시 농촌에 살고 있었다면 한두 번은 해 보았을 것이다. 시골 닭장은 장방형이다. 좁고 길다. 닭장 문을 열어 놓고 안쪽부터 작대기로 닭을 살살 때리면서 밀면 닭은 양보심이 많아 동료가 비좁아서 미는 줄 알고 점점 밖으로 밀려나온다. 땅에서 30센티미터 정도에 나무판자를 걸쳐두어서 그 위에 앉아 잠을 자기 때문에 옆에서 움직이면 밀려서 문 밖으로 기어나온다. 닭을 잡을 때는 목을 잡음과 동시에 날개 밑의 겨드랑이에 손을 넣어 날개를 잡아야 한다. 목을 잡는 것은 울지 못하게 하기 위해서이고, 날개를 잡는 것은 퍼덕거리지 못하게 하기 위해서다.

무려 30마리를 잡아 버린 것이다. 더블백에 넣어가지고 소양강 가로 나와 날이 새기를 기다렸다가 날이 밝자 털을 뽑기 시작하였다. 지금은 끓는 물에 담가 털을 제거하지만, 털을 뽑는 것으로 할 수밖에 없다.

1개 분대가 30마리 닭의 털을 뽑고난 뒤에 강변에 홍수

 북파 공작원

때 떠내려와서 말라 있는 나뭇가지를 주워모아 불을 지펴, 가는 잔털을 불에 끄슬려 태우고 강물에 씻기 위하여 물가로 옮기어 씻던 중 더블백 속에 기절하였다가 털을 뜯겨 발가 벗기고, 뜨거운 불에 찜질하고, 차가운 강물에 들어가니 그때까지 죽지 않고 기절한 닭 몇 마리가 정신이 들어 깨어난 것이다.

닭을 잡을 때 목을 비틀어 날개 밑에 넣어 5분 이상 있어야 숨을 거두는데, 대략 기절만 시켜 더블백 속에 넣어 왔으니 기절해 있던 닭이 깨어난 것이다. 두 마리는 강 안쪽으로 도망가고, 다섯 마리는 모래밭을 달리는데, 목을 비틀 때 목이 꺾여져서 머리통은 서쪽을 보고 있고, 몸통은 북쪽으로 달리니 얼마나 웃기는 일인가!

마치 게가 옆으로 기어가듯 닭들이 나체바람으로 모래사장에서 방향 감각을 잃고 도망갔다는 이야기를 듣고 웃는 바람에 이야기가 중단되어 버렸다.

발가벗은 나체 닭이 머리는 서쪽을 보고 몸통은 북쪽을 향해 스트리킹을 하는 상상을 해 보라! 두 마리는 수영을 하다가 강 가운데서 익사를 해 버리고?

게걸음으로 다섯 마리가 방향 감각을 잃고 서로 부딪치고 넘어지면서 말이다. '육계(肉鷄)가 삼십육계 줄행랑……?'

뒷날 인사계가 알았지만 특수 부대 교육 과정이고 하여 무마되었다. 부대에서 변상 조치가 있었거나 취사반에서 밥하고 남는 쌀 한 가마를 슬쩍 했거나……? 그래서 인사계 쌀 도둑놈 노래가 있지 않는가! 민가에 피해를 주는 것보다 그쪽이 맘 편하다.

인사계로서는 심증은 가지만 물증이 없기 때문에 아니다
할 수 있지만 취사반원들 입에 쇠통(자물통) 채울 수 없기
때문에 내가 뒷날 말해 버렸다.

왕건이 소동

웃고 떠들고 소란을 피우는 데 PX장이 와서 기웃거린다.
임일병이 PX장을 만나서 말을 주고받더니 따라간다. 시간
이 1시가 넘었다. 우리들이 늦게 오는 바람에 식사가 늦어
우리 분대가 잡아온 무당개집 두 마리, 보신탕이다. 막 배식
을 끝내고 먹으려는데 임일병이 뛰어오더니 "동작 그만!"
하고 소리를 친다.
"절마 자석 간덩거리가 부어서 배 밖으로 불거져 나왔나?
시잘대없이 나불거리노."
"그것 아니고……."
"안이고 바깥이고 퍼뜩 말하거라 일마야? 초랭이 방정떨
듯 지랄하네."
최일병 말을 무시해 버리고 임일병이."
"분대장님, 솔찬히 큰일났서라! 우리 분대 보충병 받아야
쓰것서라!"
"갑자기 무슨 소리야! 천천히 이야기해라."
"저기 말이지라, 님스짜가 그 아그아요 PX에서 출가해 부
렀쏭께 글지라. 그 아그가요 대글빡을 백코(대머리처럼 면도
칼로 깎아 버림)쳐 부렀당께요! 그것만이 아니지라 쥐약을 먹
었으라. 걸망을 등짐지고 고향 앞으로 빠이빠이해 뿌면 인

원 보충 받아야 쓰것지라?"

임일병 말을 요약하면 님스짜가는 머리가 그 동안 깎지 않아서 장발이었는데, 면도칼로 민머리를 만들고 혼자서 PX에 와서 술을 사 먹은 것이다. 강원도산 경월 소주를 먹고 있어 PX장이 궁금하여 무슨 일 때문에 그러는가를 알려고 내무반을 찾아온 것인데, PX장 이야기를 듣고 임일병이 동행하여 가서 보고 온 것이다. 큰일은 큰일이다.

임일병이 쥐약을 먹었다고 하는 바람에 내무반이 술렁거렸지만, 스님이 막걸리도 아니고 소주를 먹었으니 빗대어 하는 말이 쥐약이라고 과대 표현을 한 것이다.

"절마 자석 불각시리 쥐약 먹었다 소리에 내 간이 널쳐졌다(떨어져)가 이제야 올라온데이. 에라 빌어묵을 놈아, 출싹거리지 말고 밥이나 쳐무라, 얼라 자석 얼빵하기는."

임일병을 나무라면서 스푼을 던진다. 밥스푼을 번개같이 피하고 땅에 떨어진 스푼에다 침을 뱉어 버린다. 그때 광이 번쩍번쩍 나는 머리를 하고 낮술을 먹어 얼굴까지 벌개져서 스님이 점잖게 들어오더니 침상 끝에 벌렁 드러누워 버린다. 그 꼴을 보고 최일병이,

"퍼덕 일나라, 침상 끝에 무슨 송장이고. 중놈이 고기 맛을 알면 절에 빈대가 씨가 마르고 머리박에는 파리가 못앉는다 카더라."

"스님들이 머리빡이 백코를 처분께 미끄러워서 파리가 앉을 수 없는 것이제?"

"일마야, 똑바로 알거라. 파리고 빈대고 고기 맛을 안 스님이 다 잡아먹어서 하는 소리다."

"스님이 술맛을 보았으니 강원도 월경 소주 공장 잘도 돌 것이다. 낮술 먹고 취하면 지아부지 어무이도 몰라본다 카던데, 스님이 낮술 먹고 취했으니 고참도 분대장도 모르것다 이 말 아이가? 송장처럼 드러눕기는."

최일병이 소리치고 욕을 하건 말건 알아듣지 못할 말을 하며 한 번 뒤척이더니 가쁜 숨만 쉰다.

"부처님이 이 사실을 알고 기암을 할 일이다. 하늘에서 내려다보고 있으니 싸게 일나서 속풀이하거라. 늦게 먹으면 왕건이 없고 맹 국물만 남는다. 내는 깨빘다."

도끼눈을 가지고 노려보고 있던 최일병이,

"임일병, 밥 묵고 자라 캐라?" 모처럼 맛있는 개장국을 먹는 데 송장을 곁에 두고 먹을 수 없데이.

그러자 임일병이,

"조, 최, 강가 성질 개좆 같다."

최일병한테 가다 나하고 눈이 마주친 임일병은 입을 손바닥으로 막는 시늉을 한다. 내가 모른 체하자,

"조, 최, 강씨 성질 급하다 글든마, 최일병아! 스님이 맴이 아파서 그런디 그냐? 경월소주가 여자들 멘스 국물로 만든 술이냐? 더럽게 소주 공장 사장이 이 말 들었으면 어째까이. 장사 치룬다고 최일병 너 시체 담을 관을 사가지고 올 것이다."

성격 급한 최일병이 ·경월 소주를 월경 소주라 한 것이다.

"시끄럽다 앵조가리기는 볼태이를 그냥…… 팔피이 같은 놈아!"

"퉁소 불고 있네 시방! 경월 소주 공장이 춘천에 있다 쪼

다야, 지가 바보면서 나를 보고 얼빵하다고 한단 말이여."

투덜거리면서도 임일병이 베개를 꺼내 스님 머리를 받혀 주었다.

자기 때문에 죽은 개 흔적을 묻어주고 오면서 이발소에 들러 삭발하고 PX에 가서 한잔 한 모양이다. 불교에서는 개를 영물로 생각하고, 특히 살생을 삼가는 데 특수 부대원으로 만들어 가는 교육 프로그램에 이러한 일들이 종교를 믿는 대원들은 갈등이 많았을 것이다. 종교인은 가장 원숙한 인간이라고 한다. 가장 통일된 삶을 영위하는 사람을 영위하는 사람이 종교인이기 때문이다, 종교인은 절대 가치를 추구하기 위하여 자신의 세속적 삶을 희생하면서 이웃을 사랑하고 봉사하면서 살아간다. 그들은 선과 악, 진실과 거짓을 항시 확인하고 선택하면서 살아간다. 이러한 선택의 과정이 그들의 삶을 통일 시키고 가치 있게 이끌어주기 때문이다. 이러한 태도가 어떤 때는 이 세상이 축복과 저주, 선과 악으로 구성되기 때문에 저주와 악으로부터 이웃을 구하기 위하여 이웃과 타종교인에게 자신이 확신하는 절대 신념의 내용을 선택하도록 강요하게 된다. 한마디로 모든 종교 활동은 상대방에 대한 사랑의 표시인 것이다. 다만 이러한 태도는 타종교 상황에서는 독선적이라고 평가될 수밖에 없다. 그 독선적인 태도의 정도가 심할 때 이를 광신주의로 이르게 된다, 종교적 확신이 가장 원숙한 인간의 조건이 되기도 하고, 독선과 광신의 현상으로 판정되기도 하는 이유는 무엇인가?

종교인의 절대 신념 체계에 대한 절대 확신이 자신의 삶을 통일시키는 힘이 된다. 이 경우 자신의 종교적 교리와 그에 대한 확신은 내면적 성숙의 원동력으로 작용한다. 그러나 종교적 교리가 축복과 저주의 외적 조건을 가름하는 기준으로 쓰여질 때는 배타적이고 광신적인 성격을 지니게 된다. 예컨대 한 종교의 교리에서도 같은 조건을 받아들이지 않는다. 현대 종교학의 입장에서는 한 종교의 세계관이 다른 종교보다 우수하다는 객관적인 증거는 찾을 길이 없다. 이처럼 일류 사회의 건강한 상식에서 받아들여질 수 없는 주장을 하게 되는 결과에 이를 때 그러한 종교적 주장과 행동을 현대 사회에서 독선적이고 배타적이며, 나아가 광신(狂信)적이라고 말한다.

여기서 종교적은 내적 수양과 대사회 적용의 두 차원을 가려볼 필요가 있다. 현대 사회는 종교의 자유가 보장된다. 종교의 자유는 '신앙의 자유'와 '전교의 자유'로 대별된다. 이들은 양심의 자유와 행동의 자유라는 개념의 전형적인 종교적 측면을 각각 보여준다. 당시도 군은 '신앙의 자유'를 허락하였다.

스님이 걱정이다. 내 마음 같아서는 탈락시키고 싶은데, 본인이 끝까지 견디겠다고 하였다. 불심으로 견디는지 도무지 감을 잡을 수 없다.

최일병은 종교인들의 속마음도 모르고 스님을 공격했지만, 스님은 술에 곯아떨어져 버렸다. 임일병이 통로를 어슬렁거리면서 식사하는 대원들 국그릇을 점검을 한다.

"일마가 정신 상그랍게, 시계 붕알 추같이 왔다리갔다리 하노?"

듣는 척도 안 하고 자기가 들고 있는 스푼으로 대원들 국그릇에다 집어넣어 검사한다.

"똥가루 날아다니니까 식사 안 할려면 좀 앉자 있거라!"

대원들이 나무라자,

"피리 불고 있네 시방 소두방 뚜껑 운전수 요것이 고기를 째배(훔쳐)갔나? 왕건이가 없고 멀국아니여."

하더니 밖으로 나가 버린다. 삼 분이 지났을까 임일병 손에 미식기(국그릇 스텐으로 만든 미제 그릇)를 하나 들고 내무반 침상에 내려놓는다.

잠시 후 취사반장이 양 옷소매를 걷어붙이고 손에는 국자를 든 채 얼굴에는 잔뜩 골이 난 표정을 하고 내무반에 들어와 삐딱하게 서서 임일병을 째려본다.

"행가라보기(째려보다)는 멀라고 행가라보냐? 사팔뜨기 될라고, 나가 거짓말만 했는가 말이여. 개폼잡고 서 있지 말고 보란 말이여! 2내무반 국은 왕건이가 많고 우리 내무반 국은 개가 경주를 했나, 어째서 똑같은 솥에서 우리 내무반 국은 왕건이 없는 멀 국이냔 이 말을 핼라고 데불고 왔씅께로, 핼 말 있으면 싸게 해보더라고. 똥개 두 마리가 장화를 신고 건너갔나 우리 내무반 국솥을 건너뛰기 했냐?"

임일병 말을 듣고 대원들이 우르르 몰려가서 2내무반에서 가져 온 국그릇을 본다. 확연히 우리 내무반보다 고기가 많이 들어 있다.

"취사반 일마들 승악하데이. 임일병이 깽판 부렸다고 우리 분대가 억수로 고생하여 잡아 온 개탕에 고기를 덜 주고 용심을 부렸다 이 뜻이 아닌가?"

"취사반장 절마 소가지 파이다. 사나 자석이 생이가 나무
랬다고 용심을 부렸다 이 말 아이가?"

최일병이 지원 사격해 준 말에 고무된 임일병은 의기 양
양하다. 한참 떠드는 임일병에게 최일병이 찬물을 끼얹는
소리를 해 버린다.

"아이고 오매야, 대갈뻬이 피도 안 마른 기 곤조 핀다 이
거 아이가?"

"궁께 나가 시방 따지는 이 말인즉슨 그 말 아니냐?"

"말끝마다 앵조가린 대갈뻬이를 짤라서 장군 마거리(장군
마거리, 오줌 마거리는 똥장군에서 똥물이 넘치지 않게 짚으로
만든 나팔형 마개)할 끼다."

"……"

취사반장은 곤혹스러운 얼굴을 하고 있다. 임일병은 자기
비위를 거슬린 자는 언제 어느 때고 각오를 단단히 하고 있
어라 했다.

'차라리 사타구니 불알 곁에 밤송이를 달고 다니는 꼴이
될 것이다.'

라고 엄포를 하였다. 취사반장이 최일병한테 '미안하다'고
하자 소란은 일단락되었다. 개 잡는 법 잘못 가르쳐 주었다
고 임일병과 취사반장 말다툼 때문에 저질러진 일이다. 운
전수 맘대로라더니 임일병 말처럼 소두방 뚜껑 운전수 맘대
로 배식을 한 것이다. 말썽만 부리는 것 같으면서도 대원들
을 생각하는 것은 임일병만 한 대원은 없다.

"아무리 글캐도 몽창시리 왕건이를 2내무반에만 주다니,
취사반장 니는 소가지가 파이다! 내보고 괴팍스럽다고 조,

 북파공작원

최, 강씨 아닌 임꺽정 임씨 니는 와 그리 뿔뚝성질이고? 갈수록 절마가 패액시러워지니 내는 걱정 인기라!"

임일병만 포악해지는 것이 아니라 모든 대원들이 포악해졌다. 취사반장과 다툼이 잦았던 임일병은 최일병과 합세한 싸움을 하여 무릎을 꿇게 하였다. 그 후로부터 식사 배식은 공평하게 이루어진 것이다.

칼자루 쥔 놈이 왕이다. 밥 배식은 주걱 가진 취사반장 마음 꼴린 데로다. 큰소리쳤던 솥뚜껑 운전수는 잘못했다고 화해를 한 것이다. 임일병은 보신탕을 끝까지 먹지 않았다. 기분 나쁘다는 것이다. 이유야 그럴싸하다. 다리품 팔아 어렵게 잡아 온 개탕을 멀국만 주었기 때문에 기분이 나쁘다 하였지만, 이유는 딴 곳에 있었다.

무당집 개여서이다. 개를 잡아먹고 개 도둑질한 놈은 개보다 훨씬 못 하여 임꺽정 후손이고, 전라남도 순천시 낙안읍성 성주였던 임경업 장군 후손이기 때문에 그런 소리를 들을 수 없다는 것이다.

원래부터 속에 감추고 사는 성격이 아니어서 며칠 뒤 뽀록이 났다. 무당이 개가 없어진 것을 알고 무당이 시낌굿을 하여 귀신을 불러서 벌을 내릴까 봐 무서워 밤새 잠도 못 잤다고 하였다. 개 잡을 때 혼자 개인 행동을 하여 부대에 먼저 들어와 취사반장한테 깽판 부린 것은 개인 행동하여 분대장님한테 기압받을 것을 미리 예견하고 선수를 친 것도 있지만, 직접 개가죽을 벗기는 것을 피하기 위해서 그랬노라고 실토했다.

"깐딱 잘못했으면 취사반장과 디잽이(끌어안고 싸움)가 벌어질 뻔하였다.”
라고 하면서,

“괜찮은디 개가 없어진 것을 알고 당골레가 귀신을 시켜 해꼬지할까 봐 그랬는디 암시롱 통 않는 것을 개장국만 못 먹어 애두러(아까워) 죽것습디다.”

하는 임일병을 보니 거친 반면에 순진한 구석이 있구나 하는 생각이 들었다.

“니는 청상과부 집 수캐처럼 말썽만 부리지 말고 다니지 말거라!”

최일병이 나무라면,

“내비도야!”

하고 받아넘기는 속이 후더분한 대원이다(마을에 젊은 과부 가 수절은 하고 있었는데, 외롭고 적적하고 무서워서 커다란 수 캐를 키웠다. 이놈이 동네 암캐들을 독차지하고 매일 연애질이라, 그것도 마을 공동 우물터에서 그 짓을 하는 바람에 물 길러 갔던 여자들은 깜짝 놀라 물동이를 박살내는 사건이 자주 터졌다. 개 때문에 욕은 욕대로 먹고 수절한 과부는 남자 생각에 밤잠을 설 쳤다는 내용을 빗대어 하는 말이다. 남편 있는 여자들은 오늘 저 녁에 신랑과 저런 자세로 한 번 해 보아야지 하면서 대구시 북구 에 있는 만평 로터리 같은 커다란 궁둥이를 혼들면서 곁눈질하다 가 넘어져 물동이를 깨트린다).

“나도 부시오! 냅또뿔재(내버려 두지) 그랬냐? 무담시 열내 고 그랬샀냐?”

사사건건 참견은 임일병 성격 탓인 것이다.

‘애기 보잠지에 붙은 밥을 떼어 먹지? 거지 또~옹구멍에서 콩나물을 빼어 먹지? 문둥이 코에 마늘을 빼어 먹지? 뒤집어 날아가는 기러기 보잠지를 보았나? 니노지가 껌 씹는 소리해지 말거라!'

임일병의 음담 패설 주요 목록이다. 통빡 굴리는데 자기 따라 갈 사람 없다고 자랑이다. 콩볶아 먹는 데는 시어머니가 최고라나. 며느리보다 많이 볶아 보았기 때문이란다.

자기가 거의 해 본 해꼬지이기 때문에 자기 말을 들으면 자다가 떡을 얻어먹을 수 있다고 앞장 서기를 좋아했다.

"팔피이 같은 놈, 떡 좋아하네! 니 때문에 멀국 먹었는 것 알잖나? 잘 먹고 죽은 귀신은 얼굴 때깔이 좋다는 말 들어봤제? 우리 내무반 아그들 잘 먹일려고 이 젊은 형님이 취사반장을 손 좀 봐 좋잖아!"

미꾸라지처럼 교묘히 빠져나가는 수법으로 책임 회피를 하였다.

그러한 임일병이 사색이 되어 날 찾아왔다. 벌집을 건드리고 도망쳐 온 것같이 어쩔 줄 모른다.

"큰일났습니다!"

"뭐가 큰일났나?"

"저기 그게 아니고 말입니다 이, 쩌그 머시기냐 하면 말입니다. 3분대 정상병이 폭파 연습하다 실수로 지연관이 터져서 다쳤습니다."

대형 사고다. 폭파 연습은 다이너마이트 아니면 TNT다. 큰 사고다. 인명 피해가 있을 것이다.

"폭음 소리가 들리지 않았는데 어데서 났나?"

"쩌그, 거시기 말입니다."

“임일병, 천천히 말하거라!”

임일병 얼굴을 보니 큰 사고가 난 것 같다. 폭파 훈련은 공병대 폭파 전문 하사관 통제하에 교육을 하는데, 오늘 교육이 잡혀 있지 않은데 폭파 연습하다가 다쳤으니 도저히 감을 잡을 수 없다.

“정상병은 어떻게 되었나?”

“사단 의무대에 실려갔습니다.”

“얼마나 부상을 입었기에 연대 의무대에 가지 않고 사단 의무대까지 간단 말이냐? 112야전 병원까지 갈 정도 부상인가?”

“그것이 아니고라, 팔다리 절단은 없고요, 크레모어 뇌관이 터졌어라, 죽을 정도는 아닌께라 보고서 쓸 정도는 아니지라!”

진정이 되었는지 태연하게 사건 보고서 쓸 정도로 큰 사고는 아니라고 한다. 크레모어 뇌관이 터졌으면 큰 부상은 아니다. 사건 개요는 이렇다. 훈련 끝나면 정상병은 휴가를 간다. 차출되기 전 소속 중대에서 소대장 전령을 하였는데, 소대원 중 고참 월남 병장이 귀국하면서 크레모어 뇌관을 담뱃갑 속에 10개를 숨겨서 귀국하였다. 이 크레모어 뇌관은 전기 쇼트 폭발 뇌관이다. 문서 정리하는 호즈키스 (STAPLES)처럼 생긴 발전기를 누르면 3W 전력이 생겨 뇌관을 폭발시키는 지뢰다.

부채꼴로 나가는데, 800여 발의 구슬 철환이 날아가 전방 지역의 적을 섬멸하는 제일 무서운 지뢰다. 모든 지뢰는 뇌관을 건드려서 폭발하지만, 크레모어는 사람이 발전기를 작동시키기 때문에 아주 효과적으로 많은 적을 섬멸시키는 무기다.

월남 병장은 뇌관만 가져왔지 폭파약(다이너마이트와 TNT)을 가져오지 못하여 병에다 성냥 불꽃과 어린이들이 사용하는 딱총 화약을 병 속에 가득 채워 크레모어 뇌관을 병 속에 장치하여 병 입을 양초로 밀봉한 다음, 시골 작은 연못에 병을 넣어두고 전선을 뇌관에 연결한 후에 건전지를 합선시켜 폭발시켰다. 그러자 연못물이 전부 치솟아 고기가 논바닥에 떨어져서 많은 고기를 잡았다는 이야기를 듣고, 특수 훈련 끝나면 특별 휴가가 있으니 그때 써먹기 위하여 실험을 하던 중 발전기를 잘못하여 눌러 버렸는데, 정상병 허벅지에서 터진 것이다. 만약 크레모어가 터졌으면 정상병과 임일병은 형체를 알아 볼 수 없게 신체가 훼손되었을 것이다.

생각만 하여도 끔찍한 일이다. 연대 의무대에 입원시키려 했지만, 정상병은 대원들이 면회를 자주오면 귀찮고, 연대 의무대는 연대장 숙소 바로 앞이어서 불편하니 사단 의무대로 가겠다고 고집을 부려 사단 의무대로 후송시켰다는 것이다.

선임 분대장 책임도 크다. 3분대장과 2호 차를 타고 사단 의무대에 가서 보니 큰 상처는 아니고, 1주일 정도면 완쾌될 수 있다는 간호 장교 말을 듣고 사건 경위를 정상병에게 들어 보려 하였으나, 임일병 이야기와 같은 내용뿐이었다.

크레모어 뇌관은 담배보다 가늘다. 얇은 스텐 피복이 장약을 감싸고 있는데, 뇌관이 터지면서 스텐 파편이 살 속에 박힌 것이다. 이것만 제거하면 상처는 금방 아물 것이다. 손에 쥐고 하였다면 손가락 몇 개는 절단됐을 것이다.

3분대장과 귀대하면서 생각해 보니 자해 같은 느낌이 들었다. 사단 의무대 앞이 여군 파견대 내무반이었다. 첫사랑 여인을 만나기 위하여 자해를 할 수 있다. 크레모어 폭발기는 안전핀이 있다. 이것을 인위적으로 제끼고 누르지 않는 이상 절대로 터지지 않는다.

그 무시무시한 무기가 안전핀이 자동으로 풀릴 수는 없다. 3분대장도 나와 같은 생각을 하고 있었다. 선혈이 묻은 팬티를 주면서 첫남자라 하였으니, 강인한 정신력으로 무장되어 가고 있는 특수 부대의 교육을 받고 있지만, 인간인데 마음이 안 흔들릴 수 없을 것이다.

여기까지 생각이 미치자 너무나 화가 났다. 부대원들의 부러움의 대상이고, 임일병 애간장을 다 태운 주인공이 아니던가.

내무반에 들어와서 정일병 관물을 다 뒤졌다. 선혈이 묻은 팬티는 없다. 분명 입고 갔을 것이다 하였지만, 상처 부위 때문에 임 일병이 하의를 벗겼을 때 군용 흰 팬티만 입었다고 하였다.

누가 벌써 슬쩍하였나 하고 원위치시키는데, 베개 홑청 안이 이상하였다. 뒤져보니 그 안에 숨겨둔 것이다. 3분대장과 일요일에 여군을 찾아가서 사건 개요를 이야기하고 어떻게 처리하겠는가 의논하였는데, 여군은 월남 전쟁터에 방송 요원으로 지원하겠다고 하였다.

국가를 위하여 엄청난 경비를 들여 교육시키는 특수 부대

원이 여자 때문에 자해를 하여 입원했다는 우리 말에 눈물을 흘리면서, 첫남자이어서 좋은 결실을 보고 싶었는데 미안하다고 하였다. 3분대장과 나는 진심으로 사과 드린다고 몇 번이나 용서를 빌었다. 지휘자 책임이 크다고 빌었다.

정상병과는 입원해 온 후 한 차례 만났다고 하였다. 우리가 빌어야 할 처지인데 몇 번이나 자기 잘못이라고 자책하여 나 역시 눈물이 났다. 너무 고운 마음 씀씀은 너무나 착하여 시골에 계신 누나가 생각이 났다. 모든 일은 비밀로 하기로 굳게 약속을 하고 헤어졌다. 정상병은 10일 만에 퇴원하여 원대 복귀하였으나 훈련을 끝내고 팀을 짤 때 제외되었다.

10일간 공백 기간, 훈련 교육 불참 때문이다. 연대 기동타격대 분대장으로 편성되었다. 슬픈 사랑 이야기다. 그들이 편지가 오고갔는지는 여군한테 달렸으나 우리로서는 알 수 없는 사연이다. 거친 우리들의 세계에도 애틋한 사랑 이야기도 있다.

백바가지들의 도전

이 곳까지 읽은 독자들은 멧돼지 특수 부대 훈련 과정을 역사상 어떤 영화나 연속극 드라마, 또는 소설책 등에서도 접하지 못한 인권 유린 현장 기록을 읽었다. 그 엄청난 교육 훈련을 이겨낸 테러 부대 요원들은 국가와 국민이 원한다면 초개와 같이 목숨을 버린 정예의 대한민국 특수 정예 부대원으로 근무하고 제대한다.

때로는 이름 모를 고지에서 비목 하나 없이 찬 비바람을, 또는 이슬을 맞고 흙으로 돌아간다. 당시 휴전선에선 많은 침투 작전을 하여 공을 세워도 미8군에 작전권이 있기 때문에 훈장이 없다. 휴전 상태인데 우리가 침략을 했을 시 미국이 정전 위반을 하였다고 불이익을 주기 때문이다. 그래서 성공하더라도 대간첩 작전 공로 표창 한 장씩을 보상받고 제대한다. 시위를 벌였던 대한민국 대북 참전 연대 소속 회원들의 절규를 이해할 수 있을 것이다.

정찰 훈련을 많이 하였는데, 적지에서 작전을 끝내고 빠른 철수를 위하여 정상에 오른 후 철수할 때는 험한 지역으로 철수하였다. 천천히 행군을 하여도 어려운데, 급경사 길을 항시 구보로 내려왔다.

이 급경사 구보는 험난한 지형이라도 재빨리 통과하기 위한 집중 훈련이다. 이 코스를 한 번 지나가고 나면 온몸이 땀에 흠뻑 젖어 물에 빠진 생쥐나 다름없다. 그리고 다리는 후들후들 떨려 지면을 밟고 있는 게 아니라 무슨 진동 기계 위에 서 있는 것만큼 몸의 중심을 잡기가 힘들다.

이렇게 특수 훈련을 받고 난 다음에는 반드시 부대 앞 마을로 가서 회식을 갖는다. 한 마디로 훈련이 지옥이라면, 회식은 천당은 아니지만 그래도 군대 생활 중에 제일 즐거운 한때이다.

우리들의 복장도 군복에 어떤 것도 부착되어 있지 않다. 즉, 소속·계급·성명 등 신분을 노출시켜서는 안 된다. 그리고 일반 부대처럼 위생이니 청결이니 하는 개념이 별로 없다 보니 머리카락도 이발한 지 오래 되어 모자 밖으로 삐

죽삐죽 보이니 외모가 지저분하다. 그러나 누구 하나 제 몸을 말끔하게 가꿀 생각을 않는다.

그런 외모를 가지고 대원 몇 명이 무단 외출을 하여 술집에 갔었다. 그 술집이든 다른 술집이든 간에 부대 인근의 술집에는 접대부가 다 있다. 이 접대부들은 손님이야 모두 군인뿐이겠지만, 손님 옆에 앉아 술시중도 들면서 안주 갈아치우기가 주임무다. 그런 아가씨들이 아무리 봐도 이들이 너무 지저분하다고 생각했는지 그들의 곁에 오지를 않았다. 웨이터를 불러 아가씨를 합석시켜 달라고 요구했더니, 이 웨이터가 아가씨가 없다고 그의 성깔을 건드렸다.

이 대원은 힘든 훈련을 받아 긴장하고 굳어진 마음을 아가씨와 얘기를 나누며 풀어보려 했는데, 오히려 도로 열받게 만들어 버린 결과에 대해 이 웨이터의 조인트를 워카발로 까 버렸다. 이 웨이터도 한 가닥하는 작자로 순순히 물러가지 않는다. 둘의 격투가 벌어졌다. 다른 웨이터들도 가세했다.

그러나 특수 훈련을 받는 병사와 게임이 되지 않자 웨이터가 주방으로 가서 식칼·몽둥이 등 무기가 될 만한 것을 들고 나와 설쳐댄다. 대원들이 가만 보니 씩씩거리면서 자기네들 홀에 있는 비품을 파손시킨다. 칼로 탁자를 쪼개고, 발로 허름한 벽을 깨고, 몽둥이로 멀쩡한 유리를 작살내는 것이 어찌 보면 엉뚱한 데 화풀이하는 것처럼 보였다.

이번에는 없다던 아가씨들이 몽땅 나와서 대원들에게 달려든다. 이 곳 최전방의 술집까지 흘러들어온 이 여자들은 소위 갈 데까지 간, 말 그대로 산전 수전을 다 겪었고, 세상에 무서운 것이 없는 여자들이다.

대원들이 차마 여자를 구타하지 못해 슬쩍 밀면 그걸 빌미로 문짝에 제 몸을 던져 문짝을 작살내고, 머리로 유리창을 들이받아 자해를 한다. 날카로운 유리에 맨발을 갖다대어 피를 보기도 하고, 제 얼굴을 기둥에 받아 전치 몇 주의 상처를 낸다.

그제서야 대원들이 그들의 의도를 알아챘다. 이 술집 안의 기물은 대원들이 깬 것이고, 유리에 자상을 입은 여자는 대원이 휘두른 흉기에 베인 것이다. 말하자면 전방의 사나운 병사들하고 싸움이 종종 일어나면 이렇게 기물을 부수어 덤터기를 씌우는 것이다.

전방의 군인들에게 돈이 없는 것은 모두 다 안다. 휴가 갔다가 돌아오는 귀대 장병의 주머니에도 돈이 없다. 그런 돈이 있으면 미리 약을 쳐서 아쉬운 대로 후방에서 군대 생활을 할 것이다.

이러한 병사들을 상대하면서 축농증 환자 코에서 마늘을 빼먹지, 아기 고추에 붙은 밥풀 떼어먹지, 거지 항문에서 콩나물을 빼먹지, 어디 군발이 돈을 뜯어먹으려고 더럽고 치사한 수를 쓰는가!

대원들은 설쳐대는 웨이터들을 하나씩 제압하여 엎드려 뻗쳐를 시켰다. 이 세상에서 그런 욕이 존재하는가 싶을 정도로 육두 문자를 쓰며 악악거리는 아가씨들과 여전히 몸싸움을 하는 대원들은 심히 난처한 지경에 빠져 있기도 했다. 그 사이 주인이 전화를 했는지 헌병 백차가 나타났다. 그걸 보고 도망갈 대원이 아니다. 헌병 다섯 명이 들어와 포승줄과 수갑을 내어 채우려 한다. 하지만 순순히 손을 내밀 대원들이 아니다.

"야, 이 백바가지들이 우릴 우습게 본디야. 너 우리가 누군지 모르지, 어디 맛 좀 보실래?"

대원 다섯이 헌병 다섯을 그대로 개 패듯이 패 버렸다. 졸지에 습격을 받은 헌병들이 꼼짝없이 당해 버린 것이다.

"오호, 이것 봐라. 백바가지 중사도 있네. 너 잘 만났다. 그 동안 불쌍한 우리 군발이 많이도 뺏어 먹었지?"

퍽! 어퍼컷 한 방에 중사의 허리가 숙여진다. 다시 드러난 목덜미를 수도로 사정없이 내려치니 개구리처럼 퍼져 버린다. 그 광경을 본 나머지 헌병들이 겁에 질린다. 헌병 패는 군인이라면 특수 부대인 HID들이다. 그러나 그 근처에는 그 부대가 없다는 것을 알고 있는데, 언제 소문 없이 부대가 옮겨왔는지 도무지 모를 일이다.

헌병 다섯이 고스란히 원산폭격을 당한다. 어이없는 것은 술집 주인이다. 군인 잡는 헌병이 당하자, 이번에는 경찰서로 전화를 걸어 군인들이 행패를 부리다 못 해 헌병까지 잡아서 두들겨팬다고 신고하니, 경찰로서는 군대 간의 일이라 사단 본부 당직실에 상황을 일러주어, 이제는 주번 사령관이 현장에 출동하는 등 사건은 자꾸 엉뚱한 방향으로 커져 갔다. 우리도 상황실로부터 연락이 와서 개인 화기를 휴대하고 현장으로 달려갔다.

현장으로 가는 주번 사령관은 말썽을 부리고 있는 병사들이 누구인지는 대충 알고 있다. 특수 부대를 양성하고 있다는 내막을 알고 있으니 이 일의 처리는 자기 재량에서도 벗

어난 것이리라 직감하여 사태 수습만 하면 다행일 것이라고
골치 아파했을 것이다. 우리가 현장에 도착한 것은 주번 사
령관과 거의 동시였다.

현장은 집기와 기물 등이 수류탄을 폭파하여 가루를 낸
것처럼 어지러히 널려 있어 발 디딜 틈이 없다. 헌병들을
우선 구해야 한다며 주번 사령관이 그들을 일으켜 세웠고,
우리는 대원들을 달래어 귀대시켰다.

"대장님, 갑니다. 우리가 잘못한 것 없습니다."

구보로 현장을 떠나면서 그들은 노래를 불렀다.

"우리는 특수 부대 죽음도 두렵지 않다. 우리를 막을 자
누구냐. 우리가 가는 길 막을 자 누구냐 이야야! 야이야야
야야 얏!"

그들이 떠나는 것을 본 헌병 중사가 약이 얼마나 올랐는
지 권총을 빼어들고 다 죽이겠다고 추격하려 한다. 군대에
서 헌병이 누구냐? 사회로 말하면 경찰과 같은 것. 군기 문
란자와 군 범죄를 수사하는 요원들인데, 소속도 모르는 병
사들에게 얻어터지고 얼차려까지 당하였는데, 주번 사령관
이 오자 힘을 얻은 것이다. 그러나 따라온 부관한테 제지를
받고 말았다.

작부들은 여전히 입에서 대한민국에서 제일 험한 육두 문
자를 퍼붓는다. 얼마나 지저분한지 글로 표현하지 못한다.
그리고 그런 욕도 있다는 걸 처음 알았다.

주번 사령관이 말린다. 많이 얻어터진 쫄다구 헌병이 연행
하자고 중사한테 항의를 한다. 중사도 입장이 난처하다. 그
리고 체면이 말이 아니다. 그것도 얼떨결에 얼차려까지 부

하들 앞에서 하였다. 권위 있는 헌병 중사가 술집 종업원들 앞에서 그 꼴을 보였으니 부하들의 연행하자는 말에 용기를 얻었지만, 주번 사령관은 이들을 제지한다.

"이봐, 중사, 참아! 넌 재들의 실체를 몰라 실수하는 거야."

"아무리 그렇다고 해도 그들을 감싸줄 수는 없습니다. 연행해야 됩니다."

쫄다구들의 항의가 거세지자 더욱 용기를 얻은 모양이다.

"맞습니다. 우리가 이렇게 당했으니 업무 방해죄도 해당합니다."

그들이 그렇게 떠들며 항의하는 것을 보고 있던 우리 대원 중 유하사가,

"씨꺼! 임마!"

하며 헌병 졸병을 조인트를 까 버렸다. 얼마나 세게 맞았는지 헌병이 정강이를 잡고 빙빙 맴을 돈다. 어디선가 '철컥!' 하는 소리에 내가 보니 다른 헌병이 카빈총에 실탄을 장전하고 있었다. 내가 재빨리 MAT49의 노리쇠를 후퇴시키며,

"야, 너 총 내려! 느덜 벌집나야 직성이 풀려 뿌리냐. 이 쪼다 새끼, 니 배때기 철판 됐냐?"

"탄창 풀어라 벌집되기 전에 빨랑 임마!"

기관단총을 겨누자 헌병은 총구를 내린다.

이렇게 서로 대치하니 늦게서야 나타난 경찰들이 어이가 없는지 주번 사령관의 얼굴만 본다.

"모두 물러서라! 이 일은 내가 책임지고 처리하겠다. 부대

장은 내일 이 일의 전말을 보고서로 제출한다. 그리고 김중사, 부하들을 지금 즉시 데리고 돌아가고 내일 내가 헌병대장하고 얘기하겠다. 주인 어딨어? 당신 군인보고 장사하는 거 알고 있지?"

주번 사령관은 술집 주인을 불러서 호되게 나무란다.

"당신 손님 중에 군인 아닌 손님 있나? 그리고 이거 우리 애들이 이렇게 깼나? 헌병 패고 웨이터 패고 이걸 이렇게 확실하게 작살냈다는 거야? 그런데 이 술집은 어째 군인들이 행패만 부렸다 하면 기물이 이렇게 철저히 작살나고, 아가씨들은 하나같이 맞고 멍들고 유리에 발바닥 베이냐? 그리고 왜 맞싸웠다는 웨이터들이 아가씨들보다 더 멀쩡해? 아무래도 이 집이 좀 수상하단 말이야. 부대에 들어가거든 진술서 받아두게. 자, 다들 돌아가자."

주번 사령관의 현장 설명에 주인과 종업원은 꿀 먹은 벙어리처럼 입을 봉하고 있다.

주번 사령관의 얘기를 듣고 있던 헌병 중사가 고개를 갸웃해 본다. 그 말을 듣고 보니 지난번 사고와 모든 게 비슷하다. 속으로,

'우리가 봐 주는 이 집에서 이런 일들을 꾸며 돈 없는 우리 사병들의 돈을 뜯어내는구나, 어디 한 번 지난번 고발 사고 서류들을 다시 한 번 확인해서 내막을 알아봐야겠다.' 하는 식으로 현장 기물을 툭툭 차면서 고개를 갸웃거린다.

우리 대원들이 돌아가는 뒤통수에다 대고 퍼붓는 작부들의 욕에 귀가 아플 지경이었다. 개새끼들, 소새끼들, 가다가 넘어져서 X뽕둥이나 부러져라. 마치 늑대가 울부짖는 것 같

기도 했다.

부대로 돌아온 후 무단 외출하였던 5명은 부대장이 들어서니 자리에서 일어나서 경례를 붙인다. 얼굴을 보니 아직도 조금 전 활약에 흥분돼 있어 보인다.

"너희들 중 누가 선임이냐?"

부대장이 묻는다. 5명이 서로의 얼굴을 둘러보더니 손을 드는 대원이 있다.

"계급이 뭐냐?"

"옛. 일병입니다."

"일병? 군대 생활 몇 개월 했어?"

머뭇거리던 대원이,

"9개월입니다."

"이 자식들 간이 배 밖으로 외박 나왔구만. 기록 카드에 아직 잉크도 안 마른 쫄병들이 술 먹고 사고를 치다니!"

부대장은 어이가 없다는 듯이 '허~허' 하고 웃는다.

그렇다면 이들은 이등병과 일등병들이다. 군대 최고 쫄다구가 말썽을 부린 것이다.

"그럼 사고의 내용을 거짓말 보태지 말고 조리 있게 얘기해 봐."

부대장님은 화를 누그러뜨렸다. 코를 씩씩 불고 있는 최일병을 지목하고,

"너! 타이어 바람 빠지는 소리 그만하고 육하 원칙으로 자세히 보고를 해 봐라!"

하고 부대장이 침상에 걸터앉자, 최일병이 입술에 침을 묻혀가며 일의 순서를 되짚어보더니,

"오늘 수당이 나왔기에 한잔하자는 얘기가 나와 허락도 받지 않고 나갔심니더. 가는 길에 좀 비싸더라도 가시나 있는 집에 가서 오랜만에 가시나 손목도 한 번 만져보자고 케서 그 집에 갔심더. 아, 들어갈 때는 어서 오세요 하면서 가시나들이 우루루 나오더니, 그만 우리들을 보고는 코를 막으며 방으로 들어갑디더. 우리는 이유도 모르고 술을 시켜마시는데, 가시나는 한 년도 옆에 안 오는 깁니더. 공꿀로 먹는 것도 아니고 고래심줄같이 귀한 돈 내고 술 묵는데, 그것들이 없으면 우리가 미쳤다고 그 비싼 술을 마실 깁니까? 그래서 웨이터 불러서 와 가스나들이 안 나오노 물었더니, 아 글마가요 가스나들이 다른 손님방에 다 들어갔다고 케서 고마 손 좀 봐 준 깁니더. 글마 자석들 뻬가지를 뿌살라켔는데 헌병 글마들 때민 못 한 기라요! 우리들 잘못을 몰캐기 전에 글마들 먼저 몰캐야 됩니더."

"대장님도 보셨겠지만, 그때 손님이라곤 우리밖에 없었어예. 아 그랬더니 다른 웨이터들이 다 나오고, 그래서 패싸움이 벌어졌습니다. 우리한테 이기지 몬한게 칼하고 몽둥이 들고 다 죽이겠다고 칼을 휘둘러 애매히 저거 살림만 깹디다. 몽디이 든 놈은요, 유리창 깨면서 고함만 바락바락 지릅디다. 글마들이 지랄 용천을 떨자 가시나들이 한꺼번에 몰려 나와 우리 멱살을 불끈 잡데요. 애꼽아서 기분대로라면 손목뻬가지를 뿐구라 뿔라켔는데, 가스나들 어디 때릴 때가 있시야지요. 그냥 밀어내면 지가 뒤로 넘어지며 살림 하나 깨고 일부러 깨진 유리에 맨발로 디디다 피 보고요. 가들이요, 좀 간 기 아이고요 한참 갔데예. 하도 기가 차서 우쩨야

될지 모르는 판국인데 헌병이 와서 다짜꼬짜 묶을라 케서 좀 패줏심니더. 내는 맞고는 몬 삽니더. 글케서 낸 사곱니더. 그기 답니더.”

“맞아유. 헌병들이 상황도 잘 모르면서 현장 기물 파손만 보고 끄네끼로 묶을라 해서 설라무네 꼴아 박아를 시켰이유.”

듣고 보니 웃어야 될 일이다. 그 야차 같은 작부들한테 오히려 우리 대원들이 더 봉변을 당한 모양이다.

“맞지라우. 이 일병 얘기가 딱 맞아스라. 나가요, 그 노란 치마 입은 가이네랑 붙었는디. 아 밀고 땅기고 하다가 나가 그 머시여 찌찌매는 거 그 이름이 뭐시당가?“

“알기는 알았는디, 완마 기억력이 외출 가부러갔고 시방은 모르지만 말이지요!”

브래지어를 모르는 모양인지 찌찌(유방) 덮개라고 한다.

“응 찌찌 멜빵 좀 당겼다고 그 가이네 성질 더러버 뿌렸어요. 아 언제 들고 온 것인지 간장 그릇을 내 얼굴에 쏟아 버리는 바람에 눈으로 들어가 혼이 나 버렸소. 올매나 성질이 났는지 싸가지 없는 가이네 볼태기를 요짝조짝 쌔려 부렸는디, 아푼가 달구똥 같은 눈물을 뚝뚝 흘려서 더 패줄라다가 나가 참았지라.”

차분하게 사고 이야기를 듣고 있던 부대장이,

“너희들 당분간 외출 외박 금지다. 명심하길 바란다.”

라는 말을 남기고 나가자, 이놈들 더 신이 난다. 제일 통쾌한 것이 헌병 중사 패주고 기합을 준 것이다. 과연 특수 훈련은 병사들에게 엄청난 스트레스였던 모양이다. 그럴 것이다. 하사관 학교의 악발이로 만드는 훈련을 받은 내가 그 자리에 있었다면 같은 하사관으로서 선배인 중사는 구타와 얼차려는 없었을 텐데, 그만 대원들이 졸병 시절에 당한 분풀이를 한 모양이다.

졸병 시절에는 헌병은 무서운 존재였다. 휴가갈 때나, 귀대할 때나, 거리에서 활보할 때 불시에 검문·검색을 당하여 어려움을 한두 번 당한 것이 아니다. 대원들은 계급과 명찰을 부착하지 않았기 때문에 헌병들의 제지를 듣지 않은 것이다.

사단에서 우리들이 훈련받는 모습을 보고 멧돼지 부대라고 불렀다 한다. 물웅덩이고, 진흙탕이고, 장소가 따로 없다. 실제 작전에 투입되면 멧돼지처럼 생활을 해야 한다.

일부러 지형이 험악한 곳을 골라 시키는 훈련이다. 우리들이 받고 있는 이 특수 훈련은 우리가 어디에 있든 우리 자신을 지켜야 되며, 최악의 조건에 놓이더라도 오직 몸 하나로 버티어 살아남아야 되는 특수 훈련을 받고 있는 대원들은 헌병들에게 행동을 제지받을 이유가 없었다.

나부터 기관단총을 휘두르겠다고 나서지 않았는가.

부대 자체 내에서는 우리가 모종의 임무를 수행하기 위해 훈련받는 줄 알고 있으니 우리 대원들을 다치게 하지는 않는다. 사기에도 영향을 끼칠 테니까 그냥 묻어두는 모양이지만, 술집에서는 변상을 받으려고 집요하게 매달렸다.

먼저 파손된 집기와 기물에 대한 손해 배상 금액을, 진단서를 첨부하여 치료비를, 그리고 장사를 못 해 손해 본 금액 및 수리하여 영업 재개할 때까지의 손실 예상금 등을 경찰서를 통하여 받으려 들었다.

그들이 장사하려면 우리 사단 헌병대의 도움 없이는 곤란하다. 군인들의 출입 금지 구역이 바로 접대부를 둔 술집이니, 헌병들이 매일 들이닥쳐 검색한다고 방방을 들여다보면 견딜 재간이 없다. 그래서 매달 상납하여야 영업을 할 수 있었고, 가끔 일어나는 불상사를 헌병들이 해결해 주어 여태까지는 악어와 악어새 관계였는데, 이번 사건으로 금이 가기 시작한 것이다.

그 날 인솔 헌병이었던 김중사가 사고 내막을 파헤쳐서 술집 기물이 번번이 작살나는 일은, 그들이 수리비를 뜯어내려고 작정하고 계획적으로 벌인 수작임을 알아낸 것이다. 연일 계속되는 특수 훈련에 심신이 피로에 지친 대원들이 짧은 시간을 내어 몇 잔 술과 접대부와 어울리면서 고향 생각도 잊고 고달픈 군대 생활을 잠시 잊자던 것이, 약간의 소란으로 인해 거금을 덤터기 씌운다는 것은 있을 수 없는 일이다.

헌병대로 신고가 들어왔을 때 김중사가 상관에게 그들의 부당함을 보고했다. 헌병대는 곧 이 사실을 사단에 보고하니, 연대에서는 그렇잖아도 많은 돈을 들여 키운 특수 부대 요원에게 벌을 줄 수는 없는 데다가, 그들의 조작이라고 하니 유야무야시켜 버렸다.

술집 주인은 그 날 헌병들도 맞고 하였으니 대신 복수(?)해 주리라 믿었는데, 해결의 기미가 없다. 김중사를 만나 해결을 독촉하니 김 중사가 넌지시 말했다.

"아무래도 당신이 요구하는 피해 금액이 조작된 것이라는 상부의 의견이 있다. 당신네 집에서는 싸움만 있다 하면 부서진 기물부터 변상하라고 요구하는 걸 그 날 주번 사령관도 알고 있지 않더냐?”

없었던 일로 마무리하자고 하였지만, 산전수전 다 겪은 술집 주인이 그런다고 물러날 리가 없다.

빨리 해결해 주지 않으면 대원 다섯 명을 경찰서에 고발하여 구속시키겠단다. 군인은 군법에 회부하기 때문에 경찰이 취급할 문제가 아니다. 군인이 저지른 사건을 경찰서에 고발한다고 일이 쉽게 처리되지 않는 건 주인도 알 것이지만, 헌병대가 꿈쩍하지 않으니 별수 있나? 하던 방법대로 공갈을 치고 나온 것이다.

그러나 역시 부대에서는 아무런 반응이 없다. 열이 날 대로 난 주인이 이번에는 1군 사령부에 진정서를 보냈다. 1군 사령부에서 조사를 하러 왔다. 사건의 내용을 들어 보니 우리 병사가 사고를 친 건 분명하나, 곧 특수 임무에 투입될 예정으로 많은 돈을 들여 양성한 요원을 징계할 수 없다. 술집 주인과 부대 작전처와 헌병대가 피해 보상금 문제를 가지고 토의하였으나, 집주인이 고액의 피해 보상을 요구하자 합의를 못 하고 있다. 그리하여 부대에서의 결론은, 아예 이 기회에 저렇게 비열하게 자해하여 치료비를 청구하고, 자기 집을 일부러 부셔서 거액의 보상금 달라는 술집을 망하게 하자는 헌병대의 의견이 먹혀들어, 아무런 해결책을 마련하지 않고 돌아가 버렸다.

오히려 1군 사령부에 진정서를 제출했다는 사실을 안 사단장이 황소뿔처럼 뿔다구가 났다. 그 자리에서 전 부대원의 외출과 외박을 특명으로 금지시켜 버렸다.

자, 낭패는 이 군인들이 많이 이용해 주어야 살아남을 수 있는 식당·여관·술집 들이 장사가 안 된다. 갑자기 군인들이 유흥가에 한 명도 눈에 띄지 않는 거다. 영외 거주하는 하사관이나 장교조차 안 보이니, 처음에는 전 사단에 비상이 걸린 모양이라고 전처럼 기다리기만 하면 될 줄 알았는데 그게 아니다. 아무리 비상이 걸려도 군대 출동 등으로 이동하는 군인조차 보이지 않으니 군인들 상대로 장사하여 먹고 사는 기지촌이 이제 비상 사태다. 생계가 걸린 문제이니 군부대가 무엇 때문에 비상이 걸렸는가 여기저기 수소문해 보니 비상이 아니다. 그렇다고 큰 작전이 있는 것도 아닌데도 외출과 외박을 하는 군인이 없자 주민들은 이건 자신들을 고사시키려는 작전이라는 내막을 비로소 알게 된 것이다.

자, 그럼 이 술집 주인은 어떻게 되나? 평소에도 이웃끼리 어울려 보면 사람이 너무 자기 이속만 챙기려 들고, 자랑처럼 군인들에게 바가지 씌운 얘기를 지껄여, 친목 단체에서 기피했던 자가 기어코 사고를 저질러 군부대의 눈 밖에 난 것이 부대 외출 금지령 발동의 원인이라는 것을 알게 된 것이다. 주민들은 부대와 화해하고 다시 정상적인 장사를 하려면 사과하는 방법밖에 없을 것이다.

부대 바깥이 그렇게 되어도 부대 안의 우리 대원들은 그런 세세한 사정을 알 리가 없다. 매일매일 하루의 훈련 양만 몸으로 때우고 있을 뿐이다.

하루는 사단장의 방문이 있었다. 연대장은 우리에게,

"너희들이 바깥에 나가 민간인들에게 사고를 친 건 잘못한 일이다. 그러나 그런 일은 다 잊어버리고 열심히 훈련에만 충실하여 나라를 위하여 한 목숨 다 바치는 정예 대원이 되어주길 바란다. 뒷일은 이 사단장이 책임지겠다."

격려의 말씀을 주고 떠났다. 우리들은 더욱 사기가 올라 연일 힘든 훈련을 이겨내는 데 도움이 되었다.

훈련도 어느덧 막바지에 접어들었다. 그리고 어렴풋이나마 우리들의 임무가 무엇인지 알게 되었다. 휴전선 일대에서 추진하고 있는 철책선 공사를 북괴는 아주 못마땅하게 여겨, 공사가 완성되기 전에 잦은 도발을 일으켜 공사를 방해했다.

박정희 대통령의 의지대로 철책선 공사가 끝나면 공중을 나는 새나 남북으로 왕래할 뿐 어느 누구도 왕래하지 못한다.

그래서 그들은 그 전에 결단을 내려 남침의 구실을 찾아 공격적인 행동을 시작한 것이다. 그러나 우리의 형편은 전쟁을 치를 여력이 없었다. 왜냐 하면 미군은 월남전의 수렁에 빠져 허우적거리지, 우리도 2개 사단이라는 많은 병력을 월남전에 투입하였으니, 북한군의 남침에 어떤 구실이라도 줄 수 없었기 때문이다.

6·25전쟁만 해도 그랬다. 그네들은 우리가 북침했기 때문에 전쟁이 일어났다고 지금도 주장하고 있다. 그런 그들이 우리를 자꾸 건드려 반응을 떠보려는 것이지만, 우리 쪽에서 보면 너무나 성가시다. 잦은 도발을 감행해 시계 청소로 지친 병사들을 기습 공격하여 더욱 피곤하게 만든다.

지휘관들은 불안에 떨어야 했다. 언제 당할지 모르기 때문이다. 병사들도 불안하여 작업 능률이 떨어졌다. 이 사실이 상급 부대로 보고되어 결국 박정희 대통령이 알게 된 것이다. 그래서 당하지만 말고 우리도 같은 부대를 만들어 당한 만큼 보복을 하라는 지시로 테러 부대가 창설된 것이다.

그들이 전면전을 유도하는 술책에 말려들지 않으면서 효과적인 대응책이 우리도 게릴라 부대를 창설하여 보복전을 갖기에 이른 것이 바로 그때 우리들의 임무였던 것이다.

훈련 시작 두 달이 되어 우리는 작전에 투입되었다. 그렇다고 당장에 적의 초소를 습격하는 것이 아닌, 간접 작전으로 낮에는 5분 대기조로 돌발 사건에 대비하였고, 밤이면 적의 침투가 예상되는 지역을 설정하여 야간 매복 근무를 하였다(여기서 5분 대기조란 적의 도발이 있을 때 즉각 대응하는 대기조가 각 부대마다 조직되어 있었다. 그들이 하는 일은 사태 발생 5분 안에 출동이 가능하게끔 완전 군장을 꾸려놓고 무조건 대기하는 것이 임무였다. 대개 1개 소대가 그 임무를 맡는다).

생존 한계에 도전한다

훈련의 막바지가 극기 훈련이다. 8일간 산악 지대를 돌며 자급 자족으로 먹는 걸 해결해야 한단다. 말하자면 산에서 먹을 수 있는 건 뭐든지 다 먹어 생명을 지켜야 한다.

미리 귀띔해 주었기에 약간의 건조 식품을 비상용으로 감추었다. 산악에 투입되면 우리는 산에서 먹을 수 있는 게 무엇인지를 배우게 된다. 뱀·개구리 등은 그전에도 야산에

 북파 공작원

서 먹어본 경험이 있는 병사가 많다. 그러나 불을 사용하지 못하기 때문에 날것으로 먹는 이른바 생식이다. 산에 사는 작은 동물에는 다람쥐·청설모에, 토끼 등이 있고, 심지어는 박쥐도 잡아먹는 요령을 배운다. 버섯 등 독이 있는 식물과 없는 식물을 구분할 줄 알아야 되고, 나무뿌리나 풀뿌리도 골라서 먹어야 한단다.

독버섯 가려내는 요령은, 버섯을 절단하였을 때 질기지 않고 엿토막처럼 절단되면 먹지 말아야 한다. 그것이 바로 독버섯이기 때문이다.

출발 전에 군견을 동원한 개인 휴대품 검사에서 비상 식량이 들통나 몽땅 뺏겨 버렸다. 얼마나 대원들을 다잡으려고 군견까지 동원시킨 걸 보니 앞날이 참으로 걱정스럽다.

출발에 앞서 분대를 편성했다. 분대 단위로 8일 동안 산 속에서 살아야 된다. 어디선가 헬리콥터의 모터 소리가 요란하게 들려온다. 모두 고개를 들어 소리나는 곳을 올려다보니 CH - 462 시나이트가 접근해 온다.

"극기 훈련 가는데 웬 수송용 헬기냐?"

"저것들이 왜 오는 거야? 헬기 오는 걸 보니 깊은 계곡에 레펠링시키려나?"

"우릴 배웅하려 별(사단장)이 뜬 모양이다."

서로 돌아보며 수군거린다. 헬기가 연병장의 우리 옆에 착륙하자 교관이 지시한다.

"자, 모두 분대별로 탑승한다. 실시!"

얼마나 험악하고 인적 없는 산악에 떨구어 놓으려고 헬기를 동원하나? 도보로 올라가게 하지 않으니 이걸 감사하다

고 해야 되나, 아니면 깊은 산에 보내니 얄밉다고 해야 되
나? 파견된 수송 헬기에 나누어서 전원이 탑승하자, 헬기는
우리를 태우고 이륙하였다. 상공에서 창문 밖을 내려다보니
소양강 물결이 넘실거린다.

교관이 확성기로 소리를 지른다.

'여러분은 지금부터 랜딩 훈련을 한다. 랜딩의 요령은 우
쩌고저쩌고.'

말인즉 쉽다. 랜딩 훈련이야 유격 훈련 때 수십 번을 해
보았다. 엉덩방아 찍고, 아니면 물구덩이에 처박히고, 요즘
TV학생들 극기 훈련 때 보여주어 일반 국민들도 알고 있는
훈련 과목이지만, TV에서 보는 것으로 착각해서는 안 된다.
우리는 실제 현장 훈련이어서 그때 그때 개개인의 판단에
알아서 행동해야 한다.

헬기가 저공 비행에 저속으로 모래밭이나 낮은 물 위로
비행할 때 뛰어내리면 된다. 마치 항공기가 착륙할 때 랜딩
기어가 천천히 아래로 나오듯이 헬기 밖으로 우리 몸이 나
오면 된다.

위에서 볼 때는 백사장이 바로 아래라 아주 쉬워 보였으
나, 막상 차례가 되니 아래가 아득하게 멀다. 뛰어내리려는
순간, 헬기의 진동 탓인지 몸의 중심을 못 잡아 비틀거리는
나를 뒤에 서 있던 교관이 부축해 주는가 싶었는데, 사정없
이 발로 엉덩이를 차 버린다. 교관을 믿은 내가 바보다. 교
관 발길질에 나는 물 속에 처박혔다가 물 서너 모금 먹고
허우적거리며 모래밭을 기어나왔다.

"씨발놈의 새끼!"

 북파 공작원

나도 모르게 욕이 입에서 튀어나왔다.

지금 우리는 적지에 투입되고 있다. 언제 적의 대공포가 날아올지 모르는데, 꾸물거릴 틈이 없다. 교관은 뛰어내리기를 망설이는 대원들에게 목에 핏대를 세우고 고함을 질렀다. 맞는 말이다. 훈련이지만 실제 전쟁터에서는 신속히 병사들을 지상에 내려두고 헬기는 적지를 벗어나야 된다.

조종사가 3군단에 배속되어 있는 항공대인데, 조종사는 흑인 하사관이고, 통역관으로는 우리 측 장교가 타고 있다. 덩치가 엄청나게 큰 하사관이다. 자대 근무 때 중대 본부 인사계와 첫대면 때 나의 작은 키를 보고,

"큰 양놈 고추 길이 정도의 작은 키로 M1총을 어떻게 메고, 또 힘든 훈련을 어떻게 무사히 받았느냐?"

라고 놀려댔는데, 정말로 덩치가 큰 흑인 하사관이었다. 아무리 고도를 낮춰라고 소리쳐도 껌만 질겅질겅 씹어댈 뿐 들은 척도 하지 않는다. 미군이라 말이 통하지 않아 교관이 더 낮게 비행해 달라고 손짓과 발짓을 해도 통하지 않았다. 우리는 랜딩의 공포를 다같이 경험했다.

물 속에 처박히고, 모래밭에 떨어질 때 자세를 잘못하여 다리를 접질러 절뚝거렸다. 너무 낮게 헬리콥터가 떠서 날개 바람에 물보라와 모래 먼지에 눈을 못 떠서 랜딩 지점을 잘못 잡아 떨어진 대원 위에 겹치기로 떨어졌다. 그러나 코피 터지고 모래사장은 아수라장이 되었지만 낙오자 없이 전 대원이 모두 내리자, 각 분대별로 신속하게 집합하여 다음 장소로 이동했다.

전방 도로에 가상 적이 나타났다. 대항군 깃발을 단 군부

대의 앰뷸런스였다. 앰뷸런스 차 안에 비상 식량이 있는데, 그걸 탈취하여 8일간 생존 투쟁하면서 하루 한 끼씩 먹을 식량을 확보하라는 명령이 떨어져 우루루 몰려서 도로에 올라갔지만, 차량은 엿 먹으란 듯이 우리 곁으로 쌩 하고 지나가 버렸다. 그건 시나리오상 나타난 차량이지만, 우리의 랜딩 작전에서 고소 공포증이 있는 몇몇 대원들이 랜딩을 겁내어 교관과 실갱이를 하는 바람에 시간이 좀 걸려 타이밍이 맞지 않았다. 우리 몫이 되어야 할 식량을 싣고 멀리 달아나는 차를 잡을 재주는 없다.

"저 10호 닷지차에 위생병 글마 타고 있쟤?"

"나가 아냐? 니가 아냐? 양코쟁이가 헬리콥터를 높은 곳에서 세워 뿐께 얼렁 못 내려 와갖고 시간을 못 맞추어서 달바 빼뿐디, 나가 시방 번개를 고아 먹은 것도 아니고, 어찌꼬롬 잡으 꺼이냐 담박질치면, 나가 맨날 꼴등하는 걸 보았슴스롬 그냐?"

"임일병 너가 잘보(한쪽 다리가 짧아서 다리를 저는 사람) 짓을 해서 늦은 거 아니가?"

"나가 잘못헌 거 아니랑께. 양코쟁이 아그가 공중에서 서뿐께 어찌꼬롬 랜딩허것드냐? 내려다본께 아래가 간잔지름 허드라고. 나가 말이여 안 내리고 있승께 통역관이 양코쟁이하고 사바사바해 갖고 쬐깐이 내려와서 뛰었는디, 해필이면 모래를 퍼낸 허방(웅덩이)에 떨어져 다리를 접질러 붙어 찐따처럼 쩔뚝거렸재! 니가 싸게 가서 10호차 잡았으면 되얏재! 안 그냐?"

도끼눈을 하여 노려보는 최일병 어깨를 툭 치면서 임일병이 걱정스러운 소리를 한다.

"애앤타 자석, 사설이 와 그리 기노? 퍼뜩 가자. 식량 확보를 못 해 우이할꼬!"

"최일병 니는 만만한 게 홍어 조오지라 글드니 나한테 떵깡을 놓나? 느기미 떡을 할 즈그들 맴 꼴린 대로 달바 빼는디. 나가 어찌꼬롬 잡을 꺼냐?"

"성이가 이바구하는데 간띠가 부었나, 단 한 번도 안 질려고 말대꾸하기는."

워카를 질질 끌며 두 대원은 티격태격 다투며 앞서 걸어간다.

"우리 분대 비상 식량이 없어서 어짤 끼고?"

"뭣 땜시 나한테 그냐? 담박질 잘 치는 니가 잡재, 어디 있다가 시방 와갔고 그냔 말이여……. 좌우당간 똑같이 잘못한 것이여."

"강하사님, 위생병 글마 지뢰 사고 때 총 맞아 죽을 뻔한 긴데, 글마 강하사님이 박일병이 겨누고 있는 기관단총을 발로 차서 살려준 긴데 절마 자석 생명의 은인도 모르고 식량 싣고 토사이 까면 본데없는 행우지 재요?"

"랜딩 작전을 일찍하여 작전 지역에 제시간에 도착하였어도 식량 탈취는 못 하였을 것이다. 그래서 생존 투쟁 훈련이다."

"그거 봐라, 분대장님 말을 들어본께이 나가 잘못한 것이 아니제?"

"아이고 오메, 우짤꼬. 내는 밥맛이 없어 얼요구 하고 왔는데 벌써 뱃속이 허덕부리하다."

　차는 벌써 저만큼 흙먼지를 일으키고 우리 시야에서 멀어지고 있다. 그 광경을 보면서 우리는 입맛을 다시며 다음 작전으로 들어갈 수밖에 없었다.

　지도에 표시된 지점을 통과하면서 분대간과도 교신하고, 상황실과도 교신했다. 또 우리가 침투할 예상 지역 관할 부대에 연락하여 우리를 무장 공비로 오인하여 교전하는 일이 없도록 보안 조치도 취했다. 우리의 모습은 공비와 다름없다. 원래 그것이 우리의 임무가 아니던가? 그 대신 아군이 식별하기 좋게 노란 띠를 팔에 감고 다녔다.

　우리가 나아가는 산세는 너무 가파르고 험준했다. 완전 군장은 우거진 숲에서는 행군에 방해가 되어 우리를 짜증나게 했다. 그렇다고 도로로 갈 형편이 아니다.

　우리가 가는 코스는 교관과 조교들이 사전 답사를 하여 확정해 두었을 것이다. 작전 명령서에 기재된 대로 좌표를 찾아 정찰하면 목표물인 지형지물이 그대로 들어맞는다. 어디에 뭘 찾으라 하면 그 자리에 분명히 있어 헤맬 필요는 없었다.

　행군은 야간에도 계속되었다. 잠자는 시간은 밤 11시부터 새벽 3시까지 4시간을 주지만, 잠잘 준비 등 자질구레한 일에 매달리다 보면 세 시간 정도 수면을 취할 수 있다.

　극기 훈련 3일째, 배는 고프지, 잠은 모자라지 머릿속이 안개가 낀 것처럼 정신이 멍하다. 기초 훈련 때 생식 훈련을 받아 뱀도 잡고 개구리도 잡았지만, 막상 허기져 눈앞이 어질어질한 판에 그놈들이 날 잡아 잠수 하고 나타나지 않으니 쫄쫄 굶으며 이동해야 되었다.

때는 초가을이다. 산악 지대는 가을이라고 해도 기온이 낮다. 으실으실 추워지면 무엇이든 먹어야 추위를 견디어 낼 수 있다. 이동 중에 먹을 것을 찾아 땅만 보고 가다가 무슨 열매라도 눈에 띄면 누가 볼세라 재빨리 따먹었다.

산굽이를 돌다보니 건너편 산세가 좀 편편하다. 쌍안경으로 그 곳을 관찰해 보니 옥수수 밭이 있다. 살았다. 설령 민폐를 끼치더라도 할 수 없다. 우리가 허기져 죽을 판국이다.

밤을 기다려 밭으로 갔다. 옥수수 껍질을 뒤집어보니 북쪽 산간 지역이라 아직 알이 차지 않았다. 알갱이들이 갓난아기 이빨처럼 앙징스럽다. 입에서 군침이 돈다.

껍질만 남기고 통째로 먹었다. 속대도 말랑말랑하여 먹기 좋았고, 옥수수 특유의 맛보다 더 달콤했다. 돌아오는 길에 밭두렁에 심어져 있는 들깨잎도 서리하여 배낭 속에 간수하였다.

잠을 자고 일어나니 아랫배가 아리하게 아파 온다. 염려하였던 배탈이 드디어 찾아온 것이다. 설사를 하는지 소변을 보는지 구분 가지 않을 만큼 물을 쏟았다. 그리고 소화되지 않은 옥수수 속대도 배설했다.

설사는 훈련 중 계속 발목을 잡는다. 더 심하면 탈수 현상을 일으켜 졸도할지도 모른다. 그래도 열심히 이동하였다. 비록 군데군데 오염을 시켰지만 말이다.

지금 생각해도 그때의 일에 쓴웃음이 난다.

5일째, 침투 5일 만에 뱀 두 마리를 잡았다. 분대원들이 오랜만에 고기 맛을 본다. 기초 훈련 때 먹어봐서 알지만, 생식을 하면 비릿한 냄새가 너무 역겨워 구토가 나올 지경이다. 그러나 이번에는 다르다. 분대원들의 눈빛마저 달라진다. 뱀가죽을 벗긴 후 대검으로 회를 치듯 수없이 두들겨, 말 그대로 난도질을 해 주어야 뼈가 잘게 부셔진다. 먹기 좋게 토막을 내어 배낭 속에 넣어 두었던 깻잎에 싸서 먹었다. 비릿한 맛이 한결 덜하다. 그걸 경험 삼아 야생 더덕뿌리나 줄기, 당귀를 눈에 띄는 대로 확보해 두었고, 다람쥐든 청설모든 잡히는 대로 한 입에 섞어 먹었다. 특히 당귀뿌리는 뒷맛을 달콤하게 해 주어 인기가 높았다.

밤이면 옷깃을 파고드는 냉기가 제법 날카롭다. 그래도 워낙 피곤하니 잠은 잘 잔다. 제일 견디기 힘든 것은 씻지 못한다는 것이다. 생식을 하고 양치질을 못 하면 이빨 사이에 낀 음식물 찌꺼기를 제거하지 못하여 입 안에서 온갖 냄새가 다 난다. 깊고 높은 산중이라 물 보기가 힘든 탓이다.

산간 고지대를 벗어나 계곡으로 밤이 되면 이동하여 침엽수 가지를 절단하여 수북히 쌓아서 바람막이를 하고 대원들이 잠을 자지만, 온몸에서 땀냄새·입냄새로 서로 등을 돌리고서 잠들었다. 그리고 치약이나 비누를 사용하면 냄새가 사방에 퍼져 적에게 우리 존재가 노출되기 때문에 물이 있어도 사용을 못한다.

우리의 작전 구역 상공에 헬기가 날아왔다. 우리가 생식할 것을 확보하지 못할 경우 딱 한 번 비상 식량을 투입해 주는 헬기다. 그 헬기가 우리 구역을 그냥 통과하는 어처구니없는 사건이 일어났다. 각자 그늘을 찾아 잠깐 동안 낮잠을 잤는데 보급 헬기가 지나간 것이다. 잠자는 동안 밧데리가 소모된다고 무전기를 꺼 버린 모양이다. 서로가 책임을 전

가했지만, 사또가 지나간 뒤 나팔 분 격이 되었다. 옥신각신 한다고 떠난 헬기가 다시 와 줄 리 없다.

할 수 없이 먹을거리가 그래도 좀 있을 만한 양지쪽만 골라서 이동하였다. 그것은 아무래도 음지보다는 양지에 먹을 수 있는 식물성과 햇볕을 좋아하는 산짐승이 많기 때문이다. 양지에는 잡목이 많이 자란다. 잡목은 도토리나무가 많다. 도토리열매에서 싹이 트면 가운데는 순이 나오고 아래에 고환을 닮은 씨앗이 두 개 붙어 있다. 맛은 덤덤하지만 쓰지 않아 먹기에는 좋지만 양이 적다.

낮에 고지를 점령하고, 밤에 계곡을 타고 내려와 바위 틈새에다 야간 비트를 구축하고 잠이 들었다. 고지 근처에서 잠을 자야 하지만, 추위와 배고파서 잠이 들지 않아 날이 새면 정상을 향하여 오르고 날이 어두워지면 추위를 피할 수 있는 계곡을 찾아다니느라고 지칠 대로 지쳐 버렸다. 쌀 한 톨 입에 못 넘긴 지 벌써 4일째 접어들었다.

깜박 잠이 들었는데 누군가가 옆구리를 툭툭 친다. 실눈을 떠보니 최일병이다.

"잠 안 자고 왜 그러나?"

그러자 최일병은 입에다 오른손 검지손가락을 입 중앙에 세우고 왼손으로 계곡 아래쪽을 가리킨다. 하늘엔 초승달이 떠 있으나 침엽수로 하늘을 가려 계곡은 코를 베어먹어도 모를 정도로 칠흑 같은 밤인데도 새파란 불빛이 두 개가 보였다.

휴전선 안쪽을 넘어 들어와 있기 때문에 총을 사용할 수 없어 대검을 뽑아들었다.

"강하사님, 혼불[인(燐)이 모여서 크게 둥실둥실 떠다니는 불, 귀신불이라고 한다] 아입니꺼?"

최일병은 겁에 질려 있는 목소리다. 나는 미신을 진짜 믿지 않았는데, 최일병이 떨리는 소리로 말을 하니 온몸에 오싹 소름이 끼쳤다. 또한 북방 한계선을 넘어와 있기 때문에 잘못하여 대원들이 놀라서 사격을 하면 곤란하다.

최일병도 대검을 꺼내들면서 곁에 있는 동료를 발로 차서 깨운다. 최일병의 발길질에 잠이 깬 대원들이 투덜거리며 일어나 앉는다. 그러자 파란 두 개의 불빛이 좌우로 움직이더니, 우리들을 향하여 오고 있다.

잔뜩 겁을 먹고 한 마디씩 하고 있는데, 파란불이 번개같이 날아오더니 투덜거리며 일어서는 스님에게 날아와서 붙은 것이다. 깜짝 놀란 스님이 중심을 잃고 넘어진다. 아니 넘어진 것이 아니라, 파란 불이 시커먼 물체였는데, 스님을 덮친 것이다.

우리는 산짐승이 덮치는 줄 알고 깜짝 놀랐으나, 알고 보니 선그라스를 쓰고 다니는 교관이 키우고 있는 셰퍼드 개였다. 군견을 만들려고 항시 교육장에 대리고 다녔다. 그 개는 불자 노릇을 하고 있는 스님이 통조림이며 짬밥 등을 먹여서 아주 친하였는데, 생존 훈련 때 데리고 교관이 온 모양이다.

밤이어서 목소리와 냄새를 맡은 쫑(셰퍼드 이름)이 평상시 귀여워하고 고기 등을 주어 친해진 대원의 목소리와 냄새를 맡고서 달려들어 앞발로 끌어안은 것이다. 검정색이었고 밤이어서 쫑의 몸은 안 보이고 야간에 발광되는 짐승의 눈빛

 북파 공작원

만 보였기 때문에 깜짝 놀란 것이다.

셰퍼드의 큰 덩치가 달려들자 그만 스님이 중심을 잃어 넘어진 것이다. 쫑은 넘어진 대원을 혀로 핥으면서 반갑다고 꼬리를 흔들며 끙끙거린다. 대원도 "쫑! 쫑!" 하면서 끌어안는다.

얼마 전에 교육계 앞 내무반 입구에 앉아 있는 쫑을 보고 최일병은 곁눈질 하면서 입맛을 다시며 "개장국 생각이 절로 난다"고 하였다. 모두 곤한 잠에서 깨어서 투덜거렸지만 쫑을 보자 반가워했다. 그 반가움도 잠시 동안이었다.

"춥기는 추운 모양이네! 쫑 저것도 붕알이 오그라들어서 붕알 부딪치는 소리가 안 나서 오는 소리도 못 들어 놀랬당께."

분위기를 바꾼다.

"그건 글고, 강하사님, 어쩌깨라?"

임일병이 밑도 끝도 없이 어떻게 할 거냐고 묻는다. 임일병 말뜻을 모르고,

"무엇을 말이냐?"

내가 되묻자 임일병은 내 귀에다 대고 "쫑을 어찌 할 거냐?"고 작은 소리로 묻는다. 잡아먹자는 뜻이다. 하나 쫑을 보살피는 스님이 있는데 어림 반푼어치도 없는 이야기다.

"보도시(간신히) 잠들었는데, 절마 코고는 소리에 잠이 깨서 앞을 보니 헛것이 보인 기라, 허깨비인 줄 알았는데 불각시리 쫑이 나타나, 내는 간신했시몬 간 널칠 뻔했다 아이가!"

"니는 말이여! 도깨비불도 모르고 개 눈깔 불도 모르냐 말

이여? 밤이면 모든 짐승은 눈에서 빛이 나는 거여, 도깨비가 무서운디 이 첩첩 산골짜기에 혼자서 멀라고 있느냐 말이여?”

“절마 자석 말하는 꼬라지 하고는…….”

“헛깨비가 무서운깨 산중에 있재! 내무반에 있것냐?”

“절마 자석 성의 말끼를 못 알아 듣끼는 씨잘대가리 없는 소리 집어치우고…….”

“최일병, 너 쪼가이 싸게싸게 이쪽으로 언능 와바라.”

임일병이 최일병을 데리고 가더니 둘이서 한동안 이야기를 나눈 뒤 나에게 다가온다.

“강하사님! 임일병 절마가 쫑을 된장 양님 바르자 카는데 우짜면 되것심니꺼?”

임일병이 쫑을 잡아먹자고 최일병과 의논 한 모양이다. 4일 동안 곡기가 안 들어갔고, 일부 대원은 생옥수수 먹은 것 때문에 설사를 하여 뱃속이 텅 비어 있을 것이다. 분대장인 내 허락만 떨어지면 쫑을 잡아먹겠다는 뜻이다.

나 역시 옥수수 때문에 탈진된 상태다. 망설이고 있는데, 다시 임일병과 의논하고 내게 다가와서,

“강하사님! 임일병 절마가 간띠가 부었는가 강하사님이 허락 안 해도 영양 보충할려면 쫑을 골로 보낸다고 떽갈을 쓰는데 님스짜가는 제가 책임질 테니 허락해 주소.”

“강하사님도 얼굴 보면 형편없이 안됐심니더! 얼나들 얼굴도 핏기가 없어 누르팅팅합니더. 모두 개장국 한 투가리하면 얼굴에 윤기가 자르르 흐를 낀데요. 허락해 주이소! 쫑이 눈치채고 토사이 까면 어쩔 낍니꺼?”

쫑이 교관한테 가 버리기 전에 잡자는 것이다.

"너희들 밤인데 잘 처리할 수 있느냐?"

"염려 꽉 붙들어 메고 기다리소!"

허락도 떨어지지 않았는데 쫑을 끌어안고 장난치고 있는 님스 대원만 빼고 작전 회의를 한다. 작전을 끝낸 대원들이 두 패로 나뉘어져서 스님과 장난치고 있는 개에게,

"쫑! 쫑!" 쫑을 부르며 다가가서 최일병이 스님의 입을 손으로 막고 임일병은 뒤에서 끌어안는다. 동시에 박상병과 나머지 대원이 번개 같은 동작으로 쫑을 끌어안고 대검으로 쫑 목을 깊이 찔러 울대를 절단해 버린다. 그것은 짐승이나 사람이나 성대를 절단해 버리면 비명을 지를 수 없기 때문이다. 북파 침투 작전시 적의 보초나 동초를 제거할 때는 성대를 날카로운 칼로 단 한 번에 절단해 버린다. 그렇게 하면 절대로 살릴 수 없는 치명적인 부상이 되어 죽는다. 비명 한 번 지르지 못한 채 쫑은 숨을 거두었다. 도망치려는 쫑을 끌어안은 박상병 몸에는 절단된 쫑 목에서 쏟아진 피로 범벅이 되었고, 얼굴에도 묻어 섬뜩했다. 박상병 품에서 빠져나가려고 쫑은 네 발을 허공을 달리는 것처럼 마지막 몸부림을 쳤다.

한 순간에 일어난 일이다. 이 광경을 보고 입이 틀어막힌 스님이 최일병의 엄지와 검지 사이를 물어 버린다. 얼마나 세게 물어 버렸는지 "아이구야!" 하는 비명과 함께 벌떡 일어서서 스님 멱살을 잡고 머리로 헤딩을 해 버린다. 임일병이 뒤에서 껴안고 있는 자세여서 피하지도 못하고 최일병의 박치기를 당한 스님도 "어~헉" 비명을 지르며 쓰러진다.

"일마 자슥이 미친게이가, 어디를 무노? 문디 자석 니 개
가? 대갈빼이 오줌을 갈겨 버릴 끼다."

얼마나 세게 물어 버렸던지 최일병은 손을 달달 떤다.

어지간이 아픈 모양이다. 콧바람을 씩씩 불며 화를 참던
최일병은 손을 움켜쥐고 뒤로 벌렁 드러누워 버린다. 쫑은
울대가 절단되어 소리도 못 내고 꿈틀거린다. 숨을 거두었
다. 일단은 큰 사고를 친 것이다. 너무나 갑작스런 일이라
스님은 말도 못 하고 한쪽 구석에 가서 흐느끼고 있다. 그
동안 돌봐온 정도 있고, 불자는 특히 개를 귀히 여기며 개
고기도 먹지 않는다. 대원들의 번개 같은 동작에 어안이벙
벙한 모습이다.

도둑질 작전 때도 자기가 개 잡는 법을 가르쳐 주어서 소
고기를 미끼로 하여 무당집 개를 최일병 혼자 두 마리를
번개같이 절단한 것을 스님은 보았기 때문에 체념을 했다.
정이 들었던 개를 대원들이 합심하여 죽였으니 어쩔 도리가
없는 것이다. 밤이라 어떻게 처리할 수 없어 날이 새면 처
리하기로 하였다. 여간 찜찜하고 불안했다. 개 특유의 누린
내와 비릿한 피 냄새가 코끝을 자극한다. 죽은 개이지만 시
체는 시체다. 곁에 두고 자려고 하니 무섭기도 했고, 피 냄
새를 맡고 산짐승이라도 올까 봐 잠을 못 자고 날샘을 하였
다.

날이 밝아지자 대원들은 대검으로 쫑의 가죽을 벗겨서 땅
에다 묻어 주고는 부위별로 절단하여 짊어지고 아침 일찍
고지를 오르기 시작하여 남방 한계선을 넘어왔다. 고지는
쌀쌀하지만 허기가 져서 온몸에 땀이 젖어 버렸다.

무전 교신이 와서 쫑을 찾는다고 하였다. 겁이 덜컥 났다. 쫑을 보지 못했다는 응답을 하였다. 교관이 우리 조를 뒤따라오는 것 같은 생각 때문에 우리는 작전 지역을 벗어나서 무전기를 꺼 버렸다.

개고기를 처리할 장소를 찾기 위해 산을 하나 더 넘어 바람이 작전 지역 반대로 불 때까지 기다렸다가 마른 나뭇가지에 불을 붙여 고기를 굽기 시작하였다. 정말 오랜만의 고기 냄새에 대원들 얼굴에 화색이 돌기 시작하였다.

스님은 한쪽 구석에서 무릎 사이에다 머리를 처박고 앉아 있다. 고기가 어느 정도 익자, 대검으로 절단하여 먹기 시작했다. 잘 익지 않아 피가 떨어지는 고기를 먹는 대원들 모습은 무슨 흡혈귀처럼 보여 섬뜩했다. 겉은 익고 안쪽은 덜 익었는데도 먹었으니, 입가에 피가 묻어 검게 그을린 얼굴과 하얀 이빨과 대조되어 영화에 나오는 식인들 같아 보였다.

스님은 무당집 개를 잡아서 보신탕을 하였을 때 술을 먹고 잠들어 버렸지만 지금은 생존 투쟁 훈련이다. 모든 교육을 종합하는 훈련이기도 한다. 시간이 남아돌 때면 쫑을 데리고 취사반에 가서 밥을 먹였고, PX에 데리고 가서 통조림을 사주곤 하여 어지간히 정들었을 것이다.

최일병이 열심히 고기를 굽다가 한쪽 구석에서 웅크리고 앉아 하늘만 쳐다보고 앉아 있는 스님을 보고,

"스님! 퍼득 오이소, 느까오면 손해본다. 먹어야 염불할 것 아니가?"

"내비도 부러라. 배고프면 자기만 손해지 니가 손해 보

 북파 공작원

냐?"

"자, 고집부리지 말고 빨리 먹자, 아직도 3일이나 남았다. 너 풀뿌리 나무 열매 먹고 견딜 수 없으니 빨리 온나! 명령이다!"

명령이란 말에 어그정거리며 와서 앉는다.

나는 그냥 스님이라고 불러주었다. 어찌하였던 간에 그는 염불을 외우고 불교관에도 충실히 다녔다. 특수 훈련을 받은 대원들 중 나하고 제일 가까운 연륜 차이가 네 살 차이였기 때문에 열 살 이상과 스님에게만 경어를 써주곤 하였다. 막상 작전시는 명령조로 하대를 하였다.

그는 주머니 속에서 비닐팩을 끄집어내더니 주변에 있는 칡덩굴 잎을 따서 바닥에 놓고 비닐팩을 개봉한다. 라면 스프였다. 당시 군대라면은 한 봉지에 다섯 개씩 들어 있고 스프는 별도로 포장되어 공급되었는데, 라면 스프는 모든 양념이 되어 있다. 개고기의 불고기를 거기다 찍어서 먹으니 간이 맞고, 매운 맛에 개 특유의 냄새도 없애주었다.

군견까지 동원하여 비상 식량을 수색하였지만, 스님은 용케도 감추고 온 것이다. 쫑밥 때문에 취사반 출입을 자주했는데 얻은 모양이다.

그 광경을 보던 최일병이 한 마디한다.

"스님께서는 언제부터 파계승이 된 거여? 우리 속담에 수염이 석자라도 먹어야 양반이라고 안 카드나? 굶어죽으면 양반이고 나발이고 필요 없는 기라!"

"그것뿐이다요? 갓을 쓴 양반놈도 3일을 굶으면 남의 집 담장을 넘어간다는 속담이 있는데요!"

"어쩌 꺼이냐? 너 개도 아닌께 먹고 기운 차래야재! 그 고
약한 나이방 쓴 교관 개니께 걱정허덜덜 말고 입 꼭 다물어
뿌면 똥돼야 뿌럿는디 지가 점쟁이에다 당골래(무당)도 아닌
디 어찌고롬 범인을 찾아내것냐? 북쪽으로 월북해 가분 모
양이요, 삐라에 나올지 모르겠으니 몇 며칠만 기다려 봅시
다. 글면 될꺼인께. 고민하면 언친께 꼭꼭 잘 씹어묵어 뿔드
라고. 허기가 져서 눈이 괭하고 설사하여 탈수 직전 대원들
을 불개고기에다 더덕을 구어 먹고 모처럼 포식을 하였다.
야전 곡괭이와 삽으로 땅을 깊이 판 뒤 흔적을 모아 넣고
묻어 버렸다. 그런 후 무전기를 켜고 교육 일정표에 나온
지표를 찾기 위하여 서둘러 고개를 내려왔다. 마른 나무에
다 불을 붙이면 연기가 잘 나지 않는다. 조금 나는 연기는
모자를 벗어 부채질하면 연기가 흩어져서 침엽수 사이로 빠
져나가니 감지할 수 없다. 멀리 떨어져 왔고 작전 반대 방
향으로 바람이 부니 군견도 냄새를 맡지 못하였기 때문에
우리 분대원이 발설하지 않으면 아무도 모를 것이다. 악질
교관 애견에다 대원들은 복수를 한 것이다.
　훈련 중 땀 한 방울이 실전에서는 열 방울 피를 대신한다
고 하지만, 그 동안 받아온 인권 유린 훈련은 교관과 조교
에게 악감정이 먼저였다.
　악질 교관이 아끼는 개가 아니더라도 우리는 잡아먹어야
했다. 개고기를 먹어서인지 그 날 밤은 잠도 잘 왔고, 속쓰
림도 사라졌으며, 설사병도 없어진 것이다. 우리가 잡아먹은
것을 교관이 알면 남편한테 얻어맞고 친정에 피신해 있는
마누라를 찾으러 온 사위놈을 바라보는 장인 영감 모습보다

 북파 공작원

더 험악한 얼굴로 우리를 대하였을 것이고, 조교들은 특수 훈련으로 애를 먹였을 것이다. 최일병 말처럼 잘 먹고 죽은 귀신은 얼굴 때깔이 좋다고 하였는데, 그 동안 탈수 현상과 영양 보충을 한 것이다. 그러나 반나절만 산을 타고 작전을 하다보면 뱃가죽은 등짝에 붙은 것처럼 허기가 져서 야생 동물을 잡아서 배를 채워야 했다. 총기를 사용하면 간단하지만 총기 사용은 금지되었기 때문에 먹을 것을 구하기 위하여 두 배나 어려운 작전을 해야 했다.

우리는 8부 능선에서만 활동해야 하지만, 먹을 것이 많지 않아 야간에는 들판 쪽으로 나가 농산물을 구해 먹을 수밖에 없었고, 날이 밝으면 다시 8부 능선을 타야 되었다. 그렇게 하려면 체력 소모가 더 많지만 어쩔 수 없었다. 왜냐 하면 낮에는 연대의 수색 중대원들이 우리의 대항군으로 나와서 정찰을 하기 때문이다.

7일째, 굶주림의 한계가 온다. 우리 몸에 있는 영양소는 모두 소모되어 모두의 얼굴에 눈은 푹 들어갔고, 광대뼈가 유난히 도드라져 보인다. 먹는 음식물들이 영양소도 별로 없고 단백질 성분도 모자라는 부실한 편이라 현기증도 가끔 난다.

그때 앞에서 가던 대원이 우리에게 정지 신호를 보낸다. 조용하라고, 쉿 신호를 보내온다. 모두 긴장했다. 그 대원은 우리를 소리없이 집합시킨다. 살그머니 다가가서 보니 이게 웬 복이냐? 또아리를 튼 뱀이 열 마리나 모여 있다. 아직 동면할 시기는 아니지만 열량 소모를 방지하기 위해 한 곳에 모여 있었던 모양이다. 몽땅 잡아서 다섯 마리는 옹기종

기 둘러앉아 생식하고 나머지 다섯 마리는 비상용으로 보관
했다.

든든한 고단백질의 뱀이 우리에게 생기를 불어넣어 준다.
우리는 다시 행군 대형을 유지하고 가상 적진을 향해 침투
를 계속하다가 다른 조를 만났다. 모두 반갑다고 손을 흔들
고 악수를 했다. 그들은 우리보다 생기가 더 있다.

"아니, 그 조는 따시고 배불러 보여, 어데서 큰 상 받았나
벼?"

"너희 조는 비상 식량 확보 못 했지? 자 이거 받어."

그들이 우리에게 주는 박스 안에는 고추장에 말린 밥도
있다. 생존 투쟁 교육이 거의 끝나가자 냄새나는 반찬도 주
는 모양이다. 말린 밥은 반합에 넣고 물을 부어가지고 다니
면 밥알이 물에 불리어져 밥이 되지만 끈기가 없다. 각 분
대는 P6 무전기 주파수가 동일하기 때문에 다른 분대 교신
내용을 도청할 수 있다. 그것은 교관과 조교팀은 P10 무전
기여서 감청 지역이 넓기 때문이다. 그래서 작전을 하면서
우리 조의 무선 교신도 같이 듣는다. 헬기와 교신할 때에도
우리 조는 헬기와 교신하지 않았다는 것을 알고 남겨둔 것
이란다. 그걸 남겼다면 그들도 배가 고플 텐데, 하지만 내일
이면 작전이 끝난다. 부대에 가면 특식이 기다리고 있으니
하루쯤 먹는 거 부실해도 충분히 견디어 낼 수 있다며 우리
에게 준다는 것이다. 참으로 어려울 때 전우애가 아름답다.
헬기에서 투하해 주는 음식량은 부대원의 하루치 분량이다.

우리가 보관했던 뱀을 주었더니 고추장에 찍어 맛있게 먹
는다. 우리도 말린 밥을 나누어 먹으며 그 동안의 고생도

오늘 하룻 밤만 잘 보내면 끝난다고 즐거워했다. 다시 작전에 들어간다. 이제부터는 각 조별로 이동하여 최종 집결지에 흩어졌던 전 대원이 모일 것이다.

저녁 무렵에 전 대원이 한 명의 낙오자도 없이 집결하였다. 이제 마지막 밤을 모닥불 피워놓고 그 동안의 고생담·경험담을 주고받으며 내일을 기다렸다. 그렇다. 내일 밤은 편안한 내무반에서, 대한민국에서 가장 행복한 군인이 되어 두 발 쭉 뻗고 잘 수 있다. 우리가 모닥불을 피울 수 있는 것도 작전이 종료되었기 때문이다.

우리를 따라다니며 함께 고생한 교관과 조교들도 자기네들의 임무가 끝난 것에 홀가분했으리라.

이제 우리는 지옥 같은 훈련을 마쳤다. 그러나 이제부터 생사를 넘나드는 임무가 기다리고 있을 것이다. 그렇지 않다면 그렇게 극에 다다른 훈련을 시키지는 않았으리라.

날이 새자 귀대 길에 올랐다. 작전이 끝났다는 해이감에서인지 온몸이 나른하다. 모두 악으로 버티다가 긴장감이 풀려 실신하는 대원이 두 명이 생겨 앰뷸런스가 동원되어 그들을 싣고 갔다. 나도 그들처럼 뻗고 싶지만 조장이란 위치가 그렇고, 하사관이기에 병들에게 약한 꼴을 보여줄 수 없다. 오히려 더 힘을 내어 걸어야 했다. 우리의 몰골은 패잔병보다 더 추하다. 8일에 걸쳐 씻지도 못하고, 잘 먹지도 못하고, 잠도 거의 못 자서 피골은 상접하지, 복장과 몸에서는 썩는 냄새가 진동을 한다.

작전 도로를 따라 이동하는 무리와 엇갈리며 행군하는 타부대 장병들이 우리들의 모습에 훈련의 강도를 짐작하고 고

개를 흔든다. 그럴수록 힘차게 걸었다. 다른 부대 앞에서도 어깨에 힘을 주며 걸었다. 우리는 이 인근에서는 제일 무서운 부대 요원이며, 각 개인으로도 눈에 보이지 않는 특권을 누릴 수 있다. 그렇다고 또 헌병을 패면 안 된다.

부대에 도착하니 장교와 사병이 모두 나와 우리에게 박수를 쳐주며 환영한다. 휴대하였던 모든 장비를 관물대에 대충 정리하고 식당에 갔다.

식당 안 식탁에는 진수 성찬이 차려져 우리를 기다린다. 입이 딱 벌어진다. 군대 와서 이렇게 차려준 밥상을 처음 대하는 것 같다. 너무나 맛있게 보였다. 8일 만에 양껏 먹겠다고 모두들 음식 앞에 앉았는데, 제대로 먹을 수가 없었다. 나만 그런 것이 아닌 모양이다.

입 안이 깔깔하여 음식의 맛이 느껴지지 않는다. 배는 고파 연신 꼬로록거려도 목이 메어 넘어가지 않는다. 그리고 무엇보다도 졸리기 시작하는 데는 감당이 되지 않는다.

우리는 몇 술만에 숟가락을 놓아 버렸다. 무엇보다도 따뜻한 물에 몸 좀 담가 본 후 말 그대로 대한민국에서 가장 편하게 몇 날 며칠이라도 자고 싶었다.

목욕탕에서 목욕한다고 탕 안에 앉아 있어도 꾸벅꾸벅 잠이 온다. 때를 미는 손에도 힘이 실리지 않는다. 대충 씻고서 저녁이 일렀는데도 취침하였다. 모두들 눕자마자 곯아떨어져 다음날 기상 시간까지 단잠을 잘 수 있었다.

군대는 역시 다르다. 한 사흘쯤 재워주었으면 얼마나 좋았을까.

아침 일찍 사단장이 내무반에 들렀다. 그 동안 수고 많았

다고 일일이 악수를 하니, 그 뒤를 따라 연대장·수색대장
등등, 또한 사단장을 모시고 왔던 장교들이 차례로 악수를
한다.

기지촌의 새로운 강자

우리는 이제 인정받은 존재로서 임무를 다 해야 될 것이다. 그 후 이틀 동안 말 그대로 빈둥거렸다. 그 결과 식사도 정상적으로 하게 되었고, 만성 피로증도 물러갔다. 몸이 제대로 돌아온 것이다.

다시 조를 편성한 후, 극기 훈련 종료 사흘째였다. A. B. C. D조로 나누고, 각 팀마다 임무가 달리 주어졌다.

A조는 적진 깊숙이 월북하여 테러 작전을 펼칠 팀이고, B조는 A조의 침투로를 먼저 정찰하여 지형지물을 파악한 뒤 지뢰를 제거함으로써 A조가 야간을 이용하여 안전하고 신속하게 침투하게 해 주는 침투로 확보 임무였다.

다음 C조는 A조의 공격 목표, 즉 적의 초소의 주변 사항을 체크하는 임무이다. 관측 및 무선 감청을 통하여 적 초소의 병력수 및 이동용 차량의 유무와 대수, 출입 시간 및 운행 횟수 등의 정보를 캐내는 임무이다.

　D조는 유격전을 펼쳐 적의 판단을 교란시키는 임무이다. 침투조가 투입되기 5일 전부터 침투 지역 인근에서 야간에 위협 사격을 가하면서 침투할 것 같은 행동을 보이는 것이다. 그렇게 되면 그 지역의 경계가 강화된다. 그러나 침투하지 않고 밤새 대치하다가 날이 밝으면 철수하고, 또 밤이 오면 위협 사격을 가한다. 사흘만 되풀이하면 적은 지친다. 자연히 경계가 느슨해진다. 계속 한 곳에서만 법석을 피우니 오히려 그 지역보다 다른 지역에 경계를 강화하여 우리의 침투를 쉽게 해 주는 것이다.

　적벽대전에서 후퇴하는 조조의 목을 베기 위해 제갈공명이 펼쳤던 허허실실 전법의 이치이다.

　조 편성에서 모두가 기피하는 A조에 내가 뽑혔다. 탁월한 독도법과 특등 사수의 사격술, 그리고 순간 판단 능력이 누구보다 정확하다는 교관의 추천이 죽음의 조에 편성된 것이다. 그러나 다른 대원들이 이 조를 모두 기피하여 작전 때마다 임무를 돌아가며 맡기로 했다.

　나는 A조의 분대장이 되었고. 후배 하사가 부분대장이 되었다. 4개조를 편성하고 나니 훈련 중 탈락한 15명을 제외하니 80명 중 29명이 남는다. 5명을 보충 병력으로 남겨주고, 나머지는 수색 중대에 기동 타격대와 5분 대기조로 편성되었고, 하사관들은 분대장이 되었다. 우리들은 이제 각자의 위치로 돌아간다. 80명이 북적대던 내무반에 41명의 대원과 훈련 교관이 남겨졌다.

훈련 교관은 소령과 상사였다. 그 중 선글라스 애용자가 상사였다.

그는 우리에게 자기의 실제 경험담을 들려주었다. 그는 원래 하사관 출신이 아니었단다. 잘살지도 못하는 고향집에 형제는 많아서 입 하나 줄여보겠다고, 먹여주고 입혀주고 월급도 많이 나오는 장기 복무 하사를 자원했다.

그 편이 나중에 제대하면 퇴직금도 꽤 되니 살 만하지 않겠는가라는 판단에서였다.

지원이니 군대는 감지덕지했을 것이다. 생각해 보면 나도 하사로서 인사계에 무지 시달렸다. 심심하면 인사 기록 카드 들고 찾아와서 장기 복무 하사관으로 지원하라고 사람을 괴롭혔었다. 그때마다 제대하면 중단하였던 학업을 계속해야 된다고 매정하게 거절했지만, 참 인사계도 끈질겼다(그 당시 월남전에 투입된 분대장은 최말단 지휘자이기 때문에 정글 속에서 소규모 분대 단위로 단독 작전을 자주했다. 따라서 베트공의 저격수 1차 표적이 되어 많이 희생되었다. 결원을 보충시키다 보니 정작 휴전선을 지키는 경계 사단 보병 소총 소대 분대장 T/O가 모자라 강원도 원주군 판부면에 제1군 하사관 학교 분교가 개교되었다. 그것은 본교에서 충원시키기 역부족이었기 때문이다. 4개월 간은 힘든 교육 때문에 모두들 기피하였다. 그래서 결국 강제 차출을 시작하였다. 장기 복무자 양성소였으나 지원자가 적어 일반 하사를 양성시킨 것이다. 남의 나라 전쟁터에 분대장을 많이 파견하다보니 정작 우리 나라를 지키는 말단 지휘자가 모자란 휴전선이 급한 상황이 되어 버린 것이다. 그것은 우리 나라가 월남전에 파병을 한 뒤부터 북한은 무장 특수 부대를 대량으로 남파시켜 국지적인 유격전을 시도할 움직임을 보였기 때문이다).

나 역시 강제 차출되어 장기 복무자 양성소인 원주 1군 하사관 교육을 받은 것이다. 최전방 휴전선 경계 부대에 분대장이 1~2명씩 결원이 생겼는데, 그 인원을 보충시키기 위하여 각 기수 때마다 전방 사단에서 차출 형식으로 학생을 모집시킨 것이다. 서류상은 지원이었다.

우리의 교관은 하사가 되어 휴전선에서 근무하게 되어 몇 년을 근무했지만 학력은 신통하지 않지, 1군이나 3군단 하사관 학교 출신처럼 때가 되면 진급하지 못하니 만년 하사다. 병장에서 장기 복무 지원을 하면 학교를 거치지 않아도 하사 진급이 이루어졌다. 3년 복무 기간이 하사관 학교 실력이 인정되는 것이다. 학교 출신 하사는 2년 근무하면 중사 진급이 보장되었지만, 일반병 장기 지원 하사는 진급이 느렸다.

5년을 하사 달고 지냈으니 지겹기도 하겠지만, 하사는 월급도 적다. 또 다른 동료가 보기에도 영 능력 없는 하사관으로 보여 민망하다.

그렇다고 공을 세워 특진할 기회가 쉽게 있는 것이 아니다. 그 생각이 나자마자 그는 스스로 공을 세울 기회를 마련했다. 같은 처지에 있는 하사를 꼬셔 더블백과 정글도만 달랑 들고 월북하여 적의 초소에 잠입하였다.

한편, 부대에서는 하사 둘이 월북했다는 사실이 알려지면서 부대가 발칵 뒤집혀졌다. 즉각 비상이 걸렸지만 그들을 잡아올 수도 없었다. 날이 새면 연대에 보고해야 된다.

 북파 공작원

중대장과 소대장은 지휘 책임을 물어 문책당할 것이고, 대대장도 무사하지 못한다. 그들이 월북한 코스의 초소장과 초병 모두 줄줄이 사탕이 되어 달려갈 판국이다. 연대에서 사단에 보고하는 동안 그들은 2일 만에 돌아왔다. 그것도 그냥 돌아온 게 아니고 더블백에 북괴군 머리통 3개를 담아 와서 내무반 침상에 던지며,

"이래도 진급시켜 주지 않겠습니까?"

하니 다들 놀라 벌어진 입을 다물지 못한다.

중대장이 즉시 대대장에게 보고하고, 지휘 계통을 따라 사단에까지 용맹무쌍한지 미련스러운지 모를 무용담이 보고되어, 부대는 절망에서 벗어나 상까지 받게 되었다. 그는 곧 중사로 진급하게 되었지만, 또 월북하여 적의 머리를 갖고 와서 상사로 진급시켜 달라는 불상사를 방지하기 위해 사단 내 후방 지역으로 전출되고 만다.

그러나 그의 전력이 그를 가만히 두지 않았다. 특수 훈련도 받지 않은 일반병과 하사로서의 군 경력이 전부인 그가 감히 특수 부대원과 맞먹는 활약을 한 점을 높이 산 HID가 그를 불러들였다. 그는 그 곳에서 특수 훈련을 받아 명실상부한 대원이 되었고, 상사로 진급하면서 교관이 되어 특수 부대원들을 키웠으며, 이번에는 우리를 가르치러 온 것이다.

그는 주로 서부 지역에 근무하였다고 했다. 서부 지역은 평야가 많아 적의 도발이 뜸하지만, 우리가 있는 중동부 산악 지대는 침투하기가 더욱 쉽다고 그는 말했다. 험준한 산세로 몸을 숨기기 알맞아 그들이 자주 도발하지 않았는가. 또 그에 대응하기 위해 우리 부대가 만들어진 것이다.

"너희들은 아마 작전을 오래하지 않을 것이야. 지금의 철
책선 공사가 끝나면 이 부대는 해체될 것이고, 너희들은 기
동 타격대나 5분 대기조를 맡게 되겠지. 또한 특수 부대 훈
련 교관으로 갈 수도 있을 것이다. 그때까지는 긴장을 풀지
말고 임무를 소홀히 하지 말아라. 너희들 목숨을 지키기 위
해 그렇게 혹독한 훈련을 시켰지만, 그래도 끝내고 나니 너
무 심했던 것 같애, 이제 나도 원대 복귀해야 되네. 너희들
목숨은 너희 스스로가 지켜야 된다는 걸 명심하게."

교관은 선글라스 밑에 감추어둔 속마음을 털어놓고 떠났
다. 다음에 만날 수 있는 기회는 제대한 이후나 되겠지 했
지만, 애견을 잃어버리고 심란해하는 것을 보고 미안하였다.
동물을 사랑하는 것을 보고 그도 우리와 같은 정이 있는 따
뜻한 피를 가진 인간이구나 하는 마음이 들었다. 결국 쫑의
행방을 모른 채 그는 떠났다. 진짜 저승사자가 있다면 그와
같을 것이라고 생각했다.

교관과 조교들의 원대 복귀가 이루어진 뒤에 우리들에게
새 군복이 지급되었다. 위장모에 검정 박쥐가 계급장을 대
신해 부착되어 다른 군인들이 보면 섬뜩할 것 같았다. 옷도
얼룩무늬 위장복으로 상의 주머니 위에 해골과 대검이 그려
진 표찰이 부착되어 우리의 신분을 상징해 준다. 물론 계급
과 명찰은 없다.

분대장, 즉 조장에게 붉은색 견장이 지급되어 어깨에 달았
다. 일반 보병 부대 분대장 지휘자 표지는 파란색이었다.

우리들만이 계급과 이름을 알 수 있을 뿐 누구도 우리의
개인 정보를 알 수 없다. 우리가 밖으로 외출을 나가면 어

 북파공작원

느 누구도 탓하지 못했다. 헌병들은 우리에게 그때 그렇게 당한 후에는 우리를 보면 아예 피해 버렸다. 그 지역에서 위장 군복을 입고 다니는 부대는 우리가 유일하였다. 물론 공수 부대도 개구리복이라는 위장복을 입지만, 우리들의 모자와 가슴의 휘장만 봐도 그들과 확연히 구분된다.

우리는 기지촌의 새로운 강자로 떠올랐다. 그러나 그러기 위해 얼마나 많은 육체적 고통을 겪었고, 정신적으로 견딜 수 없는 압박감을 느껴야 했던가.

그 동안 받은 훈련은 하사관 학교 훈련보다 힘이 들었다. 시체 사격·반딧불 사격·오작교 훈련, 성기에 다마박기 자해 훈련, 살아 있는 돼지에 칼던지기 등은 지금까지 영화나 드라마·소설책 등에서 발표된 적도 없는 훈련 교육 과목이다. 쫑사건과 더불어 꿈 같은 일들처럼 머리에 지금도 생상한 기억으로 남아 있다.

기지촌에서 외출 금지령을 해제시키려고 주민들 간에 여러 의견을 나누었고, 결국 유지들과 업주들이 부대장 앞에서 빌고 빌어 해제령을 받아내었다. 서로를 도우면서 살아야 된다는 것을 기지촌 사람들은 절실히 깨달았던 것이다.

그들은 특히 우리를 보면 죽는 시늉을 했다. 훈련받을 때의 꾀죄죄하던 모습이 위장복에 말쑥한 얼굴, 그리고 쳐다만 보아도 위축되는 강렬한 눈빛 등이 너무나 당당한 모습으로 변했으니 대접도 상전 대접이다.

특히 우리는 술집 아가씨들에게 인기가 최고였다. 다른 군인들보다 월급이 많았고, 내일을 모르니 노는 게 화통하다. 마치 모든 면에서 통 크게 놀도록 훈련받은 것같이 대원 모

두가 성격조차 변해 있었다. 나이가 우리보다 많은 아가씨
도 우리를 오빠라 부르며 좋아했는데, 얘들은 우리 대원들
이 술 먹으러 가면 화대도 필요 없다면서 연애 한 번 하자
고 보챈다.

　성기의 다마 덕분인지도 모른다. 그러나 나는 제대할 때까
지 숫총각으로 제대를 하였다. 연애할 수 있는 기회는 얼마
든지 있었으나 하지 않았다. 성기에 보통 4~6개까지 다마
를 박았다. 공짜 연애 소문에 술집 출입이 잦아졌다. 지금
생각해 보니 대원들은 성기의 구슬 때문에 공짜 연애를 하
지 않았나 생각한다.

　그러나 조심해야 될 것이, 기지촌 여인들에게서 성병에 감
염되면 쉽게 치료되지 못한다는 데 있다. 온갖 악성 성병
감염자들이니, 아차 하면 누구 식으로 인골을 찾아 다녀야
될 것이다. 나는 우리 조원들에게 그 점을 누누히 강조하여
몸조심을 시켰다. 만약 그네들과 연애를 했을 때는 반드시
의무대에 가서 사후 조치를 받도록 했다.

　우리가 작전에 투입되기 전에 비교적 시간적 여유가 많아
휴가를 다녀오는 대원들이 있었다. 휴가 가면서 타지역의
헌병들과의 트러블이며, 복장에서 오해가 생겨 경찰과도 옥
신각신했다는 등 에피소드들이 귀대하면서 이들에게 공통적
으로 일어났음도 알 수 있었다.

　또 얼마나 허풍을 치고 다녔는지 본인도 잘 모른단다. 여
기저기 돌아다니며 적의 머리통 몇 개를 잘라왔다고 있지도
않는 무용담에 처녀들이 깜빡 죽더라고 우리에게 유세를 떨
기도 하였다.

 북파 공작원

그 말이 사실인지 거짓말인지 알 수는 없지만, 휴가 갔다 온 병사에게 유독 여자들의 편지가 많이 오는 것은 사실이 었다.

당시는 전화 통화가 어려웠으므로, 명절날이면 학교에서나 사회 단체에서 위문품과 위문 편지가 왔다. 각 학교에서는 연말 때면 의무적으로 국군 아저씨들한테 위문 편지를 썼 다. 지금 신세대들은 동화 같은 이야기로 들릴 것이다. 나 역시 자대에 있을 때 충남 대전시 대동 328번지 이범희 씨 방에 박옥순이라는 아가씨한테서 동학사 계곡에서 찍은 사 진과 함께 위문 편지를 보내와서 편지가 오고갔는데, 내 신 분을 알고 애기하사 꼬마하사 강평원 앞이라는 편지 겉봉투 때문에 부대서 애기하사라고 별명이 붙었다. 특수 부대 차 출 후 편지가 뜸하자 노란색지에 글자도 없이 ○○★★ 표 시를 하여 보내왔는데, 그 뜻을 몰라 고참 병장에게 물어보 니 노란색은 이별의 뜻이고, 동그라미 두 개는 영영이란 뜻 이며, 별 두 개는 2★(이별)이라는 내용이라고 하였다. 그 뒤 편지는 끝이 되어 버렸다(《애기하사 꼬마하사 병영 일기》 책 이 출판된 뒤 이 내용이 KBS 아침 마당, TBN 교통 방송, KBS FM 라디오 등에서 생방송되기도 했다. 그 후 편지도 끊겼고, 결 국 얼굴 한 번 보지 못했다).

작전은 시작되었다

드디어 작전 명령이 하달되었고, D데이도 정해졌다. 작전 에 투입되는 것이 확정적이다.

D - 5일, 유격조가 작전이 벌어질 지역에 침투하여 교란 작전에 들어갔다. 뒤이어 정찰조와 관측조도 떠났고, 내무반에는 우리만 남아서 몸만들기에 열중하여 구보를 자주 하였으며, 사격 연습도 열심히 하였다.

우리는 작전에 투입되기 전에 철저하게 준비를 하여야 했다. 먼저 입고 갈 옷에 배인 냄새를 제거하기 위해 증기 세탁을 별도로 했다. 세수할 때에도 비누를 사용하지 못한다. 양치질도 소금으로만 했다. 크림도 못 바르고, 비상 식량도 냄새나는 고추장이나 장아찌 통조림은 휴대할 수 없다고 아예 지급하지도 않았다. 담배도 이때부터 피우지 못한다. 제일 힘들어 하는 것이 금연이다.

D - 2일, 침투 목표물이 보이는 OP에 올라가 포대경으로 지형을 관찰했다. 적의 막사는 7부 능선에 있었고, 지세는 그리 험악하지 않았다. 작전 도로에는 통행하는 병력이 거의 없으며, 차량들이 자주 계곡으로 들어가는 것은 보았지만 나오는 것은 못 보았다.

북측은 오전 11시 4~50분경이면 우리 부대 방어 구역 전면에 천지를 뒤흔드는 폭발음이 연속적으로 들렸으며, 오후 6~7시 사이에 똑같은 폭발음이 휴전선 일대에서 하루도 빠지지 않고 들렸다.

제대 후 안 것이지만 휴전선 땅굴 작업이 그때부터 시작되었고, 신문 방송 뉴스를 보니 내가 근무하였던 부대 인근에서 땅굴이 발견된 것이다. 오전 내 일하고 점심 식사하러 가면서 굴착 폭약을 터뜨리며, 오후 일하고 저녁 먹으로 가면서 터뜨린 것이다. 차량이 무수히 움직이지만 들어가면 나오는 것이 관측되지 않는 것은 밤에 싣고 나오기 때문이었다.

막사 안의 병력은 1개 소대쯤 된다고 OP 근무하는 병사가 말해 주었다. 침투 2일전 정찰조와 지뢰 제거를 맡은 조하사와 부팀장 유하사를 데리고 침투할 목적지의 중간 지점까지 정찰을 나갔다. 야간에 침투하여 작전할 곳이니 미리 지형 정찰과 거리 환산을 해야 되었기 때문이다. 모든 것은 유하사가 수첩에 기록하고, 나는 침투 성공 후 철수할 때 두 군데 길을 눈여겨 봐 두었다. 그것은 철수할 때의 진로가 더 중요하기 때문이다.

"강하사, 막사로 진입하는 지형은 완만한 경사라 쉽게 접근할 수 있을 거야. 침투로도 확실하게 정찰하여 접근하는데 따로 애로 사항은 없어. 강하사만 잘 하면 성공할 가능성은 100퍼센트라고 내가 장담할게. 강하사라면 마음이 놓인다."

조하사가 말은 그렇게 하지만, 자기보다 5살이나 아래인 내가 특수 훈련을 받는다고 갖은 고생을 다 했는데, 특수 부대의 첫번째 임무까지 주어졌으니 안쓰럽기도 할 것이다. 내가 첫 임무를 성공시켜야 다음 임무에 교체되어 투입될 조의 사기를 진작시켜 작전을 잘 할 수 있다.

지금에 와서 얘기할 수 있지만, 사실 우리에게 임무가 부여되기 며칠 전에 서부 전선에서 무장 공비가 침투하여 화염 방사기로 일개 소대를 전멸시킨 사건이 발생했었다.

이 글을 읽으실 분들은 거짓말이라고 생각하실 것이다. '66년부터 70년까지(철조망 완공 후부터는 해상으로 침투) 육상으로 월남 패망 직전까지 북괴의 도발 행위가 얼마나 빈발했고, 남방 한계선을 넘어와서 우리 군을 얼마만큼 공격했는지는 최전방에서 근무해 본 예비역에게 물어보면 알 것이다. 신세대들은 가까이 계시는 아버지가 어디서 복무하였는지 물어보고, 만약 DMZ 최전방에서 근무하였다면 사실을 확인해 보기 바란다.

후방에서 일어난 적의 침투 사건은 신문과 방송에 보도된다. 그 지역 주민이 먼저 알게 되는 것이니 보도 통제가 아니 된다.

울진·삼척·흑산도의 무장 공비 침투 사건, 김신조의 124군 부대, 그리고 최근 동해상에 나타난 일련의 잠수정 사건과 남해 바다에서의 잠수정 격침 사건, 서해 교전과 같은 사건은 자세히 보도되었지만, 소가 왔느니, 산양이 몇 마리 있느니 등 위문 공연시 시시콜콜한 것까지 신문과 방송이 보도했었다. 그때는 휴전선 지역에서 일어나는 크고 작은 적의 침투 사건은 민간인에게 알려질 기회가 없었다.

원천적으로 봉쇄되어 있다. 누구 말대로 군인만 보는 〈전우 신문〉에도 보도되지 않는다.

군정 독재 정권 연장선에서 휴전선 분쟁 사건이 보도되어 국민이 알면 군은 나라를 지켜라 연일 데모를 할 것이기 때문에 〈전우 신문〉에는 일체 보도가 되지 않았다. 당시만 하여도 서신 검열이 있었다. 투표할 때 인사계가 보는 앞에서 찬성표를 찍어야 했다. 그것은 전설이고 신화다. 그래서 미미하지만 이 책의 일부는 현대사의 한 페이지에 자리메김할 수 있을 것이다[역사에 대한 객관적인 기록과 올바른 가치

관이야말로 후세에 대한 가장 위대한 유산이 아닐까? 그리고 이
것은 오늘날의 풍요를 누리고 있는 우리가 살고 있는 사람들의
자유와 평화를 위하여 피 흘린 순국 선혈(殉國鮮血)의 고귀한 희
생에 대한 최소한 보답이 아닐까라고 생각해 본다. 그것은 필자
의 양심이다].

북방 한계선을 넘어

 기관단총·M79유탄발사기·엽총(산탄총)·M16 돌격용 소
총·스타라이트 스코프, 야간 조준경을 부착시킨 M14저격
용 소총, 수류탄·연막탄·신호용 조명탄, 크레모아 지뢰 등
이 지급되었다. 냄새가 없는 비상 식량과 그 밖의 개인 장
구도 지급받으니 이게 진짜 현실이구나 실감할 수 있었다.
모두 묵묵히 휴대할 물품들을 분류하여 부대를 떠나 우리는
3/4톤 다치 군용 트럭에 흰 깃발을 달고 목적지를 향해 떠
났다.
 흰 깃발을 단 차는 검문소 통과시 검문을 못 하는 특수
차량이다. 16ROG 검문소를 통과하여 오작교 다리 특수 훈
련을 하기 위하여 인위적으로 만든 똥물 웅덩이 훈련장을
지나 경원선 구도 비야교 다리 주변까지 이동하였다. 장대
같은 억새풀이 바람에 설렁거리는 소리를 내는데, 어디서
인분 냄새가 났다.
 똥물 웅덩이에 잠수하였던 교장 근처를 지나 침투 지점
가까이에서 장비를 한 번 더 점검하였다. 우리들 간의 신호
는 휘파람 소리로 정했다. 휘파람을 불면서 입술을 움직이

면 새소리처럼 들린다. 세 번, 두 번, 다섯 번이 우리 조라
는 신호다.

　침투 지역이 시작되는 표식이 있는 곳에 당도했다. 부대장
과 사단 작전관, 그리고 1군 사령부에서도 나왔다. 작전관으
로부터 우리가 사용하여야 할 무전기의 주파수를 일치시키
도록 명령을 받아 수행한 것이 첫번째로 한 일이었다.

　이 주파수는 이번 작전에만 사용할 것이다. 대우OP, OP
에 파견 나온 HID 무전 주파수와 동일하다고 알려준다. 유
격조 장하사는 작전 반대 지역에 교란 작전을 하기 위하여
하루 전에 매복 근무에 들어가 있었다.

　이제 우리는 9명의 단독 작전으로 들어간다. 부대장이 나
와 일일이 악수를 해 주며 우리를 격려해 주었다. 그리고
"다녀오겠습니다!" 경례를 올리고 돌아서는 내 등을 두드려
준다.

　타인을 죽이는 행위를 막기 위해 생명을 바치지 않고 팔
짱을 끼고 있었다면 그것은 바로 나 자신의 죄다. 그러한
일이 벌어진 뒤에도 아직도 내가 살아 있다는 것은 씻을 수
없는 죄가 되어 나를 뒤덮는다. 철학자 야스퍼스의 말을 되
새기며 우리는 작전에 들어갔다.

　맨 처음 침투하여 테러를 하기 때문에 대원들을 팀장 마
음대로 선택하여 임무를 수행하기로 하였지만, 그 동안 분
대 단위 조직으로 훈련 교육을 끝냈기 때문에 교체 인원은
없다. 스님을 배려하였으나 어차피 한 번의 임무는 수행하
여야 하고, 그 동안 사람으로서 견디기 어려웠던 힘든 훈련
이 억울하여 빠질 수 없다고 하였다. 매도 처음 맞은 자가

더 편하다. 우리는 줄빳다를 맞아보아서 잘 알고 있다. 최병장과 임병장이,

"스님, 이번 작전에 빠져라. 울들이 가서 쫴깐 작살내고 올 꺼인께 니는 무사 복귀 염불이나 혀."

그러나 스님은 두 대원의 부탁을 거절하였다. 스님은,

"죽더라도 같이 죽어야 저승길이 쓸쓸하지 않고 재미있지 않겠느냐?"

임병장은 기겁을 한다.

"스님, 시방 재수따가리 없이 먼 소리랑가? 니는 전생에 물귀신이었나? 자꾸 물고늘어지게."

"사람 귀신이에요. 그래서설라문에 같이 갈려고 하네요."

"워메 엄니, 이게 무슨 소리랑가? 찐드기가 따로 없네. 저승 갈 때 혼자 가거라! 나는 살 길이 구만리인디 그냐?"

"같이 죽으면 머나먼 저승 갈 때 말동무도 되고 좋지 않으냐?"

두 대원의 언쟁에 최병장이 끼여든다.

"스님이 떼뜸질(무덤 속으로 들어가는 것)을 같이하자는 것 아이가? 등시이 같은 놈, 어지간히 골려 먹드니 물귀신 만난 기라, 니는……."

"사둔네 남 말하고 있네 시방, 지놈도 사사건건 시비 걸고, 약올린 것이 누구인디. 나는 잼지라고 농담을 많이 했재? 스님 안 그냐?"

"나무관세음 보살, 나 혼자 잘못되면 구천에 떠돌 것이다."

"어째서 그냐? 부처님한테 갈 것인디. 멀라고 떠도냐? 울

덜 죽으면 같이 갈라고 글재?”

“살생을 하였는데 부처님은 만나지 못하느니라, 알겠느냐? 나무관세음보살.”

“느기미 떡을 할 것, 글면 너는 종교를 잘못 택해 부렀다. 하나님은 잘못한 것 빌면 모두 용서하고 또 용서해 준다 글든디 종합 정찰 나갔을 때 그 아그만 안 다쳤어도 하나님한테 와이로 쓰면 우리들은 지옥으로 가지는 않을 것인디. 우리 내무반에는 하나님 믿은 예배당에 가는 대원이 한 사람도 없어야! 아참! 분대장님, 학교 다닌 곳이 영국 신부가 세운 학교 땀시롬요.”

말다툼하는 대원들이 재미있어 웃고 있자,

“스님, 인제 걱정 없다. 부처님한테 가지 말고 분대장님 따라가면 될 것인디. 무단이시 골빡 싸매야!”

분대원들은 교육을 끝내고 난 뒤 스님에게 ‘님스짜가’라는 별명을 쓰지 않았다. 왜냐 하면 분대장이 스님이라고 부르기 때문이다.

“차라! 일마들아, 마음 상그랍다. 앵조가리기는 악세이같이 훈련했고, 분대장님 말만 잘 들으면 죽기는 와 죽노? 청춘이 구만리인디, 재수 따가리 없는 소리하기가 중대한 작전을 두고 일마들이 미쳤나?”

미쳤던지 안 미쳤던지 우리 모두는 선택된 몸들이다.

1, 2 내무반 전원과 관련된 장교·조교들과 함께 회식을 하였을 때 모두가 우리들의 무사히 귀대를 빈다고 하였지만, 나는 회식장을 빠져나와 하늘을 쳐다보았다. 오랜만에 하나님을 찾았다. 성모 마리아도 예수님도 찾았다. 부처님까

지도……. 우리 어머니가 제일 많이 찾았던 삼신할매도 찾았다. 아무리 찾아도 그들은 오지 않을 것이다. 보이지 않는 구원의 손인 신들은 우리를 도와주지 않을 것이다. 그들은 단 한 번도 나타나지 않았기 때문이다. 나는 첫번째 침투를 실패하여 죽더라도 후회는 없다. 죽고 사는 것은 운명이다. 이 생각, 저 생각하고 있을 때였다. 부대장이 어깨를 두드리면서,

"강하사 작전에 실패한 지휘자는 용서를 해 주고, 경계를 실패한 지휘자는 용서를 못 한다는 맥아더 장군 말을 생각하면 된다. 그 동안 대원들의 훈련 실력으로 보았을 때 틀림없이 성공할 것이다. 나는 강하사 분대를 믿는다."

듣기 좋은 위로의 말이지만 군사 작전은 실패할 수도 있다는 것이다. 나는 밤샘을 하였다. 대원들은 술에 떨어져 모두 깊이 잠들어 있었다.

대원들의 얼굴을 자세히 보았다. 나의 작전 잘못으로 마지막 얼굴이 될 수도 있다. 나는 독약 앰플을 입고 작전할 옷 주머니 깊은 곳에 넣으면서 손에 다시 한 번 쥐었다. 앰플을 만들 때 어머님 얼굴과 형제들 얼굴이 눈앞에서 아른거렸고, 광주 77병원에서 뵙던 왼팔에 무장 공비와 교전 당시 따발총을 다섯 발을 맞고 후송되어서 손에 깁스한 형의 얼굴이 떠올라, 내가 무엇 때문에 18세 어린 몸이 그 힘든 하사관 학교 교육과 지금 특수 부대 훈련인 지옥 훈련을 끝낸 뒤 작전 명령을 받고 침투 시간을 기다리는가를 일깨워 주었다.

그렇다, 나는 국가와 국민을 위해 선택된 몸이다. 미련도

있다. 이 한 목숨 초개와 같이 던져 희생할 수 있다. 우리는 병기다. 인간 병기일 뿐이다. 스님은 분대장님이 믿음이 가기 때문에 같이 작전을 하고 싶다고 하여 팀에서 탈락시키지 못하였다. 단도던지기는 대원이 욕심났지만, 작전 지역에 꼭 필요한지도 모르기 때문에 그 동안 수많은 단독 작전을 한 분대원 전원을 데리고 선발 침투조가 되어 군사 분계선을 넘어섰다.

관측조 조장 최하사도 우리가 떠나는 것을 말없이 지켜본다. 떠나는 우리들의 주변으로 서서히 땅거미가 내린다.

지금도 수류탄은 둥글어 휴대하기가 불편하기에는 마찬가지일 것이다. 가파른 산악 지대를 오르내리기에는 좀 성가시다. 사각으로 만들면 탄창처럼 주머니에 넣고 다니면 좋을 텐데 둥근 계란처럼 생겨 방탄 조끼에 손잡이를 꼽게 되어 있지만, 불안하게 매달려 있는 형태라 분실하기가 쉽다. 이번 작전에서도 마찬가지로 수류탄을 분실한 대원들이 있었다.

대원들의 불만이 하나 있었다. 위생병(의무병)이 동행하지 않은 것이다. 개인 몰핀 주사 두 개와 압박 붕대·지혈제 등이 지급되었지만, 작전에 임하는 동료들은 부상당하면 자결하던지, 동료의 총탄에 숨을 거둘 것이다. 가벼운 상체 부상을 당하면 복귀할 수 있지만, 하체 부상은 동료까지 저승길에 동행될 수도 있기 때문에 모든 대원들은 극약 앰플을 준비하고 떠난다. 성기 자해 훈련도 그런 연장선에서 배운 것이다. 자기 몸 예민한 곳을 마취도 없이 5밀리미터 이상 구멍을 뚫어야 하는 자해 덕분에 유사시 화기로 자결, 자폭

내지 칼로 할복할 수 있다.

우리는 밤길을 무거운 장비 때문에 미끄러지고 넘어지면서 이동하여 새벽쯤에 공격 목표 지점에 도착하였다. 대원들이 너무 지쳤고 밤에 이동하다 보니 장비들도 문제가 좀 있어 곧장 공격할 수 없었다.

개인 화기도 점검하려면 곧 날이 샐 것이다. 하루를 어디선가 은신하였다가 내일 밤에 작전을 감행하는 것이 나을 것이라 판단되어 1.5킬로미터 후퇴하여 적의 동태를 관측하며 화기를 점검하기로 했다. 그것은 그들 막사와 가까이 있다가는 혹시나 있을지 모르는 군견들의 예민한 후각으로 발각될 수 있었기 때문이었다. 이윽고 나는 부대로 무전 보고하였다.

"아무 실수 없이 멧돼지는 먹이를 감시하고 있다."

교신을 끝내고 나니 대우산 OP 상황실에서 연락이 왔다. HID 무선 감청 요원인 고향 형이다. 무사히 도착했다니 축하한다며, 철두철미하게 적의 교신을 감청하고 있으니 무슨 일이 생기면 알려주겠다며, 마음 든든하게 가지라고 격려해 준다. 고마웠다.

우리는 안전하다고 판단되는 지역에서 적의 관찰에서 들키지 않도록 위장을 한 뒤 두 명씩 차례를 주어 경계 근무 시키고 잠을 잤다. 적진에 누워 잠을 잔다는 것이 실감이 나지 않는다. 마치 내가 꿈을 꾸는 것이 아닌가 싶어 내 살을 꼬집어보기도 했다.

지금은 휴전 중이라 총성이 없지만, 이 곳은 아직은 전쟁터이다. 대남 방송 소리에 귀가 아프다. 그만큼 가까이 있다는 것이 실감난다.

"제기럴, 저놈의 스피커 박살내 뿌릴 꺼야."

누군가가 투덜거린다.

12시, 부대장과 교신을 했다.

"절대로 실패하면 안 된다. 반드시 성공하고 돌아오라. 서두르지 말라. 작전 기간이 7일임을 염두에 두고 가장 알맞은 공격 시기를 기다려라. 철저하게 작전 계획을 짜서 우리 쪽에 인명 피해가 없기를 바란다."

떨리는 부대장님의 음성을 들었다. 무전 교전이지만 나는 부동 자세로 서서 대답하였다.

"강하사! 모든 조원들은 강하사 어깨에 달렸다. 한 명도 희생시키지 말고 다 함께 돌아오도록 하라! 알았나?"

"네! 알겠습니다. 꼭 성공하여 한 명도 희생 없이 귀대하겠습니다."

대답은 그렇게 하였지만 군사 작전이란 실패할 수도 성공할 수도 있다는 방정맞은 생각이 떠오르는 것은 어쩔 수 없었다. 방어 쪽이 유리하고 인원도 많으나, 우리는 정예 특수 부대이고 상대방은 경계 부대인 반면, 야간 작전이어서 그들은 거의 무방비 상태에서 잠들었을 것이다. 우리 쪽이 유리하다. 부대장은 처음 시작하는 작전이기 때문에 무척 걱정이 되는 모양이다.

"방심은 금물이다!"

"부대장님, 걱정 마십시오. 반드시 성공하고 전 대원을 데리고 귀대하겠습니다."

부대장이 당부하지 않더라도 내 부하는 한 명도 희생시킬

수는 없다.

다시 하루가 저물기 시작한다. 침투 중에 분실한 수류탄은 10개, 적전 수행에 큰 지장은 없다. 개인 화기를 다시 점검하여 이상 없음을 확인하고는 어제의 그 공격 지점으로 천천히 이동하였다.

목표 지점 300미터 전방, 두 명을 정찰 보내어 적정을 살피게 했다. 9명이 다 접근하다가는 불상사가 생길 가능성이 많다. 그들이 돌아올 때를 기다리며 사방을 둘러보니 우리 쪽 초소의 불빛이 반디불처럼 보인다. 발전량이 적어 초소까지 전기가 들어오지 못한 까닭이다. 반면에 북한은 전깃불이다. 그 곳에서 보니 색깔이 파랗다.

정찰병 둘이 무사히 돌아왔다. 후문 쪽에 동초가 있어 접근이 어렵겠고, 또한 정문에 동초가 있단다. 막사 주위로 교통호를 삥 돌아 폭 2미터, 깊이 3미터로 파두어 무작정 침투할 수가 없다. 또한 철조망으로 그물처럼 만들어서 호 안을 덮어두었다. 그들의 땅 파는 실력이 이때 드러난다. 정찰병의 보고에 따르면 정문과 후문으로 동시에 공격하여야 된다는 결론이 난다.

평지 같으면 2미터 통로를 뛰어넘을 수 있으나, 가파른 곳에 막사가 있고, 그물을 철조망으로 쳐놓아 건너기가 어렵다. 더군다나 그물 중간에 터져 있는 상태여서 빠지면 3미터 깊이에서 나올 수가 없다.

어차피 공격은 막사 정문과 후문을 파쇄하고 들어가야 한다. 그것을 대비하여 실내에 시체를 두고 정면 돌파 교육 훈련을 7일 이상 받았기 때문에 진입시 서로 엉키지 않으면 개활지 작전보다 훨씬 쉽다. 문만 장악하면 그야말로 상대는 독 안에 든 쥐와 같은 것이다.

새벽에 공격하여야 된다. 밤 10시에서 11시 사이와 새벽 3시에서 4시 사이에 가장 잠이 깊게 든다. 공격도 이 시간을 이용해야 된다. 유하사가 앞쪽을 맡고 내가 뒷문을 맡기로 한 뒤 공격 신호와 동시에 갖고 있는 수류탄을 모두 사용하고는 유탄 발사기로 문을 폭파시킨다(유탄 발사기는 약 44미터에서 15미터 이상을 비행하지 않으면 표적에 명중되어도 터지지 않으며, 이 때문에 이 거리 이내에 접근한 적을 무찌르기 위하여 카빈 소총이 별도로 지급되거나 권총 내지 기관단총이 지급된다).

가급적 막사 안으로 들어가는 것은 자제한다. 대신 밖으로 나오는 놈들을 처치하기로 모두들에게 하달하였다. 교통호로 차단된 막사로 접근하기 위해서는 앞문의 동초가 있는 곳과 후문에서만 가능하다. 모두에게 임무가 주어졌다. 공격하기 전에 우리 쪽에서 연막탄을 터트려 적의 시야를 가리는 게 더 안전하다는 의견이 나와 그렇게 하기로 하였다. 나는 마지막으로 당부했다.

밤이지만 전깃불이 있다. 야간 등화 관제를 하지만 전선을 절단하면 적이 눈치를 챈다. 창문으로 수류탄 1개를 먼저 던져 적을 깨운다. 폭음 소리에 놀라 허둥대기 전 연막탄을 수류탄과 동시에 던져서 1차 제압을 하는 작전을 쓰기 위해서다.

"모두 실수를 하지 마라, 한 명이 실수하면 우리가 전멸당할 수 있다. 작전의 흐름에 따라 공격에 임하되 적에게 포로는 되지 말라. 차라리 사나이답게 자결하라. 한 번 더 얘기하는데, 잡히느니 죽도록 싸워라, 성공하여 무사히 귀대하자, 이건 팀장의 명령이다, 알겠나?"

"네! 알겠습니다."

나의 명령을 듣는 대원들의 검게 위장한 얼굴에 비장감이 떠오른다. 눈동자에 파르스름한 빛이 떠오른다. 동물의 눈 중에 가장 무서운 눈이 살기를 띤 인간의 눈이라고 어느 책에서 봤는데, 그 날 우리들의 눈빛이 그랬을 것이다. 내가 우리 조원의 눈을 보고 소름이 끼쳤을 정도였으니까 말이다. 아마 나의 눈은 저들보다 더 했을지도 모른다.

포로가 되면 고문당한다. 아는 사실 모르는 사실 다 불라고 잔혹하게 고문하면 고생은 고생대로 하고 군사 기밀 알려주게 된다. 살아서 국가에 누를 끼치니 차라리 자결하라는 내 말을 대원들은 어떻게 받아들였는지 궁금하다.

최초의 공격은 유하사가 제동을 걸어 실행하지 못했다.

"팀장님, 공격 시간을 아무래도 늦추는 게 우리에게 더 유리합니다. 지금 공격하고 우리가 철수할 때는 너무 캄캄하여 무리입니다. 추적하는 적들과 군견 때문에 퇴로가 차단될 수도 있으며, 너무 어두워서 서둘다가 방향을 잃고 대원들이 흩어져서 헤맬 수도 있고 하니 말입니다. 제 생각에는 새벽 04시에 작전을 펼치고 철수를 하여 남방 한계선에 갈 동안 날이 밝아올 겁니다. 그러면 더욱 신속하게 철수가 이루어져 대원들의 안전도 지켜질 겁니다."

듣고 보니 그 편이 철수하는 데는 유리하겠다는 생각이 들었다. 부대에 연락하여 04시 정각에 공격한다고 알렸고,

우리가 철수하여 군사 분계선에 다다르면 휴대한 조명탄을 터트리라는 명령을 받았다.

이제부터 작전 후 철수가 완료될 때까지 무전 교신도 할 수 없다.

육본이고 군사령부이고 사단으로부터의 명령도 필요 없다. 오직 조장 강평원의 판단 하나에 아홉 명의 목숨이 달려 있다.

새벽 04시가 될 때까지 비상 식량을 모두 먹어치우라고 명령했다. 작전에 들어가 성공하면 부대의 밥을 먹을 것이요, 실패하면 먹을 기회도 없다. 또 무료하게 시간을 기다리는 것보다 뭔가를 하면 시간이 더 잘 가기 때문이다. 지금부터 우리에겐 신도 존재치 않는다.

새벽 04시에 적의 막사에 접근했다. 뒷문 쪽으로 가서 M14에 부착된 스타라이트 스코프로 보초의 행동을 살펴보니 미동도 하지 않는다. 더 자세히 보니 허수아비에 군복을 입혀놓은, 요새 말로 마네킨이다. 뒷문 보초 걱정은 안 해도 된다만 혹시나 싶어 대원을 보내 부비트랩이 설치되었는가 확인해 보았다. 다행히도 그들의 방비 태세는 너무 허술하였다. 지금까지 우리 군이 침투하여 공격한 유례가 없어서일 것이다.

앞쪽에는 유하사와 저격병이 접근했고, 나머지 7명은 안전핀을 제거한 수류탄을 양손에 한 개씩 들고 막사 뒤쪽으로 가서 창문으로 접근했다.

심장이 쿵쿵 뛰고 두 다리가 후들후들 떨려온다. 이제 유하사가 유탄 발사기로 앞문을 파괴하면 잠자던 적들이 놀라

 북파 공작원

일어날 것이다. 그때 수류탄 14발을 막사 안에 투척하면 전멸시킬 수 있다. 수류탄은 먼저 1개를 창문으로 투척하려 했으나, 문을 먼저 파쇄하면 실내에 적들이 우왕좌왕하는 사이 수류탄을 일제히 투척하기로 하였다. 작전 명령을 바꾼 것에 대한 불안감도 있다.

그들이 모두 자고 있을 때 수류탄을 던지면 탄착 지점의 인명만 당한다. 왜냐 하면 수류탄의 파편은 45도 각도로 위로 튕기니 바닥에 누운 자들에게 피해를 줄 수가 없다. 그래서 먼저 그들이 일어나서 우왕좌왕하는 순간을 노리는 것이다.

공포가 엄숙해 오고 긴장이 심해지면 인간은 이성이 마비된다. 따라서 병사들은 전투시 행동 요령을 완전히 본능처럼 몸에 배이게 해야 한다. 특히, 특수 임무를 수행할 때는 더욱 그러하다. 우리는 작전이 개시되면 직감보다 본능에 따라 움직일 것이다.

나는 작전 명령을 내렸다. 막사 50미터 전방까지 이동한 뒤 유하사를 남겨두고 동초를 제거하기 위해 낮은 포복으로 정문 10미터 전방까지 날렵하게 접근한 3번 소총수가 일어서더니 번개같이 달려가 뒤에서 동초의 입을 막고 목성대를 절단해 버린다. 동초 제거는 필히 입을 막고 성대를 제거해야 한다. 그것은 다른 곳을 찌르면 비명 소리에 적들이 깨어나기 때문이다.

동초를 제거한 3번 소총수가 뒤로 물러나자, 드디어 대북 테러 작전이 시작되었다. 유하사의 손에 들린 유탄 발사기에서 섬광이 번쩍하는 순간 "꽝!" 문짝에 불길이 확 솟는다.

천근 만근 같은 침묵, 숨소리조차 실종된 태고의 적막감, 그 긴장감을 깨고 어둠 속에 잠든 휴전선 산야가 뇌성 벽력처럼 갈가리 찢어진다. M79를 유탄 발사하여 정문을 파쇄하기 위해서다. 유탄은 44미터 이상 거리에서 15미터 이상 날아가야 폭발하기 때문이다. 고요함 속에 산산 조각이 나서 흩어지는 광란의 불빛, 멈춰 섰던 심장이 다시 고동친다. 파괴의 본능을 자극하는 파편 소리, 동시에 저격수의 총알이 앞문을 뛰쳐나온 적을 향하여 발사한 M14탄이 심장을 꿰뚫었다. 철갑탄을 맞은 적이 2미터 이상 땅 위로 솟구치더니 교통호에 거꾸로 처박힌다. 그 순간을 노려 14개의 수류탄이 일제히 창 안으로 날아갔다.

꽈가깡! 날아간 14개의 수류탄 터지는 소리 뒤에 천지를 뒤흔드는 폭음과 파편음이 들리고, 연이어 번쩍이는 섬광 뒤에 검은 연기가 창문 밖으로 빠져나온다. 유하사가 12발의 유탄을 모두 막사 안으로 발사한 후 M16으로 무차별 사격을 가한다. 그 와중에 문 밖으로 포복하여 나오는 적군 한 명이 저격수의 총에 또다시 꼬꾸라진다. 작전은 성공이다. 이제 남은 것은 여하히 철수하는가다. 벌써 적의 특수 부대가 출동했는지 모른다.

그러나 등 뒤가 께름하면 좋지 않다. 유하사가 기관단총을 바꾸어 잡고 고개를 젖혀 막사 안을 가리킨다. 확인 사살을 해야 뒤가 깨끗하다는 뜻이다. M16 소총탄을 전부 소비한 유하사는 3번 소총수 기관단총을 바꿔들고 둘이 나란히 기관단총을 난사하며 막사 안으로 들어갔다. 막사 안은 초연에 뿌옇다. 오히려 그 편이 더 나은지 모른다. 막사 안은 신

음 소리와 역겨운 냄새와 피비린내가 진동을 한다. 유하사가 플래시를 켠다. 눈뜨고 못 볼 모습들이 플래시 불빛 아래 섬뜩하게 떠오른다. 신음 소리가 난다. 뒤따라 들어오던 우리 조원이 신음 소리가 난 그 곳을 향해 M16을 드르륵 긁었다. 전멸이었다.

화기들의 폭발음이 내 귓전에서 우웅 소리를 냈다. 실제 작전인데 꿈 같기도, 하고 훈련 같기도 하였다. 실내 전투 교육 때 죽은 시체 위에 수많은 총탄을 퍼부어 시체가 육회를 뿌려 놓은 것처럼 산화되고, 짐승 피를 담아 두어 천정과 벽 사면에 빨간 페인트가 뿌려진 것처럼 보였던 교장과는 판이하게 다른 광경을 언뜻언뜻 플래시 불빛 아래에 본 것이다. 그래서 꿈 같기도 하였다.

"다들 무사한가? 각자 전리품으로 적의 총을 한 자루씩 갖고 철수하라! 유하사는 나가서 인원 파악을 해라. 철수! 철수!"

밖으로 나오니 유하사가 한 명이 모자란다고 보고한다. 나는 다리가 후들거렸다. 그것은 막사 안의 끔찍한 광경은 막사 밖 차가운 공기가 꿈이 아닌 현실임을 자각케 하였기 때문이다. 이 어둠 속에 누가 없는지 알 수가 없다.

적들은 일체 반격이 없었는데, 대원 한 명이 모자라면 막사 안 교차 진입 사격 때 우리 대원의 총탄에 당했단 말인가? 막사 안으로 두 명의 대원이 쏜살같이 달려갔다. 속전속결 테러 부대 규칙이 무너지고 있는 것이다. 유하사가 번호를 부른다.

2번! 3번! 4번! 번호를 부르고 대답을 하는데 따르륵 총소

 북파공작원

리가 가깝다. 모두 놀라 납작 엎드렸다. 벌써 적이 온 것인가, 심장이 멎는 듯하였다. 관측을 잘못하여 근처 부대가 있었다면 불리하다. 나도 탄창이 한 개밖에 없는 상태다. 교육 중 철수 때를 대비하여 남겨둘 사람을 미리 정해 두어야 한다고 몇 번이나 교관이 주입시켰지만, 처음 하는 실제 작전이고 하여 화력을 몽땅 쏟아 부어 버린 것이다.

"탄약이 남아 있는 대원은 후미에 서라!"

명령을 내리는 순간 둔탁한 폭음이 수없이 들려오더니 주위가 환하게 밝아온다. 수십 개 적의 조명탄이 하늘 높은 곳에서 밝게 타며 천천히 하강한다. 수류탄이 터지는 폭음이 두서너 번 들리더니 이어서 기관단총 소리가 다시 요란하다.

이번에는 막사 쪽이란 것을 알 수 있다. 그쪽으로 총을 겨누는 순간 검은 물체가 달려오며 자지러질 듯한 목소리로.

"팀장님, 팀장님 접니다. 쏘지 마십시오!"

하면서 두 손을 번쩍 든다.

아차 했으면 우리 대원에게 총알을 안겨 줄 뻔했다.

"빨리 철수한다. 뛰어! 바짝 붙어라 산탄총 사수와 유하사는 후미에서 반격하는 적을 맡아라!"

일렬 종대를 하고 우리는 빠른 속도로 그 지역을 빠져나왔다. 우리는 이러한 상황을 염두에 두고 계곡에서 코피를 쏟아가며 구보에 구보를 한 것이다.

그러나 밤길은 더 힘들다. 넘어지고 미끄러지고 뒹굴어도 아픈지 몰랐다. 실제 등에는 땀이 나면서 찬바람이 불어오는 것 같다. 당장에 등 뒤에서 적의 추격이 벌어질 텐데 오직 뛰는 것 외는 생각할 겨를이 없다.

1개 적 초소를 초토화시킨 시간은 5분 이내였으며, 괴멸시켜 버린 것이다. 5분 대기조가 출동 시간 전에 끝내야 된다. 우리는 그렇게 하기 위하여 인권을 유린당한 채 그 어려운 교육을 하였던 것이다.

"자 빨리 철수다, 적 5분 대기조가 출동하였을지 모른다. 유하사는 후미를 맡아라!"

맨 뒤에는 유하사가 추격조를 상대하기 위하여 내가 보유한 남아 있는 기관단총 탄창을 더 달라고 한다. 얼마나 빨리 철수하였는지 우리 쪽 군사 분계선까지 50분도 채 걸리지 않았다는 걸 나중에 알았다. 이 모든 것은 구보 훈련 때 모래주머니를 차고 뛰던 교육 훈련이 많은 보탬이 되었다.

그 곳에는 철책 작업이 거의 완공 단계에 가 있었다. 순찰로와 원형 철조망 설치 작업만 남겨놓은 상태이다.

남방 한계선에 도착하면서 약속대로 휴대용 조명탄을 터뜨렸다. 손에 들고 땅바닥에 밑바닥을 탁 치면 그 충격으로 박격포탄처럼 상공으로 날아올라 낙하산이 펴지면서 서서히 내려온다. 약 60초간 연소하면서 주위를 환하게 밝히는 불빛이 우리의 생명을 지켜줄 것이어서 그런지 무척 아름답게 보였다.

이 신호를 계기로 우리 쪽에서 서치라이트가 환하게 비추어준다. 동시에 거점과 OP에서 여러 곳에서 서치라이트를 비춘다. 서치라이트는 GMC 큰 차에 설치된 것(원형 라이트)과 지프(사각형 라이트) 이 두 가지다. OP에 설치된 이동형 차는 차 자체의 발전기에서 유리 심지가 타는(라이타 심지

 북파 공작원

타는 원지) 구조로 빛의 밝기가 4킬로미터 전방까지 미치는데, 개미가 야간에 기어가는 것을 볼 수 있다.

그때는 전기가 들어오지 않아 차량에 설치된 장비였다. GP나 거점에는 소형 차량용 서치라이트가 보급되어 야간 경비 때 쓰나 기름이 부족하여 밤 2~4시 사이만 평상시 가동하였다.

한 곳만 비치면, '나 여기 있소' 하는 것과 마찬가지다. 동시 다발적으로 여러 지역을 나누어 비치면 적은 우리의 소재지를 찾지 못한다. 일종의 교란 작전이다.

만약에 적이 우리의 소재지를 파악하고 추격대를 보내어 온다면 교전 상태에 빠지게 되어 우리는 무사하지 못할 건 불을 보듯 뻔하다. 또 우리에게 부상자가 있다면 추격대에 의해 잡히게 된다. 이것을 방지하기 위하여 연대 수색 중대와 대대 기동 타격대 작전에 참가하지 않은 정찰조가 군사 분계선에 매복되어 우리를 맞이하였다.

그러나 그들은 추격대를 보내지 않았는지 우리들은 한 군데의 상처도 없이 귀대하였다. 우리는 얼마나 빠른 속도로 철수를 했는지, 작전의 처음부터 끝까지 OP에서 포대경으로 보고 있다가 우리의 철수를 보고 OP에서 떠난 부대장보다, 먼저 우리가 부대 앞에 도착한 것이다. 부대 정문이 보였을 때의 우리 조원들의 기쁨은 그 누구도 모른다. 해냈다는 성취감과 살아 돌아왔다는 안도감에 서로 손바닥을 마주치며 펄펄 날고 싶었다.

그러나 나는 그냥 즐거워할 수 없었다. 작전 중 제멋대로 사라졌다가 나의 총에 맞을 뻔한 조원을 불러 호되게 나무라면서 어디 갔었는가를 보고하게 했다. 한창 즐거워 하던 그 조원은 그제서야 자기의 잘못을 알았던 모양이다. 100퍼센트 성공할 작전인데 자칫하면 잘못되었을 것이다.

"잘못했습니다. 팀장님, 적의 막사 습격이 성공한 것을 보고 저 징그러운 스피커를 파괴하러 갔습니다. 보고하지 않고 단독으로 행동한 것 용서 바랍니다."

"그래 결과는 어떻게 되었나?"

"예, 스피커는 작살을 내었습니다. 그리고 보초 한 놈도 처치했습니다."

"그래, 좋아 이번만은 용서해 준다. 다음에 또 그런 일이 있으면 바로 총살이다. 알겠나?"

말은 그렇게 했지만 속이 뜨끔해진다. 만약에 그 보초가 우리에게 대항했다면 우리 측에서도 인명 피해가 안 나리라는 보장이 없다.

"알겠습니다."

6번 소총수였던 그는 내가 용서해 주자 꾸뻑 절을 한다. 경례를 잊어버린 모양이다. 사실 모두 너무 흥분해 있었기 때문에 그가 경례 대신 절을 했다는 것도 몰랐다는 것을 뒤통수를 긁적거리며 걸어가는 모습을 보고 알았다.

우리들이 위병소 쪽으로 몰려가자 전 부대원들이 다 뛰어나온다. 그들도 잠 못 자고 우리들의 작전을 세세히 알아보았던 모양이다. 각 조장들이 악수를 하자며 달려든다. 등 뒤에서 급정거하는 브레이크 소리가 요란하다. 돌아보니 부대장이었다. 부대장 역시 우리의 눈처럼 핏발이 서 있다. 우리가 침투한 후 한숨도 못 잤다고 하였다.

 북파 공작원

"충성! 하사 강평원 외 8명은 임무를 무사히 마치고 돌아왔습니다!"

"수고했다 강하사, 장하다 강하사, 내 강하사가 해낼 줄 믿었다."

부대장은 기뻐 어쩔 줄 모른다. 모든 대원들과 악수를 나누며 싱글벙글 입을 다물지 못한다. 우리 부대는 사단 소속이지만 작전 때는 우리의 부대장이 관리한다.

처음 나서는 작전인데 실패하면 뒤는 생각만 해도 끔찍하다.

"자, 우선 씻고 쉬어라. 일과 시간에 다시 보자. 나는 사단장께 보고하러 가겠다."

우리들의 장비를 다른 대원들이 들어주며 여러 가지 질문을 해댄다. 모두 입에 거품을 물면서 저마다의 무용담을 자랑한다. 나는 유하사의 어깨를 다정하게 두들겨 주었다. 이번 작전은 그의 치밀성이 큰 도움이 되었었다.

공격당한 북괴의 막사를 OP에서 집중 관찰해 보았으나 특별한 일이 없단다. 다만 대남 방송이 안 나오는 게 이상하다는 보고다. 그럴 게다. 우리의 6번 소총수가 대남 방송에 얼마나 열받았으면 죽기를 각오하고 스피커에 수류탄 몇 발 안겨 박살낸 사실을 알려주지 않았으니까 말이다. 대남 방송은 그 날 이후 일주일이 지나 재개되어 6번 소총수를 또 열받게 했다.

"팀장님, 다음에 넘어가면 깡그리 날립시다."

첫번째 작전의 성공으로 우리 부대는 부대 표창을 받았고, 우리들은 영웅이 되었다. 그러나 훈장은 주지 않는다. 지금은 휴전 중이고, 그들이 남침한 것이 아니라 우리가 사실상 휴전 협정을 위반했으니 훈장이 나올 수 없다.

이 사실을 미군이 알게 되면 문제가 될 소지가 많다. 아무리 저쪽에서 먼저 우리 쪽으로 들어와 휴전 협정을 위반하여 화염 방사기로 우리 군인을 희생시켰지만 말이다.

그 대신 표창장이 나왔다. 대간첩 작전 공로 표창에 포상 휴가도 준다. 나는 휴가를 가지 않고 부대에서 조용히 지냈다. 물가에 놀고 있는 어린아이처럼 항시 걱정이 되었던 스님 행동에 별 다른 변화가 없다. 아니 더 믿음직해 보였다. 정말로 인간 병기가 되어 버린 것일까?

취사반에 개와 놀고 있는 것을 보면 천진난만한 동자승 같았다. 며칠이 지나자 변화가 오기 시작했다. 떠벌이 임병장, 성질 급한 최병장들 입이 조용해져 버렸다. 아니, 우리 분대원 전원이 그러한 것이다. 아마 파괴와 살인 때문일 것이다.

6번 소총수의 돌출 행동 때문에 막사 안으로 확인하러 갔던 임병장과 스님은 참혹한 광경을 보았을 것이다. 떠벌이 임병장이 조용해진 것이 마음에 걸렸다. 스님은 작전 후 일체 염불을 외우지 않았다. 그들은 잔혹하게 죽은 적들을 전부 보았을 것이다. 떠벌이 임 병장은 6번 소총수를 찾는다고 플래시를 들고 스님과 같이 적의 막사 안으로 확인차 갔을 때 현장을 자세히 보았으니 몇 명의 적이 희생되었다고 이야기할 만도 한데 입을 봉해 버렸다.

다만 눈에 핏발이 서 있고, 모든 일에 신중하였으며, 도리어 성격이 온순해져 버린 듯하였다. 아주 이해하기 힘든 변화에 나도 깜짝 놀랄 일이다. 상상도 못 하게 거칠어질 줄 알았는데 아니었다. 습격 성공 후 1주일이 흐르자 개인에 따라 약간의 성격 변화는 있었지만, 크게 우려할 일은 아니었다.

며칠 만에 작전에 대한 흥분도 가라앉고 나니 동족을 죽였다는 죄책감이 든다. 또 한편, 우리의 전우도 수없이 희생당하였고, 가까이는 내 형님이 팔에 총상을 입어 광주 77병원에서 전역하지 않았는가! 형님 대신 복수했다고 마음의 위안을 삼았지만, 그래도 마음 속 한 구석에는 찜찜한 것은 어쩔 수 없었다.

북한군의 징병 시기는 우리보다 빠르고 군 복무 기간도 우리의 세 배나 긴 10년이다. 역시 나처럼 어린 나이에 입대하여 복무하다가 우리의 공격에 죽었을 것이다. 그들은 아마 이를 갈고 있을 게다. 우리 지역의 초소를 노려 보복성 공격을 하겠지. 다행히 우리 초병이 졸지를 않는다면 크레모어라는 강력한 방어 무기가 있으니 그들은 실패할 것이다. 그러나 우리의 대대 본부가 어처구니없이 습격당한 사례도 있다보니 방심은 금물이다.

우리는 동족끼리 언제까지 죽고 죽이는 짓을 반복해야 하는가? 하지만 그들이 도발해 온다면 나는 기꺼이 침투할 것이다.

그러나 그럴 기회는 없다. 한 번 침투한 병사는 다시는 침투시키지 않는다는 약속이 있지 않는가. 우리 대원들은 각 조별로 딱 4번 침투할 기회를 가질 것이다. 필자가 서문에서 대북 참전 연대 시위를 보고 안타깝다고 한 것은, 일부

회원은 활동 기록이 남아 있겠지만, 나와 같은 부대는 전혀 기록이 남아있지 않다는 사실이다. 제대 때의 기록 카드는 광주 예비 사단에서 우리가 직접 제대증을 만들어가지고 제대를 하였다.

그 날이 토요일 아니면 일요일이다. 박정희가 정권 연장을 위하여 3선 개헌 국민 투표를 하고 제대한다고 하여 '69년 10월 17일 투표를 하고 18일 예비 사단에 늦게 도착하였는데, 기관병이 없어 제대증을 우리가 직접 만들어서 나온 것이다. 하루 더 짬밥을 먹기 싫어서다. 그때 나의 개인 복무 기록 카드에는 760(행정병참병과) 그대로였다. 1군학교 졸업이면 100(보병)으로 바뀌는데, 논산서 받은 병과 그대로이다. 양인석 사단장(준장)한테 대간첩 공로 표창상을 받은 기록이 지금 21사단에 남아 있으면 나는 인정받는다. 성기에 다마가 지금도 있다.

목하 휴식 중!

우리 부대는 매우 한가하였다. 그러나 매일 아침 점호를 끝내고 난 뒤 구보를 하는 것은 변함이 없었다. 군인과 구보를 떼어서 생각하는 병사는 아마 해군일까? 그들도 함정 근무하면 갑판을 뛰어다니는 구보를 할까 모르겠다. 공군은 활주로가 길어서 달리기에 더 좋겠다고 구보하면서 생각한다. 이 구보가 조깅의 시작일 것이다. 군대서 습관적으로 뛰다가 전역하면 배에 군살도 붙으니 아마 아침마다 뛰었을 것이 조깅의 시초일 것이다.

 북파 공작원

보병 부대에 소총 중대의 하루는 훈련이 없으면 사역뿐이다.

우리의 특수 부대는 작전이 없으니 할 일도 없다. 또 우리가 논다고 트집 잡을 군인도 없다.

그래도 우리 스스로 산악을 다니고 계곡을 뛰어야 했다. 몸이 근질거려 내무반에 가만히 앉아 있을 수가 없었다.

요즈음의 낙은 위문 편지이다. 우리 부대의 자매 결연 학교는 서울 수도여자사범대학 부설 여고였다. 우리가 표창받을 때 우리부대를 방문하였는데, 지금 생각해 보면 교복이 자주색으로 기억난다. 아니면 빨간색? 유난히 기억나는 것은 그들의 머리에 달랑 얹혀 있던 화가들이 즐겨 쓰는 빵모자에 수박 꼭지 같은 꼭지가 달린 모자다. 흔히들 베레모라 부르는 깜찍한 모자이다.

이 여학생들에게 우리들 개개인이 소개되었고, 그 후 학생들과 편지를 주고받았다. 모두 열을 내어 편지를 읽고 보내었지만, 가방 끈 짧아 편지를 쓰는 데 애로 사항이 많아 끙끙대던 대원들의 모습이 지금도 눈에 선하다.

전방에는 시계 청소 작업과 철책선 작업이 마무리되는 중이었다. 예부터 있었던 도로 부분에는 탱크 등이 출입하지 못하게 콘크리트 기둥을 세웠고, 차량 통행을 해야 되는 도로의 양쪽으로 경계병이 근무하는 LMG 벙커 곁에 있는 콘크리트 벽체를 세웠으며, 상부에 집채만큼이나 되는 바위를 올려 유사시에 대비했는데, 옛날 성채처럼 만들었다.

우리들도 침투하려면 이 곳으로만 가능했다. 이것을 알게 된 북괴는 이 지점을 순찰한 다음 우리들의 침투를 막기 위해 부비트랩과 지뢰를 매설했다. 또한 그들은 우리들의 예상 침투 지역에 그들 나름의 특수 부대를 매복시켜, 격전이 몇 차례 벌어지곤 했으나, 우리 측에서 침투를 중단하였으므로 더 이상 접전은 없었다.

휴전선 일대에는 우리 측이 쳐놓은 철조망 장막으로 인해 그들은 육로를 이용한 휴전선 침투를 할 수가 없었다. 그때부터 그들의 침투로는 해상으로 바뀌었다.

여러분들이 TV에서 보는 철책선은 토끼도 통과하지 못할 정도로 촘촘하다. 짐승들이 갑자기 생겨난 철책선 때문에 이산 가족이 되었다는 농담 아닌 농담이 이때부터 생겨났다.

철책선의 유일한 통로는 통문이다. 이 통문은 우리 쪽 매복자들의 임무 교대 시에만 열린다. 이 통문이 있는 곳은 군부대의 영내이니 민간인은 출입하지 못한다. 물론 전방에는 민통선이 또 있다. 우리 나라 민간인의 출입을 통제하는 라인이다.

이 곳은 길이 있는 곳에 검문소가 있다. 민통선 이북부터 휴전선까지는 경비가 삼엄하고, 방어 시설도 준비가 잘 되어 있다.

6·25때 활동하다가 퇴역한 탱크가 포진한 곳도 여기다. 엔진이 낡아 기동력이 떨어져 퇴역은 했지만, 포는 사용할 수 있어 위장망을 쓴 채 배치되어 있다.

말 그대로 철통 같은 방어 태세다. 철조망을 지키는 병사들은 편안하다. 하지만 GP는 철조망 밖에 그대로 남아 있다. 그러니까 GP근무자는 군사 분계선을 넘어 철책 울타리밖에서 근무하는 셈이 된다.

철책선은 지역에 따라 이중 삼중으로 쳐졌고, 땅 위에는 야간에 식별이 용이하도록 횟가루를 뿌려놓았다. 만약에 적이 흰옷을 입고 온다면 우리 쪽이 낭패를 당하겠지만, 군복을 입고 침투한다면 금방 알아 볼 수 있다. 지역마다 적의 침투를 조기에 발견할 수 있도록 여러 아이디어를 내었다. 철조망 위에 돌을 얹어놓은 부대가 있었는가 하면, 메밀을 심어 놓은 부대도 있었다. 또한 철책선 안쪽으로 순찰을 도는 부대도 있었다.

아마 지금쯤은 철채선 방어 태세는 더욱 완벽하리라 생각된다.

우리 부대도 철책선 근무에 투입되었다. 밤에는 매복 근무를 하고 낮에는 자는 올빼미 생활을 하루 하고 삼일은 체력 단련과 보충 훈련을 하였다. 우리들은 제대 후에는 정보부 TO가 된다는 말도 있었다지만, 그런 것에는 미련이 없었다.

우리들에게 들인 공이 많아 백십프로 활용하려 갖가지 유혹책이 나왔다. 장기 복무가 제일 먼저 제안되었고, HID로 편성하겠다며 지원하라고 했다.

몇몇 대원들은 다른 특수 목적의 부대에 파견되기도 했지만, 우리들의 본연의 임무를 위해 부대는 계속 존속되고 있었다. 우리는 유사시 가장 위험한 곳으로 투입될 것이며, 만약 전쟁이 발발된다면 최우선으로 투입되어 적의 후방에서 게릴라 작전을 수행하며 주요 군사 시설을 파괴할 것이다.

체력 단련이나 보충 훈련도 하루 종일하는 것이 아니니 거의 매일 논다고 해도 과언이 아니었다. 따라서 영내를 어슬렁거리거나 영외에 나가 시간을 떼웠다. 하루는 부대장이 우리들의 머리카락이 너무 길어 지저분하게 보인다고 지적했지만, 우리들은 그 헤어스타일을 유지했다. 그것도 우리들의 특권 중 하나이기 때문이다.

1968년 11월 2일 울진·삼척 지구에 무장 공비가 출현하여 긴박한 사태가 발생했다. 우리 군경의 추격을 피해 달아나던 공비 5명이 11월 9일 강원도 평창군 진부면으로 잠입하여 이석우 씨의 집에 들이닥쳐 석우씨의 처에게 총을 들이대면서 밥을 해달라고 강요했으나 쌀이 없다고 하자 강냉이라도 삶아달라고 했다. 또 다른 공비 둘은 방에서 공부하고 있던 이승복 군의 책장을 넘기며,

"너는 북한이 좋으냐, 남한이 좋으냐?"

"북한 공산당은 거짓말쟁이니까, 나는 공산당이 싫어요."

라고 대답했다. 이때 바로 옆에 있던 공비가 승복군의 멱살을 잡아 치켜들었고, 뒤에 서 있던 공비가 대검으로 입을 찢어 살해했다. 이어 그들은 어머니와 승복군의 두 동생을 살해했고, 그 형을 칼로 찔러 퇴비더미에 던졌으나 기적적으로 살아나 신고하여 군경이 합동 소탕 작전을 벌이게 되었다.

싫은 것을 싫다며 진실을 말했다고 무참히 살해한 그들의 만행에 온 국민이 치를 떨었는데, 이에는 이 칼에는 칼이라고 전군에 반공 의지를 더 높이게 했다. 지금도 진부령 고개에 반공 소년 이승복 군의 동상이 있고, 초등학교 교과서에 이 내용이 기재되어 있다.

앞서 이야기하였듯이 선과 악의 경계는 이 세상에서 존재

하지 않았다.

우리는 보복전을 준비하게 된다. 또 다른 보복전! 보복전은 보복으로 끝나는 남과 북은 한민족인 동조동근(同祖同根)인데도 한국전이 끝나고 50여 년의 세월이 흘렀건만 현재까지도 서로가 총칼로 살육전을 치러야 했다. 방공을 국시의 제일로 삼는 남한의 어린이들은 북한 괴뢰 도당들이 나쁜 짓만 하는 집단이란 것을 방공 교육 시간에 배웠다.

초등학교 책에는 북한군의 머리는 늑대 머리이거나 이리 떼 모습이 그려져 있었다. 무장 공비들은 북한 체제의 우월성을 확인시키려 하였으나, 철없고 순진한 승복이는 배운 그대로 대답하였는데, 그들은 칼로 입을 찢어 죽였다. 북한 테러 집단의 잔악함을 전해들은 우리는 치를 떨었다.

결과적으로 이 사건의 불똥은 우리 부대에 떨어졌다. 우리 조가 투입되어 작전 성공으로 한껏 고무된 지 3주일가량 지난 걸로 기억한다. 2조가 적의 막사를 습격하게 되고 다른 조들도 작전에 들어갔다.

— 하권으로 —

테러에 사용된 무기들

M14

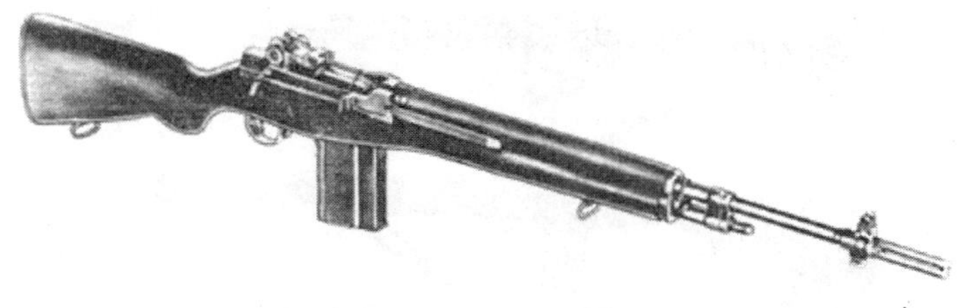

　1957년 첫선을 보인 M14소총은 미육군의 제식 소총으로 명성을 날렸지만 2차대전 당시 소총에 요구되던 여러 기준에 부합되지 못했다. 파워가 강한 7.62mm NATO 탄을 사용하는 M14에는 반자동 사격용으로 고안된 특수한 셀렉터 레버가 장착되기도 했다(유사한 예로 탄의 힘이 강력한 FAL 영국군 소총과 영국군의 L1A1소총도 반자동 사격만 가능하도록 고안되었다).

　M14 소총은 여러 변형모델로 생산되기도 했다. 예를들어 철제로 된 접이식 개머리판의 M14도 있었으며, 독일 MP40 기관단총이나 AK소총의 개머리판의 모습을 한 M14도 있었다. 변형모델은 다음과 같다.

　M14A1 : M14를 분대급 자동화기로 사용하기 위해 변형한 것이다. 권총손잡이와 앞쪽의 손잡이를 추가했으며, 개머리

판에 고무판을 대었다. 또한 M2라 불리는 양각대가 핀으로 달려있다.

M14 National Match : 1959년식으로 자동사격이 불가능하다

M14M : NRA라이플연합클럽을 목적으로 제작되었다. 자동사격을 할 수 없도록 제한되었다.

M21 : M21 Rifle은 M14소총을 저격용으로 개량한 것으로 조준경을 부착할수 있도록 고안되었다.

M16

1967년 2월 28일 처음 사용. 5.56mm 탄을 사용하며, 공랭식, 가스작동식, 탄창장전식, 견착사격식 소총이다. 현재 한

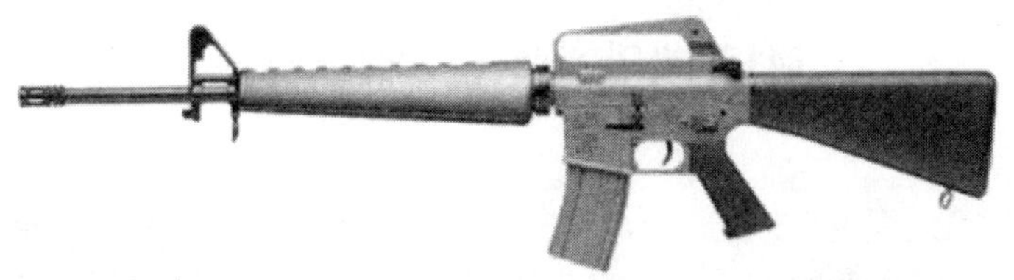

국군에서도 사용이 되고 있지만, 점점 K - 2소총으로 대체되고 있는 추세이며, M16A1소총은 예비군용으로나 사용될 듯하다. 가늠자는 좌우조정, 가늠쇠는 상하조정을 할 수 있지만, 조정이 불편하다. 방아쇠울이 열리며, 이는 겨울철 방한 장갑을 낀채 사격을 할 수 있게 한다. 소총의 앞덮개에는 위쪽으로 10개, 아래쪽으로 6개의 방열구멍이 있다. 위쪽의 방열구멍은 충격에 의해 쉽게 파손이 된다.

부비츄렙

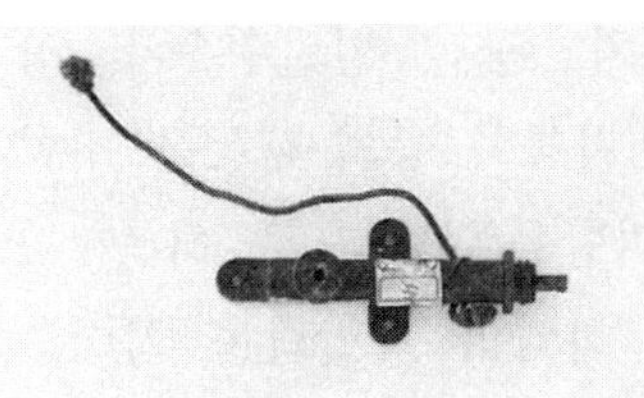

부비츄렙(M629)은 미국에서 제조한 것이다. 이것은 사람이 건드리기 쉬운 기구나 장소에 수류탄·지뢰 등의 폭발물을 직접 장치하거나 철사와 같은 것으로 연결해 놓은 것을 말한다. 보통 전화기, 출입문 같은 곳에 설치하여 무심코 건드리거나 들어 올리면 폭발한다. 지뢰는 군사 작전의 일부분으로 통제·운영되지만 부비츄렙은 통제 없이 수시로 설치되는 것이 특징이다. 살상 효과는 없으나 적에게 공포감을 주는 심리적 효과를 기대할 수 있다.

M18 대인지뢰 (크레모아)

　전체길이 21.6cm, 중량 1575g, 높이 17.3cm, 미국에서 제조. 최초에 지뢰는 화약 발명에 뒤이어 화약을 이용한 무기로 제작되었다. 이 지뢰는 인명 살상용 대인지뢰로 일명 크레모아(cla-ymore)라고 하며, 750개의 쇠구슬 파편이 내장되어 있다. 유효 살상거리는 50m, 준 살상범위는 100m, 전기식 격발기로 폭파 시키며 120 °의 부채꼴 모양으로 산탄된다.

대전차 지뢰

　전차, 장갑 인원수송차, 장갑차, 자동차 등의 행동을 저지·파괴함을 목적으로 하는 것이며, 화약의 폭발력을 기대하는 것이다. 폭약의 분량은 3~10kg이고 외장(外裝)은 금속 또는 플라스틱인데, 약 200kg의 압력이 걸리면 신관이 작동하여 폭발된다. 대전차 미사일과 같이 적의 전차에 대항하는 무기라 할 수 있겠지만, 미사일처럼 공격력을 가진 것은 아니고 적군의 전차가 그 위를 지났을 경우에만 위력을 발휘하는 매복적 무기이다.

대인지뢰

미국에서 제조, 인원 살상을 목적으로 화약의 폭발력뿐만 아니라, 지뢰 자체에서 나오는 파편, 설치 지점에 매설한 돌의 비산력(飛散力) 등이 위력을 발휘한다. 그리고 점화와 동시에 많은 탄환이 사방으로 발사되는 지뢰도 있다. 대인지뢰의 무게는 1~5kg, 폭약량은 0.2~0.5kg, 외장은 철 또는 플라스틱으로 된다. 유효 반지름은 10m 내외인데, 사람이 밟거나 건드리기만 해도 효력을 발휘하는 것도 있다. 이러한 대인 지뢰는 신관이 아주 예민하기 때문에 무장한 장병이 아닌 개가 살짝 밟기만 해도 폭발한다.